夏至前夜《ミッドサマー・イヴ》，三人の若者が自然保護地区の公園でパーティーを開いていた。18世紀の服装，音楽，美味しい料理，ワイン。物陰から彼らをうかがう目があるとも知らず……。イースタ警察署に一人の若者の母親から，娘を捜してくれという訴えがあった。夏至前夜に友人と出かけて以来，行方がわからないというのだ。旅先からの絵はがきは偽物らしい。捜査会議を招集したが，刑事のひとりが無断で欠席した。几帳面な人物が，なぜ？　不審に思ってアパートを訪ねたヴァランダーの目の前に，信じられない光景が。CWAゴールドダガー賞受賞シリーズ，第六弾。

登場人物

クルト・ヴァランダー……………………イースタ署の刑事
アン＝ブリット・フーグルンド………
マーティンソン…………………………
カール・エヴァート・スヴェードベリ…　同、刑事
ハンソン…………………………………
スヴェン・ニーベリ……………………同、鑑識課の刑事
リーサ・ホルゲソン……………………同、署長
エッバ……………………………………同、受付
ツーンベリ………………………………代理の検事
クルト・ヴァランダーの父……………故人、画家
イェートルード…………………………その妻
モナ………………………………………ヴァランダーの別れた妻
リンダ……………………………………ヴァランダーの娘
バイバ・リエパ…………………………リガに住むヴァランダーの恋人
ステン・ヴィデーン……………………ヴァランダーの友人

イルヴァ・ブリンク……………スヴェードベリのいとこ、助産師
スツーレ・ビュルクルンド……………スヴェードベリのいとこ、大学教授
ルイース……………スヴェードベリの恋人？
ブロー・スンデリウス……………元銀行理事
アストリッド・ヒルストルム……
マーティン・ボイエ……
レーナ・ノルマン……
（以上三名）行方不明の若者
イーサ・エーデングレン……………アストリッド、マーティン、レーナの友人
エヴァ・ヒルストルム……………アストリッドの母
エリック・ルンドベリ……………イーサの隣人
バルブロ……………ルンドベリの妻
レナート・ヴェスティン……………群島の郵便配達人

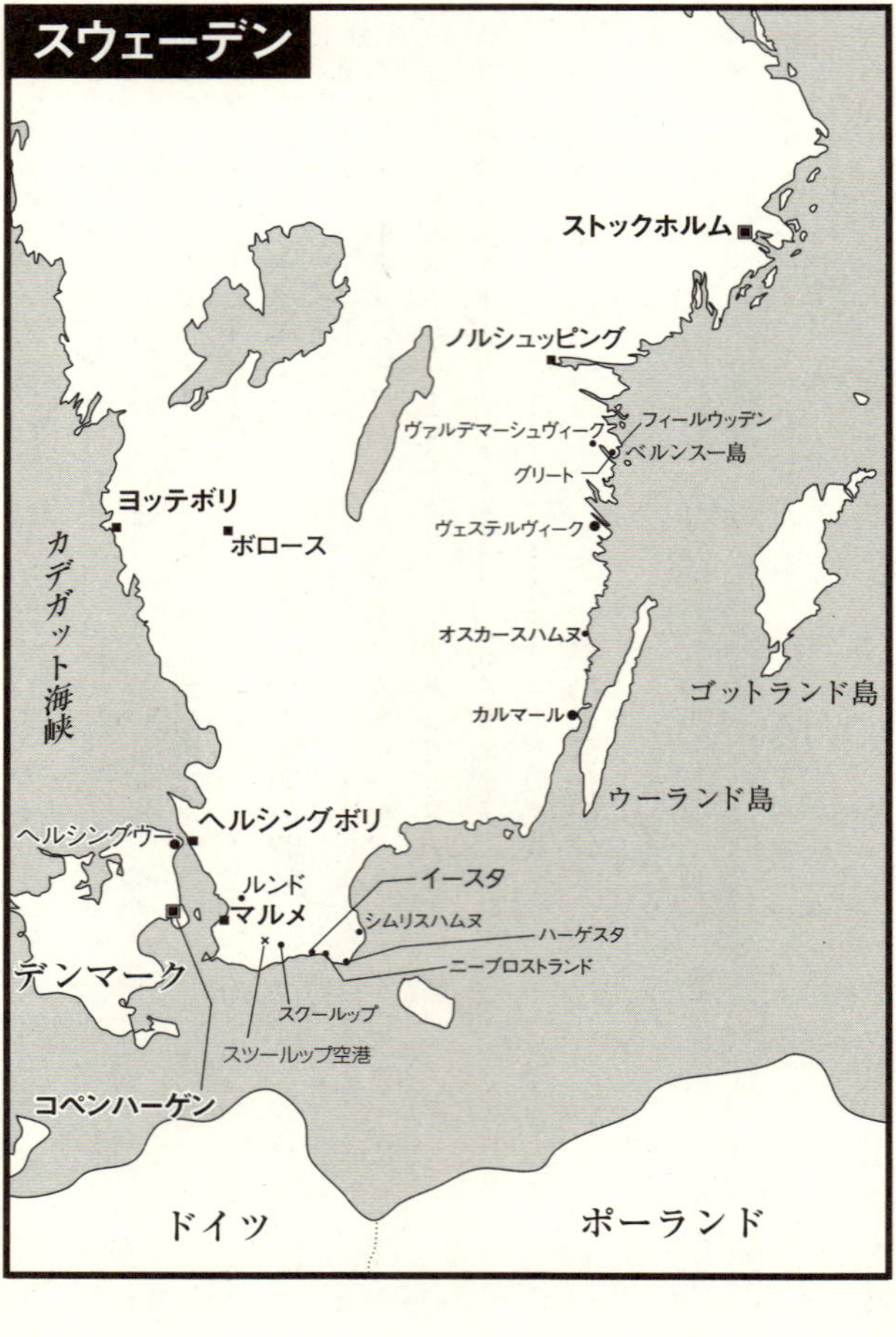

スウェーデン
ストックホルム
ノルシュッピング
フィールウッデン
ヴァルデマーシュヴィーク
ベルンスー島
グリート
ヴェステルヴィーク
ヨッテボリ
ボロース
カデガット海峡
オスカースハムヌ
カルマール
ゴットランド島
ウーランド島
ヘルシングボリ
ヘルシングウー
ルンド
マルメ
イースタ
シムリスハムヌ
ハーゲスタ
ニーブロストランド
デンマーク
スクールップ
スツールップ空港
コペンハーゲン
ドイツ
ポーランド

背後の足音　上

ヘニング・マンケル
柳沢由実子訳

創元推理文庫

STEGET EFTER

by

Henning Mankell

背後の足音　上

ヴィクトリアとダンに

整理のついた状態より未整理状態のほうがおうおうにして多いもの……。

熱力学第二の法則

歌劇「リゴレット」前奏曲

ジュゼッペ・ヴェルディ

プロローグ

五時過ぎに雨があがった。

太い木の幹の後ろにしゃがみ込んでいた男は静かにレインコートを脱いだ。雨は大降りではなく、三十分ほど降っただけだったが、それでも服がずぶ濡れになってしまった。激しい怒りが一瞬体をめぐった。風邪を引きたくなかった。いまはいやだ。盛夏のいまは。

脱いだレインコートを地面に置くと、男は立ち上がった。足が麻痺《まひ》してしまっていた。血流をうながすために体をゆっくりと前後に倒した。そうしながらも警戒してあたりをうかがった。

彼が待っている者たちは八時にならなければ来ないことは知っていた。彼らの取り決めを知っていたから。が、部外者がこの自然保護地区の公園に入ってくる危険性があった。たとえその可能性は小さくとも。

それだけが、男の計画の中で不確実なものだった。それだけが唯一彼が不安を感じることだった。

だが、おおむね心配はしていなかった。その日は夏至《ミッドサマー》の前日で、自然保護地区にはキャンプ地もパーティー会場も設置されていなかった。そのうえ、男が待っている連中は慎重に場所を選んでいた。人に邪魔されないようなところを。

彼らがその場所を決めたのは二週間前のことだった。それまで男は彼らの動きを数ヵ月にわたってひそかに観察していた。彼らがその場所を決めた翌日には、男はその場所を探し出して確認し、自然散策コースがあるその地区で、人の目につかないようなところを待ちぶせ場所として選んでおいた。一度だけ、小道を高齢の夫婦が歩いてきたが、姿が見えなくなるまで男はこんもりと茂った木立の中に身を隠していた。

夏至前日《ミッドサマー・イヴ》のパーティー用に彼らが選んだ場所を見つけたとき、すぐにここは理想的な場所だと思った。低地でまわりは深い木立に囲まれ、少し離れたところに小さな林があった。

これよりよい場所を見つけることはできなかっただろう。

彼らの目的のためにも、彼の目的のためにも。

雨雲が消えて太陽が顔を出すと、すぐにあたりの温度が上がった。

今年の六月は寒かった。だれもがいつものとおりスコーネの初夏の天気に文句を言った。彼はそのとおりだと同意した。

彼はいつも同意する。

自分の前に現れる問題を避けるために、と彼は思っている。

この術《すべ》は学んだものだった。同意する術。

彼は空を見上げた。雨はもう降らないだろう。この春も夏の初めも、じつに寒かった。だが、ミッドサマー・イヴの夕刻、ついに太陽が顔をのぞかせた。美しい宵になるだろう。忘れられない夕べになるはずだ。濡れた草の匂いが鼻孔をくすぐる。近くで鳥の羽ばたきがする。左側の傾斜した地面の先には海が広がっているはずだ。

男は両足でしっかりと地面に立ち、口の中で溶けはじめた嚙みタバコを吐き出した。そのあと、靴で土の中に押し込み踏みつけた。

あとにはなんの形跡も残さなかった。それは確実だった。一つだけ、嚙みタバコはやめるほうがいいと思った。悪癖だ。自分にはふさわしくない。

彼らはハンマルで落ち合うことに決めていた。シムリスハムヌから来る者にもイースタから来る者にもハンマルは都合のいい場所だった。そこから自然保護地区まで車で移動し、車を停めたらあらかじめ決めた場所へ歩いていく。じつをいうとそれは簡単に決まったわけではなかった。ずいぶん前からいろいろなアイディアがあって、それらを手紙で送り合っていたのだ。だが、だれかがこの場所を提案すると、全員がそれに賛成した。時間が迫っていたせいかもしれない。準備しなければならないことがたくさんあった。一人が食べ物ぜんぶを用意し、ほかの者はコペンハーゲンまで衣装とカツラを借りに出かけた。すべてが入念に準備されていた。いい加減な計画ではなかった。

悪天候の場合の準備もした。

ミッドサマー・イヴの午後二時、会場作り担当は赤いスポーツバッグにビニールシートを入れ、荷造りテープとテント用の軽い鉄棒も用意した。雨が降ったら、頭上にシートをかけるつもりだった。

すべてが周到に用意された。それでもだれにも予測できないことが起きた。

メンバーの一人が急に体調を崩したのだ。

若い女だった。彼女こそミッドサマー・イヴを祝うパーティーをだれよりも楽しみにしていたかもしれない。まだ仲間に入って一年も経っていなかった。

朝目が覚めたとき、気分が悪かった。最初は興奮しているせいかもしれないと思った。だが数時間後、時計の針が十二時を過ぎたころ、嘔吐《おうと》が始まり熱も出た。それでもすぐに治るだろうと思った。しかし、迎えの男がドアベルを押すと、彼女は震える足で玄関に出ていって、病気だと言った。

そんなわけでミッドサマー・イヴの夜七時半前にハンマルで落ち合ったのは三人だけだった。彼らはそんなことでは落胆しなかった。それまでの経験から、不測の事態があり得るとわかっていた。急病は防ぎようがなかった。

自然保護地区の外に駐車すると、ピクニックのバスケットを持って、小道に入った。遠くからアコーディオンの音が聞こえたような気がしたが、それ以外は鳥のさえずりと波の音しか聞こえなかった。

前もって決めておいた場所まで来ると、間違いなくここでよかったと彼らはあらためて思った。ここならだれにも邪魔されない。ここなら夏至の日《ミッドサマー・ディ》の夜明けを迎えることができる。

空には雲一つなかった。

今夜は晴れ上がること間違いなしだ。

彼らは早くも二月の初めにミッドサマーをどんなふうに祝うか決めていた。二月の初めから彼らは明るい夏の夜のことを楽しみに話した。ワインをしたたか飲んで、ほの暗いという言葉の意味はなにかをふざけ半分に議論したりした。

明るさと暗さの間のほの暗さの境界はどこにあるのか？　どうやったら夕暮れを言葉で描写できるか？　明かりが弱いとき、人は明るさと暗さの間にいる。移りつつある明るさ、ゆっくりと大きくなる影のすぐそばで人の目に映るのはなにか？

意見は一致しなかった。ほの暗さは答えを得ないままになった。とにかく、その晩、彼らはミッドサマーのパーティーを計画しはじめたのだった。

谷あいの低地まで来てバスケットなどを置くと、彼らは別々に茂みの中に姿を消した。木立の陰でめいめいが衣装を身に着けた。枝の間にはさんだ小さな手鏡でカツラをかぶり衣装を整えた。

彼らのだれも、少し離れたところから様子をうかがっている男がいることに気がつかなかった。カツラをかぶるのは簡単なことだった。それよりずっとヒモで締め上げる胴着や入れ綿やペチコートなどを身に着けるほうがむずかしかった。ショールを肩にかけたり、胸飾りを立たせたり、濃い化粧をするのにも手間がかかった。だが、すべてが昔どおりでなければならなかった。ゲームなのだが、真剣に取り組んでいた。

八時過ぎ、彼らは茂みから出てきて互いを見た。三人とも大満足だった。またしてもいま生きている時代から抜け出してほかの時代に入り込むことに成功したのだ。

十八世紀の国民的詩人カール・ミハエル・ベルマンの時代だ。

彼らは身を寄せ合って笑いだした。だがすぐに真顔になり、敷物を開いてピクニックのカゴの中からものを取り出し、ベルマンの〈フレードマンの歌〉の音楽を流した。

こうしてパーティーが始まった。冬になったらこの楽しい晩を思い出して語り合うのだ。

彼らはまたしても一つ秘密を共有することになる。

夜中の十二時、男はまだ心が決まらなかった。

急ぐ必要はないと知っていた。彼らは朝までそこにいる。そのまま昼ごろまでその場で眠るかもしれない。

彼らの計画なら細部まですべて知っている。そのために絶対的な優越感を感じていた。

優越の立場にいる者だけが生き延びることができる。

十一時過ぎ、ワインに酔った彼らの声が聞こえてきて、彼は場所を変えた。最初に下見に来たときから、そこと決めていた。少し上のほうの平らな藪《やぶ》の中だ。その場所から、ライトブルーの敷物の上の彼らの動きが手に取るように見える。そこなら向こうから見られずに近寄ることができる。ときどき彼らは用を足すために敷物から離れた。彼にはすべてがはっきり見えた。

真夜中を過ぎた。依然として待ちの態勢だった。彼が待ったのはためらいがあったからだ。なにかがちがう。予定どおりではなかった。

四人のはずだった。だが、一人足りない。その理由を考えた。なんの説明もつかなかった。なにか予期せぬことが起きたのだ。気が変わったのか？　あるいは急に病気になったのか？

彼は音楽に耳を澄ました。笑い声。ときどきあのライトブルーの敷物の上にいる自分を想像してみる。手にグラスを持って。あとでカツラを試してみよう。衣装も着てみようか。できることはたくさんあった。限界などなにもない。しかし目に見えない存在でなければ、優越の立場は保てなかった。

彼は待ち続けた。笑い声は高まってはまた低くなった。頭の上を夜鳥が飛んでいった。


三時十分になった。

これ以上は待ちたくなかった。時がきた。自分の決めた時だ。

最後にいつ腕時計をしたのか、思い出せなかった。だが、時間と分が彼の中で絶え間なく過ぎていった。彼はいつも正確な時間を知っていた。体内にいつも正確に時を刻む時計があった。

そばにたたんでおいたレインコートの上のピストルを手に取った。サイレンサー付きのピストルだ。そしてあたりをすばやく見まわした。

ライトブルーの敷物の上の者たちは静かになった。互いの体に手をまわして歌を聴いている。眠ってはいないとわかる。夢うつつの状態で、すぐそばに彼がいることに気づいていない。自分たちだけの世界。

彼は近寄って、一人ひとりの額を一発で撃ち抜いた。真っ白いカツラに血が飛び散るのを避けることはできなかった。あっという間のことで、彼自身自分のしたことが理解できないほどだった。

だがいま死んだ者たちが目の前に横たわっている。互いの体に腕をまわして。ほんの数分前までそうしていたように。

音楽を止め、あたりに耳を澄ました。鳥のさえずりが聞こえる。もう一度あらためてあたりを見まわした。もちろんだれもいない。

ピストルを敷物の上に置いた。だがその前にナプキンを広げた。なにも痕跡を残さない。その場に腰を下ろして、彼らをながめた。ついさっきまで笑っていた彼ら、そしていまは死んでいる彼らを。

平和な光景は変わっていない。ちがいは、いまは四人になったことだけ。でもそれは初めから予定されていた人数だったのだ。

赤ワインを一杯グラスに注いだ。彼は酒を飲まない。だが今回は例外だった。

それからカツラを一つ試した。食べ物も少し食べた。特別空腹ではなかったのだが。

四時半、彼は立ち上がった。

まだやらなければならないことがたくさんあった。自然保護地区には早朝から人がやってくる。予想を裏切って万一人がこの谷間にやってきた場合に、なにも痕跡があってはならない。少なくともいまはまだ。

その場から立ち去る前に彼が最後にしたのは、彼らのバッグや衣類を探ることだった。探しているものを見つけた。三人ともパスポートを携帯していた。彼はそれを自分のポケットにしまった。明るくなったら燃やすつもりだった。

最後にもう一度あたりを見まわした。ポケットから小さなカメラを取り出し、写真を撮った。一枚だけ。

それはまるで十八世紀のピクニックの絵をながめているようだった。

ちがいはその写真には血のはねたあとがあることだった。

それは一九九六年六月二十二日、夏至の日《ミッドサマー・デイ》の未明のことだった。

予報ではその日は一日快晴だった。

南スウェーデンのスコーネ地方にやっと夏がやってきた。

第一章

1

一九九六年八月七日、クルト・ヴァランダーはイースタの東側で危うく自動車事故で死ぬところだった。

まだ早朝の六時過ぎ、ウスターレーンに向かってニーブロストランドを通り過ぎたとき、突然愛車のプジョーの前に巨大な長距離トラックが現れた。トラックの警笛の響きと彼が急ハンドルを切ったのが同時だった。

路肩に車を停めたとたん、恐怖に襲われた。心臓が早鐘のように鳴り、吐き気とめまいがして気を失いそうになった。両手はハンドルをきつく握りしめたままだった。

やっと落ち着いたころ、なにが起きたのかを理解した。

居眠り運転をしたのだ。目をつぶった一瞬の間に、車を対向車線に乗り入れてしまったのだろう。

あと一秒遅かったら、巨大な長距離トラックに押しつぶされて死んでいたにちがいない。

そうわかったとたん、頭が空っぽになった。それから数年前にティングスリードの路上で巨大なヘラジカにぶつかりそうになったときのことを思い出した。

しかしあれは霧が立ちこめた夜のこと。今回の居眠り運転とはわけがちがう。

疲労。

理解できなかった。なんの予兆もなく疲労に乗っ取られてしまっていた。六月初めに夏休みをとる前からそうだった。そこで今年にかぎって、いつもよりも早く夏休みをとろうと思い、実行したのだった。だが、休みに入るとずっと雨に降られてしまい、夏至《ミッドサマー》のあと仕事に戻ったとたんに、いい天気になり気温も上がったのだ。

疲れはずっとあった。どこでも腰を下ろすとすぐに眠気に襲われた。十分に長く眠ったあとでも、朝起き上がるのがやっとだった。車を運転すると眠くなるため、道路脇に車を寄せて一眠りすることもたびたびあった。

なぜそんなに疲れているのか、自分でも理解できなかった。娘のリンダにもそのことを訊かれた。夏休みの一時期を彼女とともに車でゴットランド島へ旅をしたときのことだ。旅の最後の日、二人はブルグスヴィークでペンションに泊まった。太陽が遅くまで輝く美しい晩で、昼間島の南端をトレッキングし、村のピザ・レストランでピザを食べ、ペンションに戻ったときだった。

なぜそんなに疲れているのかとリンダは心配そうに訊いた。ランプの明かりに照らし出された娘の顔が見えた。ずっと考えていたらしい質問だった。だが彼は退けた。どこも悪くなんかない。いつもの睡眠不足を休み中に取り戻そうとしているだけだ。リンダはそれ以上訊かなかった。しかし、彼の答えを鵜呑みにしてはいない様子だった。

これ以上、無視することはできない。この疲れは異常だ。どこかがおかしい。だが、夜中にふくらはぎが攣《つ》って目を覚ますこと以外に、思い当たるふしはなかった。

衝突事故で死ぬところだったのだ。もうこれ以上先送りすることはできない。今日中に医者に予約を入れよう。

エンジンをかけて再び走りだした。サイドウィンドーを下げる。八月なのに、まだ夏の暖かい空気が残っている。

ヴァランダーはルーデルップの父親の家に向かう途中だった。この道を何度行き来したことだろう。父親はもはやいないのだということが、彼にはどうしても納得できなかった。いまでもまだ、父親がテレピン油の匂いが充満するアトリエでイーゼルの前に座って、永遠に変わらないモチーフを描いているような気がする。手前にキバシライチョウがいる絵といない絵。そして木々のてっぺんに、目に見えない糸にぶら下がっているかのように、いつも決まった位置にある太陽。

まもなく二年になる。イースタ署にイェートルードが電話してきて、父親がアトリエの床に倒れて死んでいると教えてくれた日から二年が経つのだ。いまでもはっきり覚えている。うそだと叫びながらもどかしくルーデルップまで車を走らせたときのことを。家の前に立っているイェートルードを見て、本当なのだ、これからその事実と向き合わなければならないのだと悟ったことも。

この二年はあっという間だった。ヴァランダーはできるかぎり、といってもそうしばしば行けなかったが、父親の家に残されたイェートルードを訪ねた。アトリエを掃除し本格的に遺品を整理しはじめたのは父が死んでから一年ほど経ってからのことだった。サイン入りの完成した絵は三十二枚あった。一九九五年の十二月のある晩、ヴァランダーはイェートルードの台所でいっしょにこれらの絵の贈り先を考えた。ヴァランダーは自分のために二枚取った。キバシライチョウ入りのとライチョウなしのと。リンダが一枚、そして別れた妻のモナが一枚。姉のクリスティーナは驚いたことに、そして彼にとっては悲しいことだったが、一枚もほしくないと言った。イェートルードは数枚もらっているからもういらないと言った。残り二十八枚の行く先を決めなければならなかった。ヴァランダーはためらいながらも、ときどき連絡を取り合うクリシャンスタの犯罪捜査官に一枚送った。さらにイェートルードの親戚が一枚ほしいと言った。こうして二十三枚まではなんとか行き先が決まり、最後に五枚が残った。

ヴァランダーはこれらをどうするべきか悩んだ。燃やすことは絶対にできなかった。

本来これらの絵はイェートルードのものだったが、彼女はヴァランダーとクリスティーナにもらってほしいと言った。自分は父親の人生の最後のほんの短い時間をいっしょに過ごしただけだからと。

コーセベリヤへの道路標識を過ぎると、まもなくルーデルルップに着く。これから始まる場面を思いやった。五月のある夕暮れ、イェートルードを訪ねたとき、彼らは家のまわりの菜の花畑の小道を長いこと散歩した。ここにはもう住みたくないとイェートルードは言った。あまりにも寂しすぎると。

「いつまでもここにいると、あの人が幽霊になって出てくるから」と言った。

ヴァランダーは彼女の言わんとしていることがわかるような気がした。自分が彼女の立場だったらきっと同じように感じるだろう。

畑の間を歩きながら、家を売る手伝いをしてほしいとイェートルードが言った。急がなくていい、夏のあとでいいと。夏が終わったら、寒くなる前にここから引っ越したいと言う。最近夫と死に別れた実の姉が一人リンゲに住んでいるので、そこに移りたいと。

今日がその日だ。ヴァランダーは今日一日休暇をとっていた。九時にイースタから不動産屋がやってきて、家の査定をすることになっている。その前に彼はイェートルードと二人で父親の残したものが入っている最後の段ボール箱の整理をするのだ。前の週に大部分は整理した。同僚のマーティンソンが荷台付きの車でやってきてヘーデスコーガの郊外にあるごみ捨て場まで何度も捨てに行ってくれた。

いま残っているのは、思い出以外には、数枚の写真と絵が五枚、それに昔の手紙と書類だけだった。あとはなにもない。父の人生は収支計算され、終結した。

ヴァランダーは父親の家へ向かう枝道に車を乗り入れた。

敷地にイェートルードの姿が見えた。彼女はいつも朝が早い。

彼らは台所に座ってコーヒーを飲んだ。戸棚は扉がぜんぶ開いていて、空っぽの棚が見える。

午後にはイェートルードの姉が迎えに来る。ヴァランダーが家の鍵の一つを、もう一つは不動産屋が預かることになっている。

イェートルードは入り口まで迎えに出ていた。驚いたことに、父親と結婚した日のドレスを身に着けている。ヴァランダーはのどが詰まった。イェートルードにとって、これはヴァランダーの父親との家庭から離れる、あらたまった厳《おごそ》かな日だったのだ。

コーヒーを飲む前に、彼らは二つの段ボール箱の中身に目を通した。古い手紙の束の間に、自分の小さいときの靴一足を見つけて彼は驚いた。父親はこんなにも長い間、取っておいたのだろうか？

ヴァランダーは段ボール箱を車に積み込んだ。車のドアを閉めたとき、家の前の石段にイェートルードが立っているのに気がついた。ほほ笑んでいる。

「まだ絵が五枚残っているわ。覚えている？」

ヴァランダーはうなずいた。アトリエとして父親が使っていた外の小屋に行くと、ドアが開いていた。掃除が終わっているにもかかわらず、まだテレピン油の匂いがした。古い料理用の電気プレートの上に鍋が置いてあった。これで父親は煮出しコーヒーを作っていた。それこそ何千回、何万回も。

おれがこの場所にいるのはこれが最後だろう、とヴァランダーは思った。だが、イェートルードとはちがって、おれは正装していない。いつものくたびれた服で来た。運が悪かったら、来ることさえもできなかったはず。さっきの長距離トラックに衝突して、父親同様死んでいたかもしれないのだから。あとに残ったものはリンダがごみ処理場まで持っていってくれるだろう。その中にはキバシライイチョウ入りのと、ライチョウなしの絵が二枚あるはず。

ヴァランダーは気分が悪くなった。彼にとって父親はまだ薄暗いアトリエにいるのだ。五枚の絵は片隅の壁に立て掛けられていた。彼はそれらを車に積み込んだ。トランクに入れ、毛布でくるんだ。イェートルードは石段の上から見ていた。

「それでぜんぶでしょう」イェートルードが言った。

ヴァランダーはもう一度うなずいた。

「そう、これでぜんぶ。あとはなにもない」


九時、不動産屋の車が敷地に入ってきた。驚いたことにヴァランダーは運転してきた男の顔に見覚えがあった。男の名前はローベルト・オーケルブロムといった。数年前、彼の妻は惨殺されて古い井戸に詰め込まれた姿で発見された。複雑で不愉快きわまりない事件の一つだった。ヴァランダーは額に皺《しわ》を寄せた。不動産屋には、スウェーデン各地に営業所のある大きな会社を選んだはずだ。オーケルブロムの不動産会社はそこに所属してはいないはず。第一、あの会社はまだあるのだろうか？　妻のルイースが殺されてから、家族経営だったあの会社はたしか廃業したと聞いていたが？

ヴァランダーは家の前の石段まで出た。ローベルト・オーケルブロムは以前とまったく変わっていなかった。初めて会ったとき、彼はイースタ警察署のヴァランダーの部屋で泣いた。あのときは、その顔を将来覚えているとは思わなかったが、妻を心配し、悲しむその涙は本物だった。たしか自由教会に属する敬けんなキリスト教信者だった。メソジスト派だったか。

二人は握手した。

「お久しぶりです」ローベルト・オーケルブロムが言った。

ヴァランダーはその声も覚えていた。一瞬、彼は不安になった。なにを話せばいいのだろう？

だが、オーケルブロムのほうが先に話しだした。

「妻のことはいまでも悲しんでいます」ゆっくりと言葉が続いた。「しかし、娘たちはもっと大変でした」

たしか娘が二人いた。まだ小さかったはずだ。幼いながらも、それなりにわかったのだろう。

「お察しします」ヴァランダーはうなずいた。

その瞬間、あのときのことがもう一度繰り返されるのではないかと思った。オーケルブロムが突然泣きだすのではないかと。だが、そうはならなかった。

「会社を続けるつもりだったのですが、手がまわりませんでした。だから競争相手の不動産屋から働かないかという誘いがあったときに、会社をたたみました。まったく後悔していません。毎晩遅くまで帳簿をつける業務がなくなっただけでもありがたかったですよ。その時間を娘たちと過ごすことにまわせましたから」

イエートルードも外に出てきた。彼らはいっしょに家を見てまわった。ローベルト・オーケルブロムはメモを取り、写真を撮った。そのあと台所でコーヒーを飲んだ。オーケルブロムの提示した売値は、初めヴァランダーには安すぎるように思えた。だが、よく考えてみると、それでも父親が買ったときの値段の三倍だった。

十時半ごろ、オーケルブロムは引き揚げた。ヴァランダーはイェートルードの姉が迎えに来るまでここにいるほうがいいだろうと思った。だが、イェートルードはそれを察知して、一人でいたいと言った。

「いいお天気になったわ。結局今年の夏もいいお天気になったわね。夏の終わりになってやっと、という感じだけど。だから庭で日光浴するから、もう帰ってくださいな」

「しかし、もしよかったら、いますよ。今日は休みをとったんです」

イェートルードは首を振った。

「引っ越し先のリンゲに遊びに来てください。でも、数週間は待ってね。落ち着くまで時間がかかると思うから」

ヴァランダーは車に乗り、イースタへ向かった。家にまっすぐに帰って、医者に予約を入れるつもりだった。それから洗濯室へ行って、予約リストに名前を書き込む。アパートの掃除もしなければならない。

急いではいなかったので、遠回りの道を行った。彼は車の運転が好きだった。景色をながめながらあれこれ考えるのだ。

ヴァレベリヤを通り過ぎたときに電話が鳴った。ヴァランダーは車を路肩に停めた。

「ずいぶん探しましたよ。あなたが今日休みをとっているとはだれからも聞いていなかったので。お宅の留守電が壊れているのを知っていますか？」

電話がときどきおかしくなるのは知っていた。それとは別にマーティンソンの声にただならぬものを感じた。長いこと警官をやってきても、この感覚だけは特別で、胃がきゅっと縮まるように感じるのだ。彼は息を詰めた。

「いまハンソンの部屋から電話しています。自分の部屋にはアストリッド・ヒルストルムの母親が来ているので」

「だれ？」

「アストリッド・ヒルストルム。行方不明の若者の一人です。彼女の母親です」

ヴァランダーはそこまで聞いてだれかわかった。

「用事は？」

「ひどく興奮しているんです。娘から絵はがきが来たと。ウィーンの消印だそうです」

ヴァランダーは眉を寄せた。

「それはいいニュースじゃないか？　娘からの連絡なら」

「筆跡がちがうというんです。これは娘が書いたものではないと。われわれがなにもしないことにひどく腹を立てています」

「犯罪が起きてもいないのに、われわれになにができるというんだ？　しかも自分たちの意思で旅行に出たと思われる証拠が十分にあるときに」

少し経ってからマーティンソンが答えた。

「よくわかりませんが、母親の言うこともうなずける気がします。どこがと言えませんが、真実味があるんです」

ヴァランダーはマーティンソンの言葉に神経を集中させた。長年いっしょに働いているうちに、マーティンソンの予感には真剣に耳を傾けるほうがいいと学んでいた。彼が正しかったとあとでわかることがよくあった。

「すぐに署に行くほうがいいか？」

「いいえ、それはいいです。しかし、明日スヴェードベリと三人でこの件を取り上げましょう」

「何時に？」

「八時はどうですか？　スヴェードベリと相談してみます」

通話は終わり、ヴァランダーは電話を切ってそのまま運転席で考えた。道路から見える畑でトラクターが動いている。彼はそれを目で追った。

マーティンソンの言葉を思い返した。彼自身、何度かアストリッド・ヒルストルムの母親に会っていた。

頭の中で、もう一度できごとを思い出してみた。

夏至の日から数日後のことだった。若者が何人か行方不明だという訴えがあった。彼自身は雨にたたられた夏休みから戻ったばかりだった。数人の同僚といっしょにこの通報を検討した。だが最初から彼は事件性がないという感じを受けた。三日後、ハンブルクからはがきが来た。

ハンブルク駅の写真の絵はがきだった。はがきに書かれた文をはっきり思い出せた。ヨーロッパを旅行してます。帰りは八月半ばでしょう。

今日は八月七日水曜日。彼らはまもなく帰ってくるはずだ。そしていまもう一枚はがきが来た。今度はウィーンからで書き手はアストリッド・ヒルストルムだという。

最初のはがきには三人のサインがあった。親たちはわが子のサインが確認できた。アストリッド・ヒルストルムの母親だけが疑念をもったが、ほかの親たちになだめられた。

ヴァランダーはバックミラーで後方を確認すると、ふたたび車を走らせた。マーティンソンの予感はときどき当たることがある。

ヴァランダーはマリアガータンに車をつけると、段ボール箱と五枚の絵をアパートに運び込んだ。それから電話した。かかりつけの医者のクリニックは留守電対応になっていた。八月十二日に休暇から戻るとのこと。それまで待つかどうかだ。だがその日の朝もう少しで死ぬところだったことが頭を離れなかった。ほかの医者に電話すると、翌日十一時に予約がとれた。洗濯室に行って使用時間の予約を書き込むと、部屋の掃除をした。だが寝室に掃除機をかけただけでぐったりと疲れ、居間は適当に済ませて掃除機をしまった。段ボール箱と絵はリンダが泊まりに来たときに使う部屋に入れた。

その後、立て続けにグラスで三杯水を飲んだ。

こののどの渇きも異常だった。

疲れとのどの渇き。なぜだろう。

十二時。腹が減った。冷蔵庫を見たがなにもない。上着をはおって外に出た。日差しが暖かい。町の中心部まで歩いた。途中三軒の不動産屋の前に立ち止まって、ウィンドーに貼り出された物件を見た。ローベルト・オーケルブロムのつけた売値は妥当だった。ルーデルップのような田舎の一軒家に三十万クローネ以上の値がつくはずがなかった。

街角のスタンドでハンバーグを食べ、ミネラルウォーターを二本飲んだ。その近くのなじみの靴屋でトイレを借りた。外に出たとたん、彼はどうしていいかわからなくなった。休みの日には、買い物しなければならない。足りないのは冷蔵庫の中身だけではない。パントリーにもなにもない。だがいまは、車を取りに行って大きなスーパーに買い物に出かけることは考えられない。ハムヌガータンを行き、踏み切りを渡ってスパニエンファーラレ・ガータンまで来て曲がった。小型船の停泊所まで来ると、ゆっくりと桟橋《さんばし》を歩いてつながれているボートをながめた。ヨットを走らせるのはどういう気分だろう。彼にはまったくその経験がなかった。そんなことを考えているうちにまたトイレに行きたくなった。船着き場のオープンカフェでトイレを借り、ミネラルウォーターをまたもや一本飲み、そこから沿岸警備隊の赤い小屋まで行ってベンチに座った。

最後にそこに座ったのは冬で、バイバが帰国した日だ。

彼女をスツールップ空港まで見送った。冬の空は暗く冷たい風に交じった小雪が強烈な光でライトアップされた空港の空に舞っていた。二人とも無言のままだった。パスポート審査の入り口に彼女が入るのを見届けてから、彼は一人イースタに戻り、このベンチに座ったのだった。あのときは風が冷たかった。震えながら、このベンチに座り続けた。そしてすべては終わったと思った。彼女にはもう二度と会わないだろう。今度の別れは最終的なものになるだろう。

一九九四年の十二月、バイバはイースタに来た。父親が死んでまもないころだった。ヴァランダーは警察官として働いてきた経験の中でも、もっともむずかしい事件の一つと言っていい、やっかいな殺人事件の捜査を終わらせたところだった。またその秋は、長年考えていた、将来についての計画を立てたときでもあった。マリアガータンから田舎へ引っ越そうと思ったのだ。犬を飼うつもりだった。ブリーダーを訪ねてラブラドールの子犬を見たりした。人生に一区切りつけたい気分だった。その中でいちばん重要だったのは、バイバがそばにいてくれることだった。彼女はその年のクリスマスから正月にかけてイースタにやってきた。リンダと彼女は初めからうまくいっているのが見てとれた。年が明けて数日経ち、リガに戻る前に、二人は真剣に将来について話し合った。その年の夏にもバイバがスウェーデンに移住することはできないかと検討した。いっしょに家も見た。スヴェンストルプの村外れにある一軒の小さな農家を何度も見に行った。それからしばらく経った三月のある夜、ヴァランダーはすでに眠っていたのだが、彼女がリガから電話をかけてきた。迷っているという。結婚はしたくない。スウェーデンに移住もしたくないという。とにかくいまはまだ。不安になって、ヴァランダーは数日後リガへ飛んだ。行けば彼女を説得できると思った。だが、結果は長い、容赦のない口論で終わった。初めてのけんかだった。その後約一ヵ月、彼らは互いに連絡をしなかった。ヴァランダーのほうから電話をし、二人はその夏ラトヴィアで過ごすことに決めた。リガ湾に面した崩れそうな古い館を大学教師の同僚に借りて夏の二週間を過ごした。毎日長時間海岸を散歩したが、ヴァランダーは前の苦い経験から彼女のほうから将来についての話題を取り上げてくれるのをひそかに待った。だが、とうとうがまんできずその話題に触れると、彼女は言葉を濁《にご》した。いまはだめ、まだだめ。なぜいまのままではいけないのかと言った。スウェーデンへの帰途、ヴァランダーは気落ちしてしまった。これからどうなるのかわからなかった。秋、彼らは一度も会わなかった。会おうという話はあった。さまざまな計画もたてた。だがそのどれもが実現しなかった。ヴァランダーが疑問を抱きはじめたのはこの時期だった。リガに男がいるのだろうか？　だれか彼の知らない男が？　嫉妬を感じて何度か真夜中に彼女に電話をかけたこともあった。二回ほどは部屋にほかの人間の気配を感じたように思った。彼女がきっぱりと否定したにもかかわらず。

彼女はその年もイースタにやってきた。リンダはクリスマス・イヴしかいっしょにいられず、そのあとは友だちとスコットランドへ出かけてしまった。数日後、新年になってから、バイバはスウェーデンへ移住することはどうしても考えられないと告げた。長いためらいののち彼女の出した結論だった。大学での仕事を失いたくなかった。スウェーデンで自分になにができるというのか？　それもイースタで？　通訳の仕事はできるかもしれない。でもほかには？　ヴァランダーは説得を試みたが、うまくいかず、そのうちにあきらめてしまった。言葉に出して言ったわけではなかったが、この関係は終わろうとしているのだと理解した。四年つきあっても、将来につながる道を見いだすことはできなかった。ヴァランダーは彼女を空港まで送り、パスポート審査の入り口に彼女が消える姿を見て、その後この沿岸警備隊の小屋の外の冷たいベンチに長い時間座り込んだ。気分が落ち込み、それまで以上に強く孤独を感じた。だが、そこにはほかの感情もひそかに混じっていた。ほっとした気分。とにかくこれで彼はバイバとの将来を心配することから解放されたのだ。

モーターボートが一艘、港から出ていった。ヴァランダーは立ち上がった。またトイレに行きたくてしかたがなかった。

バイバとはそれからも電話でときどき話をした。それもしだいに間遠になり、最後に話をしたのは半年以上も前だった。この夏、ゴットランド島のヴィスビーの旧市街を歩いていたとき、リンダが突然バイバとの関係はもう完全に終わったのかと訊いた。

「ああ。もう終わった」と彼は答えた。

リンダは言葉の続きを待った。

「どうしようもなかった。どちらも本当は別れたくなかったのだが、避けられなかったんだ」とヴァランダーは娘に言った。

さっきのカフェまで戻り、ウェイトレスに合図して、トイレを借りに中に入った。

それからまた歩いてマリアガータンまで戻った。車を出してマルメ方面へ向かった。その途中にいつも買い物をするスーパーがある。店に入る前に車の中で買い物リストを作った。だが店に入りショッピングカートを押しはじめたときには、リストは見つからなかった。車に忘れてきたのだ。戻って取ってくるまでのことはなかった。家に帰って食べ物を冷蔵庫と食料庫に入れたころにはもう四時をまわっていた。ソファに横たわり新聞を読もうとした。が、横になるなり眠ってしまった。一時間後にびくっとして目を覚ました。夢を見ていた。

ローマに父親といっしょにいた。だが、そこにはリードベリもいた。それにやたらと背の低い人間たちも。その連中にひっきりなしにすねをつねられたのだ。

ヴァランダーはソファに起き上がった。

おれは死んだ人間の夢をよく見る。これはなにか意味があるのか？　おやじは死んだ。ほとんど毎晩おやじの夢を見る。そしていまリードベリの夢を見た。同僚でよい友でもあった。なにはともあれおれに警察官の仕事を手ほどきしてくれた先輩でもある。死んでから五年になる。

バルコニーに出た。依然として暖かく、風もない。地平線に雲が集まりはじめている。

急に彼は自身の孤独を強く感じた。リンダ、それもストックホルムに住んでいてめったに会うことのない娘以外に、親しい人間はほとんどいない。つきあいは仕事の同僚にかぎられている。だが彼らとプライベートに会うことは決してない。

洗面所へ行って顔を洗った。鏡を見る。小麦色に日焼けしている。が、疲れがそのまま顔に表れている。左の目は血走っているし、額の髪の生え際がいちだんと後退している。

体重計に乗ってみた。夏前に比べると数キロ減ってはいるが、それでも重すぎることにちがいはなかった。

電話が鳴った。出てみると、イェートルードだった。

「リンゲに着いたとお知らせしたかっただけですよ。なにごともなく無事に着きました」

「ちょうど考えていたところでしたよ。残るべきだったなと」

「いいえ、わたしは一人になりたかったの。思い出がたくさんありますから。でもこちらで気持ちよく過ごせると思いますよ。姉とわたしは昔から仲がいいし」

「来週にでもうかがいますよ」

通話が終わった。が、すぐにまた電話が鳴った。今度はアン＝ブリット・フーグルンドだった。

「うまくいきましたか？」

「なにが？」

「今日、不動産屋に会うんじゃなかったですか？　お父さんの家のことで」

ヴァランダーは彼女とそれについて話したのを忘れていた。

「たぶんうまくいったと思う。三十万クローネで売ってあげるよ」

「でも、まだ見てもいないですよ」

「おかしな気分だよ。あそこはすっかり空っぽだ。イェートルードも引っ越したし。だれかが買ってくれるだろう。おそらくサマーハウスになるんじゃないか。だれかがあの家に住むことになるわけだ。父のことなどなにも知らない人間が」

「なんだか悲しいですね」

「とにかくそういうことさ。じゃ、明日。電話を、ありがとう」

ヴァランダーは台所へ行き、水を飲んだ。

アン＝ブリットはよく気を使ってくれる。自分だったら、こんな状況にいる相手に電話するだろうか。いや、しなかっただろう。

七時になった。ソーセージとポテトをフライパンで焼き、それから皿をひざの上に置いてテレビを見ながらソファで食事をした。チャンネルを替えても、面白そうなものはなにもなかった。コーヒーはバルコニーで飲んだ。太陽が沈むとすぐに空気の暖かさが消えてしまう。彼はまた部屋の中に戻った。

その後の時間はルーデルップから持ってきた父親の遺品の整理をした。

段ボール箱の底に茶封筒に入ったものがあった。開けてみると、色あせた昔の写真が出てきた。前に見たことがあるかどうか、思い出せなかった。一枚は四、五歳の彼自身の写真で、大きなアメリカ車のボンネットに座っている。脇には父親が落っこちないように彼を支えて立っていた。

ヴァランダーはその写真を持って台所へ行き、引き出しの中から拡大鏡を取り出した。

二人とも笑っている。おれはカメラをまっすぐに見て、得意げに笑っている。おやじの絵を買いに来たやくざ者の画商のアメ車に乗っていいと言われてうれしかったのだ。ただのような金で父親の絵を買っていった連中だ。おやじも笑っている。が、その目はおれを見ている。

ヴァランダーはその写真を長い間見つめた。写真はずっと前に封印され、もはや手が届かなくなった昔日から彼に話しかけてくる。まだそのころは父親との関係はよかったのだ。警官になると決めたときから、それが変わってしまった。亡くなる前は、長い間失われていたものをゆっくり取り戻すところまで回復してはいたが。

だが、この写真のときの関係までは戻れなかった。ぴかぴか光るビューイックのボンネットに抱きかかえられて乗せられ、笑っていたころの関係までは。ローマ旅行でおれたちは近づいた。だが、すっかり元に戻りはしなかった。

ヴァランダーは画鋲《がびょう》で写真を台所の戸棚のドアに留めた。それからまたバルコニーに出た。雲が上空に近づいていた。部屋に入り古い映画の最後の部分を見た。

ベッドに入ったのは夜中だった。

翌日はまずスヴェードベリとマーティンソンと会議をする。その後医者に行くのだ。

暗闇の中で彼は長いこと目を覚ましていた。

二年前、彼はマリアガータンから引っ越そうと思っていた。犬を飼い、バイバといっしょに田舎に住むと。

だが、そのどれも実現しなかった。バイバはいない。家もない。犬もいない。なにもかも以前のままだ。

なにかが起きなければだめだ。ふたたび前向きに生きる気分をもたらすなにかが。

やっと眠りに落ちたころには三時をまわっていた。

2

明くる朝、雲は夜のうちにイースタの空から消えていた。

ヴァランダーは六時に目を覚ました。また父親の夢を見たのだ。断片的でとりとめのないイメージが浮かんでは消えた。夢の中で、彼は子どもでもあり大人でもあった。理解できるような脈絡はなかった。夢はまるで霧の中で沈みかけている船のようだった。

起き上がり、シャワーを浴びると、コーヒーを飲んだ。外に出ると、夏の暖かさがまだ残っているのがわかった。そのうえめずらしいことに風がなかった。車で署へ行った。まだ七時前なので、廊下に人影もない。コーヒーを持ってきて自分の部屋に入る。机の上のフォルダが少ないのを見て、こんなに仕事がないのは久しぶりだと思った。経験上、仕事量が増えると担当者の数が足りなくなるのがわかっていた。捜査報告は読まれないまま放置されるか、適当に扱われる。捜査が立件につながらないケースが多いのは、時間がないからだとヴァランダーは知っていた。もっと時間があれば、もっと必要な捜査員の数が確保できれば、そんなことにはならないはずだ。

犯罪が割に合うことかどうかは議論の余地があるところだ。そもそも犯罪が割に合うかどうかなどということがいつから議論されるようになったのかはさだかではない。が、彼はかなり前からスウェーデンの犯罪率はかつてないほど上がっているという実感をもっている。巧みな経済犯罪を犯す者たちは、いまではほとんど捕まえることができないフリーゾーンにいると言っていい。そこでは法治国家という概念は完全に死滅している。

ヴァランダーはこれらの問題を同僚としばしば話し合ってきた。一般市民がこれらの傾向に寄せる不安が強まっているのにも気づいていた。イェートルードの心配、洗濯室で会う隣人たちの心配もそれを物語っている。

ヴァランダーは彼らの心配は根拠のあるものだと思う。だが、抜本的な対策はなにも施されていないこともまた彼には見えていた。それどころか、逆に警察も裁判所も人員削減を図っているのだ。

上着を脱いでハンガーに掛けると、窓辺に行って町の貯水塔をながめた。

ここ数年間、スウェーデンにはさまざまな自警団が生まれている。市民自警団だ。ヴァランダーは長年そのような組織が生まれるのを恐れていた。正常な法治体制が機能しなくなると、私的な刑罰がそれに取って代わろうとする。市民が自らの手で処刑《リンチ》をおこなうのが当たり前と見なされるようになる。

窓辺に立って、そもそもスウェーデンにはどれほどの数の非合法な銃器が横行しているのだろうと思った。あと数年経ったら、スウェーデンはどんな社会になっているのだろう。

机に向かい、昨日配布されたと思われる通達のいくつかに目を通した。その一つは、増加する偽造キャッシュカードへの全国レベルでの取り組みに関するものだった。ヴァランダーはうんざりしながら、アジアの国のどこかで偽造カードが大量に生産されているという報告書を読んだ。

もう一つの通達は、一九九四年からこの夏までおこなわれてきたコショウの粉末スプレーの使用に関する試用報告だった。ストーカー予防に女性がこのスプレーを警察からもらうことができるという案だった。二度ほど読み直したのだが、ヴァランダーにはどういう結果になったのか、結論がわからなかった。首をすくめて彼はこの二つともくずかごに放り投げた。ドアを少し開けておいたので、外からの人声が聞こえた。女性の笑い声。ヴァランダーは笑顔になった。それは署長のリーサ・ホルゲソンの声だ。二年ほど前にビュルクのあとを継いで就任した。当初は署の最高責任者が女性になることに不満を抱く者もすくなくなかったが、ヴァランダー自身はかなり早くからホルゲソンに一目置いていて、その印象はいまでも変わっていなかった。

七時半になった。電話が鳴った。受付のエッバだった。

「うまくいきましたか？」

昨日のことを訊いているのだとわかった。

「家はまだ売れてはいないが、きっとうまくいくと思うよ」

「十時半に見学者グループに対応してもらえるか、訊きたいんですけど」

「見学者？　夏なのに？」

「退職した船舶の上級乗組員たちですが、毎年八月にスコーネで会合を開くんです。〈海熊〉とかいうグループ名で」

ヴァランダーは医者の予約時間を思い出した。

「ほかの者に訊いてくれないか。おれは十時半から十二時まで外出する」

「それじゃアン＝ブリットに訊いてみます。年取った船長さんたちは女性警察官のほうがいいと思うかもしれませんね」

「あるいは、その逆か」ヴァランダーが答えた。

八時近くになってもヴァランダーはいすに座って窓の外を見る以外、なにもしていなかった。疲れが全身をおおっていた。医者になんと言われるだろう。この疲れと数度にわたるふくらはぎのひき攣《つ》りは、なにか深刻な病気の表れなのだろうか？

やっと立ち上がると、廊下の向こうの会議室の一つへ行った。マーティンソンはすでに来ていた。理髪店に行ったばかりで、日にも焼けている。ヴァランダーは二年前にマーティンソンが警察を辞めようとしたときのことを思い出した。娘が校庭で殴られたときだった。父親が警察官であるという理由でだ。だが、マーティンソンは思いとどまった。いまではイースタ署でもっとも長く働いている者の一人になっていたが。ヴァランダーにとってはいつまで経ってもマーティンソンはついこの間警察官になったばかりの若造だった。

テーブルにつくと、二人はまず天気のことから話しだした。八時五分になっていた。

「スヴェードベリはどうしたんでしょうか？」マーティンソンが訊いた。

当然の疑問だった。スヴェードベリは時間を守ることで知られていた。

「直接話したのか？」

「探したときは署にいませんでした。それで彼の家の留守電に伝言を入れておいたんですが」

ヴァランダーはテーブルの上の電話に目を移してうなずいた。

「もう一度電話してみたらどうだ」

マーティンソンが番号を押した。

「いったいどこにいるんですか？　会議室で待ってますよ」

受話器を置いた。

「また留守電でした」

「こっちに向かっているんだろう。始めていようか」

マーティンソンは書類に目を通しはじめた。その中から絵はがきを一枚ヴァランダーに渡した。ウィーンの中心部の航空写真だった。

「これがヒルストルム家の郵便受けに入っていたものです。八月六日火曜日のことです。読めばわかりますが、思ったより長い旅になりそうだとアストリッド・ヒルストルムは書いています。すべては順調で、みんなもよろしくと言っていると。ほかの家族に電話をかけてそう伝えてくれと母親に頼んでいます」

ヴァランダーははがきを読んだ。筆跡はリンダのに似ている。丸い字だ。

絵はがきを置いて言った。

「それで、母親のエヴァ・ヒルストルムが来たのか？」

「文字どおり、嵐のような勢いで私の部屋にやってきましたよ。神経質な女性だということはわかってましたが、神経質なんてもんじゃない、恐怖でひきつってました。なにより、確信してました」

「なにを？」

「なにかが起きたと。このはがきは自分の娘が書いたものではないということもですが」

　ヴァランダーはいまの言葉を考えた。

「筆跡か？　名前のサインか？」

「筆跡はアストリッドのものによく似ています。しかし母親は、娘の字は真似やすいと言ってます。サインも同様です。母親がそう言うのですから、そのとおりかもしれないと思います」

　ヴァランダーはノートとペンを引き寄せた。絵はがきに書かれたアストリッド・ヒルストルムの文字を真似るのに一分もかからなかった。

「母親が警察にやってきたのは不安になったためだ。それは理解できる。だが、筆跡とサインだけが不安の原因でないのなら、なんなんだ？」

「それは彼女にもはっきり言えませんでした」

「だが、それを訊いたんだな？」

「言葉遣いか、文章の書きかたかと、不安原因となり得ることを推測していろいろ訊きましたが、わからないというんです。それでもはがきを書いたのは自分の娘ではないという確信があるようです」

　ヴァランダーは顔をしかめて首を振った。

「なにかあるね」

二人は視線を交わした。

「昨日あんたが言ったこと、覚えているか？　あんた自身おかしいと思いはじめたと」

マーティンソンはうなずいた。

「ええ。なにかが、おかしいんです。なにと言うことはできないんですが」

「問いを変えてみよう」ヴァランダーが言った。「彼らがこの突発的な旅行に出かけたというのがうそならば、なにが起きたのだろう？　それじゃだれが絵はがきを外国から書いてくるのだろうか？　彼らのパスポートはなくなっている。車も捜したがどこにもない」

「いや、自分の間違いかもしれない。アストリッドの母親の心配がうつってしまったのかもしれません」

「親が子どもの心配をするのは当然のことだ。自分もリンダのことでどんなに心配したか、覚えがある。考えられないような世界の果てからはがきが来たことだって一度や二度じゃなかった」

「この件、どうしましょうか？」

「もう少し様子をみよう。だがその前にもう一度、見逃しているものがないかどうか、チェックしてみるんだ」

マーティンソンが始めからのまとめをした。いつもながらそれはわかりやすく明快だった。いつかアン＝ブリット・フーグルンドから、マーティンソンに報告のしかたを教えたのかと訊かれたことがある。そんな覚えはないと否定したのだが、フーグルンドはそうにちがいないと言い張った。ヴァランダーはいまでもそのことはよくわからなかった。

ことの経過は簡単だった。二十歳から二十三歳までの若者三人が、夏至前夜《ミッドサマー・イヴ》をいっしょに祝おうと決めた。マーティン・ボイエだけはシムリスハムヌに住んでいたが、ほかの二人、レーナ・ノルマンとアストリッド・ヒルストルムはイースタの町の東側に住んでいた。三人は長年の友だちで、親しくつきあっていた。三人とも裕福な家庭の子どもたちだった。レーナ・ノルマンだけはルンド大学の学生だったが、ほかの二人はさまざまなアルバイトをして暮らしていた。犯罪と関係したり、麻薬と関係した経歴はだれもなかった。アストリッドとマーティンはまだ親元で暮らしていたが、レーナはルンドの学生寮に住んでいた。ミッドサマー・イヴをどこで祝うか、彼らはだれにも教えていなかった。親たちは互いに訊き合ったり、子どもたちの友人に尋ねたりしたが、わからなかった。が、それは特別なことではなかった。三人はいままでも秘密に行動することがあって、部外者に計画を話したりはしなかった。姿を消したとき、彼らの車、ボルボとトヨタの二台もなくなった。三人は六月二十一日の午後に家を出たきりになった。最初のはがきは六月二十六日ハンブルクの消印で、そこにはヨーロッパ旅行に出かけたとだけあった。数週間後、アストリッド・ヒルストルムがパリからはがきを送ってきた。これから南下するとあった。そしていま彼女はまたはがきを送ってきたというわけだ。

マーティンソンの話が終わり、ヴァランダーは考え込んだ。

「なにが考えられる?」

「わかりません」

「なにか不自然なことが起きたと考えられる要素があるだろうか？」

「それもないと思います」

ヴァランダーはいすに寄りかかった。

「それじゃエヴァ・ヒルストルムの心配だけが不安の原因というわけか。よくある母親の心配というやつかもしれんな」

「そうですね。とにかく彼女は自分の娘の筆跡じゃないと言い張ってます」

ヴァランダーはうなずいた。

「警察に捜索手配をしてほしいのだろうか？」

「いや、そこまではしないまでも、なにかしてほしいのですよ。そう言っています。『警察はなにか手を打つべきです』と」

「失踪者の捜索手配をする以外に警察にできることなどないではないか。すでにコンピュータには彼らの名前を登録したし」

沈黙。九時十五分前になっていた。ヴァランダーは眉をひそめてマーティンソンを見た。

「スヴェードベリは？」

マーティンソンは受話器を取ってまたスヴェードベリに電話をかけた。が、すぐに切った。

「また留守電です」

ヴァランダーは絵はがきをマーティンソンに戻した。

「いまはこれ以上話は進まないだろう。だが、今度はおれがエヴァ・ヒルストルムと話してみよう。それから今後の方針を決めるのだ。だが、いまのところ全国に捜索手配をするには根拠が薄すぎる。少なくともいまの段階ではまだ」

マーティンソンは紙にエヴァ・ヒルストルムの電話番号を書いた。

「彼女は会計士です」

「夫はどこにいるんだ？　アストリッドの父親は？」

「離婚しているようです。たしか一度電話がありました。夏至《ミッドサマー》の翌日だったと思いますが」

ヴァランダーは立ち上がった。マーティンソンは書類をまとめ、二人は会議室を出た。

「もしかするとスヴェードベリもおれと同じことをしたんじゃないか？　つまり、一日休暇をとったとか？　おれたちが知らなかっただけで」

「休暇はもうとったはずです」マーティンソンがきっぱりと言った。「休暇が取れる日は残っていないはずです。ぜんぶ一気にとりましたから」

ヴァランダーは驚いて彼を見た。

「どうしてそんなことを知っているんだ？　スヴェードベリはふだんあまり予定を言わない男だが？」

「自分が一週間だけ休暇を取りかえてくれないかと訊いたときに、できないと言われたんです。今回は、休暇を一気にとるつもりだと言ってました」

「スヴェードベリがいままでそんなことをしたことはないと思うが？」

マーティンソンの部屋の前で別れた。自室に入るとヴァランダーはマーティンソンからもらったなかで一番上にあった電話番号にかけてみた。電話口に出た相手の声には聞き覚えがあった。エヴァ・ヒルストルム、アストリッドの母親だ。午後に署で会うことになった。

「なにかあったのですか？」

「いや、そうではないのですが、私もあなたの話を聞きたいと思ったので」

電話を切り、コーヒーを取りに行こうとしたときに、フーグルンドが現れた。つい先日休暇から戻ったばかりなのに、顔色が悪かった。

それは彼女の内側からくるものだろうとヴァランダーは思った。彼女は二年前に遭遇した銃撃からまだ本当の意味では回復していなかった。身体的には回復したことになっていたが、ヴァランダーは疑問に思っていた。ときどきフーグルンドは慢性の恐怖心を抱いているのではないかと思うことがあった。

そうだとしても驚かなかった。彼自身二十年以上前にナイフで腹をえぐられたことがあったが、いまでもその記憶は鮮やかに残っていた。

「お邪魔でしょうか？」

ヴァランダーは来客用のいすを指した。フーグルンドは部屋に入り、腰を下ろした。

「スヴェードベリを見かけなかったか？」ヴァランダーが訊いた。

彼女は首を振った。

「会議をすることになっていたんだ。マーティンソンとおれと彼の三人で。だが、スヴェードベリは来なかった」

「スヴェードベリは会議をサボったりしませんよね？」

「そのとおり、彼にかぎってそんなことはしない。だが、来なかったのだ」

「家には電話しましたか？　病気かもしれない？」

「マーティンソンが何度も留守電に伝言を残している。それに、スヴェードベリはいままで病欠したことがない」

二人は口をつぐみ、スヴェードベリの居所を思った。

「で、用件はなんだ？」

「東欧諸国へ車を密輸していたギャングたちのこと、覚えていますか？」

「忘れられるはずがないではないか？　この数年間おれが取り組んできた案件だぞ。中心人物は捕まえた。少なくともスウェーデンにいた連中は」

「それが、また始まったらしいのです」

「中心人物たちが刑務所にいるのにか？」

「替わりの人間たちがやってるようです。いまの状況を利用して。今回の場所はヨッテボリじゃないようです。リクセーレあたりです」

ヴァランダーは驚いた。

「北スウェーデンのか？」

「いまはネット時代、どこだって同じことですよ」

ヴァランダーは首を振った。そうしながらも、フーグルンドが正しいことは知っていた。組織犯罪者たちは最新のコンピュータ技術を駆使している。

「おれはまた車の密輸の捜査を初めからやる気はしないな」

「わたしがやります。署長にそう命じられました。あなたが中古車の密輸の捜査にどんなにうんざりしているかご存じですから。それで全体の話をうかがいに来たのです。ついでになにかよいアドヴァイスも」

ヴァランダーはうなずいた。翌日引き継ぎすることにし、時間を決めた。それから二人で食堂へ行き、コーヒーを手に窓辺に座った。

「休暇はどうだった？」ヴァランダーが訊いた。

フーグルンドは急に涙ぐんだ。ヴァランダーがなにか言おうとすると、彼女は手を上げてさえぎった。

「あまりよくなかったんです」少し落ち着くと彼女は言った。「でも、そのことはお話ししたくありません」

コーヒーカップを手に取ると、フーグルンドはそそくさと立ち上がった。彼女の反応におどろいてヴァランダーは座ったままその背中を見送った。

われわれいっしょに働いているものは、互いを知らないのだ。彼らはおれについて知らないし、おれも彼らについて知らない。仕事をしている時間のほとんどをいっしょに過ごしているというのに、相手のなにを知っているだろう？

なにも知らない。

時計を見た。時間はたっぷりあった。が、早めに署を出て、カペルガータンのクリニックまで歩いていくことに決めた。

心配だった。気分が落ち込んでいた。


まだ若い医者だった。ヴァランダーはそれまで一度もこの医者にかかったことがなかった。ユーランソンという名前で、スウェーデン北部のなまりがあった。ヴァランダーは自分の症状を話した。疲労感、のどの渇き、頻尿。頻繁《ひんぱん》にふくらはぎが攣ることも話した。

医者は即答し、彼を驚かせた。

「それは糖の問題ですね」

「糖？」

「そう。あなたは糖尿病だと思われます」

一瞬、ヴァランダーは固まってしまった。考えてもいなかったことだった。

「お見かけしたところ、肥満、それもかなりと言っていいでしょう。検査をすれば、私の見立てどおりかどうかわかります。でもその前に、いくつか質問をさせてください。血圧が高いかどうかは知ってますか？」

ヴァランダーは首を振った。それから上着を脱ぎ、診察台に横たわった。

脈拍に異常はなかった。だが、血圧は高すぎた。上が一七〇、下が一〇五だった。体重計に乗った。九十二キロ。それから尿検査と血液検査を受けた。女性の看護師がほほ笑んだ。姉のクリスティーナに似ている、とヴァランダーは思った。

ふたたび医者の部屋に入った。

「正常血糖値は七〇から一〇九の間ですが、あなたの場合は三〇〇です。言うまでもなく高すぎます」

ヴァランダーは気分が悪くなった。

「これがあなたの疲労感の原因です。のどの渇きとふくらはぎの攣りもこれが原因です。しょっちゅうトイレに行きたくなるのも説明がつきます」

「薬で治せるんですか？」

「その前に、食餌療法を指導します。血圧も下げなければなりませんね。十分に運動をしていますか？」

「いや」

「まずそれから始めてください。食事と運動。これらが役に立たなかったら、つぎの手段を講じましょう。とにかく、この血糖値では、体全体がイカレてしまうのも時間の問題ですよ」

おれが糖尿病？　思っただけでも恐ろしかった。

医師は彼の不快感を察知したようだった。

「ちゃんと治すことができる病気ですよ。これが原因で死ぬことはありません。とにかく、いまはまだ」

もう一度血液検査を受け、ダイエット品目のリストを渡された。早くも月曜日にはまた来るように予約が取りつけられた。ヴァランダーはガムラ・シルクゴーデンの墓地に行き、ベンチに腰かけた。まだ医者から言われたことが半信半疑だった。老眼鏡を取り出して、ダイエット品目を読みはじめた。

十二時半に署に戻ると、受付に彼宛の電話メモがいくつかあったが緊急なものはなかった。ハンソンと廊下でばったり出会った。

「スヴェードベリは現れたか？」

「来てないのか？」ハンソンが反対に訊いてきた。

ヴァランダーはそれ以上なにも言わなかった。エヴァ・ヒルストルムが一時過ぎに来ることになっていた。マーティンソンの部屋のドアが少し開いていたのでのぞいて見たが、中は空っぽだった。机の上に朝のミーティングでも見た薄いファイルがあった。ヴァランダーはそれを手に取ると、自室へ行った。ファイルの中身にざっと目を通し、三枚の絵はがきも読み直した。だが、医者の言葉が引っかかり、集中できなかった。

受付からエッバが電話してきて、エヴァ・ヒルストルムが来たという。ヴァランダーは受付まで下りて、ヒルストルムを迎えた。高齢者のグループ、それも屈強な男ばかりがちょうど建物から出ていくところだった。警察を見学に来た元船乗りだろうとヴァランダーは推測した。

エヴァ・ヒルストルムは背が高く、痩せた女性だった。顔に警戒心が表れている。ヴァランダーは最初に会ったときから、いつも最悪のことを予期する、心配性の人間のようだという印象を受けた。

握手をし、部屋に案内した。途中、コーヒーはどうかと訊いた。

「コーヒーは飲みません。強すぎて胃によくないので」

ヒルストルムは来訪者用のいすに腰を下ろしたが、この間ずっとヴァランダーから目を離さなかった。

おれがなにか最新情報を手に入れたと思っているのかもしれない、とヴァランダーは思った。それも悪いニュースを。

彼は机越しに彼女に話しかけた。

「昨日、数日前に届いた絵はがきを届けてくれたとき、同僚のマーティンソンと話をしましたね。娘さんのアストリッドのサインがあって、投函されたのはウィーンでした。しかし、それを書いたのは娘さんではないとあなたは疑っている。そうでしたね?」

「はい」

その返事には迷いがなかった。

「マーティンソンによると、疑いの理由は説明できなかったとか?」

「はい、いまでもできません」

ヴァランダーは絵はがきを取り出し、彼女の前に置いた。

「娘さんの筆跡は真似やすいと言ったそうですね?」

「やってみればわかりますよ」

「ええ、やってみました。そのとおりだと思います。娘さんの筆跡を真似るのは、むずかしいことじゃない」

「すでにご存じなら、なぜわざわざわたしに訊くのですか？」

ヴァランダーは彼女を見つめた。マーティンソンの言うとおり、この女性の緊張と心配は極限に達していると感じた。

「質問するのは、さまざまなことを確認するためです。ときにはそれが必要なのですよ」

ヒルストルムはうなずいた。

「しかしそれだけでは、この絵はがきを書いたのがアストリッドではないとする理由としては弱すぎる。なにかほかにも、これが偽物だとする根拠がありますか？」

「いいえ。でも、わたしは自分が正しいと知ってます」

「正しいとは？」

「その絵はがきを書いたのは、アストリッドではないということに関して。これもそうですし、前に来たほかのはがきもそうです」

突然エヴァ・ヒルストルムは立ち上がり、金切り声で叫びだした。ヴァランダーはその激しさに度肝を抜かれた。彼女は机越しにヴァランダーの腕をつかむと、揺さぶった。その間ずっと叫びどおしだった。

「なぜ警察はなにもしないの！　まちがいなく起きているのに！」

ヴァランダーはやっとの思いで彼女の手を払って立ち上がった。

「落ち着いていただきたい」

だが、エヴァ・ヒルストルムは甲高い声で叫び続けた。部屋の外では、みんななにごとが起きたかと思っているだろう。ヴァランダーは机をぐるりとまわって、ヒルストルムの肩をむんずとつかんだ。それから彼女をいすに座らせ、そのまま肩の手を離さなかった。

叫び声は始まったときと同じように唐突に止んだ。ヴァランダーはそっと手を肩から引き、机に戻った。ヒルストルムは目を伏せて床を見ている。ヴァランダーは黙って様子をうかがったが、心の中は大きく動揺していた。彼女の反応、彼女の確信にはなにか真実がある。それがいま彼に伝わっていた。

「本当のところ、なにが起きたと思うんです？」

しばらくして、彼は訊いた。

彼女は首を振った。

「わかりません」

「事故が起きたとか、ほかのなにかが起きたことを示唆するものは、なにもないと言っていいですよ」

彼女はヴァランダーを正面から見た。

「アストリッドはこの友人たちといままでも旅行に出かけていますね」ヴァランダーが話を続けた。「今回のように長期間ではないかもしれないが。車をもっているし、金もある、パスポートももっている。今回のようなことはいままでもあった。それにアストリッドもほかの二人も、衝動的に行動してしまう年齢だ。計画らしい計画もせずに。私にもアストリッドとあまり年のちがわない娘がいます。このくらいの年ごろの若者のことはわかっているつもりです」

「それでも、わたしにはわかるんです。たしかにわたしは取り越し苦労することもありますが、今回ばかりは絶対におかしいとわかるんです」

「ほかの親御さんたちはあなたのように心配していませんね。マーティン・ボイエの親たちもレーナ・ノルマンの親たちも」

「わたしには理解できないことですけど」

「ご心配はちゃんと受け止めます。それが警察の仕事ですから。もう一度、失踪者捜索開始のぜひを会議にかけましょう」

その言葉を聞いて、少なくとも一瞬彼女は落ち着いたようだった。が、不安は消えていない。顔にはっきり表れていた。ヴァランダーは気の毒になった。

話が終わり、彼女は立ち上がった。ヴァランダーは受付まで見送った。

「さっきは取り乱してごめんなさい」エヴァ・ヒルストルムが小声で言った。

「あなたが不安に思うのは当然のことです」ヴァランダーは答えた。

彼女はすばやく握手すると、正面のガラスドアから出ていった。

ヴァランダーは部屋に戻った。マーティンソンがドアから首を出して、興味津々の顔で言った。

「いったいなにがあったんですか？」

「エヴァ・ヒルストルムは本当に心配してるんだ。彼女の心配は本心からのものだ。なんとか対応しないとな。どう対応すればいいのか、おれにはわからんが」

彼はマーティンソンを見て、考えながら言った。

「一度みんなで集まってこの問題を話し合おう。時間の都合のつくもの全員でだ。対応を決めよう。失踪人として捜索を開始するかどうかだ。この若者たちのことでは、おれも少し不安を感じるところがある」

マーティンソンがうなずいた。

「スヴェードベリを見かけましたか？」

「まだ連絡がないのか？」

「はい、なにも。電話しても相変わらず留守電です」

ヴァランダーは顔をしかめた。

「彼らしくないな」

「また電話してみます」

ヴァランダーは部屋に戻ると、ドアを閉め、エッバに電話した。

「これから三十分、電話をつながないでくれ。そういえば、スヴェードベリからなにか連絡があったか？」

「あるはずなんですか？」

「いや、ただ訊いただけだ」

ヴァランダーは足を机の上に上げた。疲れていた。口の中が乾く。

それから決心した。上着を取り、部屋を出た。

「ちょっと出かけるが、一時間かそこらで戻る」とエッバに言った。

依然として外は暖かく、風もなかった。ヴァランダーはスールブルンスヴェーゲンの通りに面している町立図書館へ行った。少し手間どったあと、医学書の棚にたどり着いた。まもなく探しているものが見つかった。糖尿病についての本だ。閲覧机に向かい、老眼鏡を取り出して読みはじめた。

一時間半後、糖尿病についての大まかな知識を得た。同時に、悪いのは自分だということも悟った。かたよった食習慣、運動不足、何度もダイエットに挑戦しては失敗してまた元の体重に戻るの繰り返し。

本を書棚に戻した。自己嫌悪と敗北感が胸を締めつける。だが、もはやあとがない。なんとか生活を変えなければならない。

署に戻ったときはすでに四時半を過ぎていた。机の上にマーティンソンからまだスヴェードベリと連絡が取れていないとの伝言メモが置いてあった。

ヴァランダーはあらためて失踪したかもしれない三人の若者たちの資料を読み直した。絵はがきもあらためた。なにか、見逃したことがあるという感じにふたたびおそわれた。それがなんなのかがわからない。だが目に見えない、なにかがある。

不安がつのってきた。来訪者のいすに座ったエヴァ・ヒルストルムの姿が目に浮かんだ。

突然、ことの重大さがわかった。簡単なことではないか。

彼女にはそのはがきは娘が書いたものではないとわかるのだ。なぜわかるかはこの際重要ではない。

彼女はわかっている。それで十分だ。

ヴァランダーは立ち上がり、窓辺に行った。

三人の若者たちになにか異変が起きたのだ。

問題はそれがなにかということだ。

3

その晩、ヴァランダーはきわめて限定的ではあったが、生活を変えてみようと思い立った。夕食には味の薄いコンソメスープとサラダだけ。皿の上に不適当なものが載らないようにあまりに神経を尖らせていたので、その日洗濯の時間を予約していたことを忘れてしまったほどだ。気がついたときはすでに遅かった。

糖尿病とわかったことはよかったのだと思おうとした。血糖値が高いことだけで死ぬ者はいない。だからこれは警告と思えばいいのだ。これからも生き続けたいのなら、生活にいくつか簡単な変更をしなければならない。劇的な変化ではなく基本的な変化だ。だが、食事が終わったとき、彼は食事の前と同様に空腹を感じていた。トマトを一個食べた。それからそのまま食卓でダイエット品目リストを使ってこれからの数日の献立を考えた。これからは警察署までの往復も徒歩と決めた。土曜日と日曜日は海岸へ行って長い散歩をしよう。以前、ハンソンとバドミントンをする話をしたことがある。もしかすると、ついにそのときがきたのかも?

九時になり、彼はようやく食卓から立ち上がった。バルコニーのドアを開けて外に出た。南から微風が吹いている。が、空気はまだ暖かかった。ものの腐る月《ルートモーナデン》の始まりだ。

下の通りを若者たちが歩いていく。ヴァランダーは彼らのあとを目で追った。ダイエット品目と減量プランに集中するのはむずかしかった。頭の中には娘を心配するエヴァ・ヒルストルムの姿が絶えずあった。興奮のあまり食ってかかってきた姿。娘の身への心配が恐怖となってその目に表れていた。それはいつわりのない感情だった。

親によっては自分の子どもを知らない者もいる。だがいっぽう、だれよりも自分の子どものことを知っている親もいる。エヴァ・ヒルストルムはそんな親の一人だ。

バルコニーから部屋の中に戻った。ドアはそのまま開け放したままにしておいた。

なにかを見過ごしているという感じがまたよみがえった。警察の仕事としてどう進むべきかの結論へ導くような、十分な根拠のあるなにかだ。エヴァ・ヒルストルムの心配が根拠あるものなのかどうかを示し得るなにかなのだ。

台所へ行ってコーヒーをいれる。湯が沸く間、食卓を拭いた。

電話が鳴った。リンダだった。働いているクングスホルメンのレストランからだった。そこはランチ・レストランで昼間しか開いていないと思っていたので、彼は驚いた。

「店主がオープン時間を変えたのよ」父親の質問に答えてリンダが言った。「夜の賃金のほうがいいから、収入が増えたわ。こっちで暮らすのは大変なんだから」

電話の向こうから店内の騒音が聞こえた。娘がどんな人生計画を立てているのか自分はなにも知らない、と彼は思った。一度は家具の修理人になりたかったはず。そのあと進路を変えて、演劇の世界に向かった。だがそれもまた終わった。

父親の考えが読めたらしい。

「一生ウェイトレスの仕事をしていくつもりはないわ。でもお金を貯めるのは下手じゃないみたい。この冬は旅行に出るつもり」

「どこへ?」

「まだわかんない」

この話をこれ以上続けるのは好ましくないようだと父親は察知した。そこで、イェートルードは引っ越したとだけ言った。そして祖父の家はいま売りに出されているということも。

「おじいさんの家、売りに出してほしくなかったな。わたしにお金があったら、買ったのに」

ヴァランダーにはその気持ちが理解できた。リンダは祖父といつも仲がよかった。ときに彼が嫉妬するほどに。

「もう行かなくちゃ。パパが元気かどうか知りたかっただけ」

「ああ、元気だよ。今日、医者に行ってきたが、なにも問題ないと言われた」

「体重を減らせとも言われなかったの?」

「それ以外は問題ないとさ」

「ふーん。きっとやさしい医者に当たったのね。いまでもこの夏みたいに疲れてるの?」

この子はおれを見透かしている、と内心彼は首を振った。なぜおれは事実をそのまま言わないのだ? おれは糖尿病にかかりそうだと。いや、おそらくすでにかかっていると。なぜおれは恥ずかしい病気にかかったように隠そうとするのか?

「いや、そんなことはない。ゴットランドはよかったね」

「ええ。でももう行かなくちゃ。こっちに電話をしてくれるんだったら、夜の電話番号はちがうからね」

彼女は番号を言った。通話は終わった。

コーヒーを手に居間へ移り、音を小さくしてテレビをつけた。新聞の端にいま聞いたばかりの電話番号を書き留めた。

走り書きで、自分以外のものには読めないような字だった。

その瞬間ある考えが浮かんだ。一日中頭に引っかかっていたことだった。

コーヒーカップを置き、時計を見た。九時十五分過ぎ。マーティンソンに電話をするべきか、考えた。それとも明日まで待つべきか。決心し、台所へ行って、食卓で電話帳を調べた。イースタにはノルマンという家族が四人いた。ヴァランダーはマーティンソンのファイルにあった住所を覚えていた。レーナ・ノルマンと家族はイースタ病院の北側にあるシェーリングガータンに住んでいる。父親の名はバッティルで、肩書きは社長とあった。バッティル・ノルマンは家庭用電気ヒーターを輸出する会社を経営している。

ヴァランダーは番号を押した。応えたのは女性だった。ヴァランダーは控え目に話を始めた。母親と思われる女性を心配させたくなかった。警察が、とくに夜遅く電話してくることがどう受け止められるか、彼にはわかっていた。

「レーナ・ノルマンのお母さんでしょうか？」

「リレモール・ノルマンです」

ヴァランダーはそういう名前だったと思い出した。

「夜分遅く電話をかけて申し訳ありません。緊急のことではなく、明日でもよかったのですが、どうしても知りたいことがありまして。警察は二十四時間働いているものですから」

相手の声に不安はなかった。

「どのような用事でしょう？　わたしに答えられることでしょうか？　それとも主人を呼んできましょうか？　いま息子の数学の宿題をみていますが」

ヴァランダーは少々驚いた。スウェーデンの学校ではもう宿題は出されないのではなかったのか？

「いいえ、その必要はありません。レーナの筆跡が知りたいだけなのです。彼女の書いた手紙など、なにかあればいいのですが」

「絵はがき以外はなにもきていませんよ。警察は知っていると思いますけど？」

「いえ、この間のではなく、いままで彼女が書いたもの、という意味です」

「なぜそれが見たいのですか？」

「いや、単なる手続き上の対応です。筆跡を比べるのです。それ以外の目的はありません。とくに重要なことでもないのですが」

「そんなことで警察が夜電話してくるのでしょうか？　重要でもないことで？」

エヴァ・ヒルストルムは心配していた。が、レーナの母親は疑い深そうだ。

「協力してくださいますか？」

「レーナの手紙はたくさんありますよ」

「一通でけっこうです。それも半ページほどの長さがあれば十分です」

「探しておきます。だれか取りに来るのですか？」

「自分が行くつもりです。二十分ほどでお宅にうかがえます」

ヴァランダーは電話帳に戻った。シムリスハムヌには一つしかボイエという名前はなかった。会計士。電話番号を押し、いらいらしながら待った。切ろうとしたとき、やっと相手が出た。

「クラース・ボイエですが」

その声は若かった。マーティン・ボイエの弟だろう。ヴァランダーは自分の名前を告げた。

「ご両親はご在宅かな？」

「ぼく一人です。今日はゴルフ・ディナーに出かけているので」

ヴァランダーは話を続けるべきかどうか迷った。だが、少年は行儀よく待っている。

「お兄さんのマーティンから手紙をもらったことはある？　きみ宛の手紙とか取っておいたものはあるかな？」

「この夏はもらってません。ハンブルクからとかは」

「でも、それじゃ、前はあるんだね？」

少年は考え込んだ。

「兄さんがアメリカから去年送ってくれたものならあります」

「それは、手書きかな？」

「ええ」

ヴァランダーは考えた。車に乗ってこれからシムリスハムヌまで取りに行くか、それとも明日まで待つか？

「どうして兄の手紙を読みたいんですか？」

「筆跡が見たいのだ」

「それじゃ、ファックスで送ります。急いでいるんでしょう？」

少年は頭の回転が早かった。ヴァランダーは警察のファックス番号を教えた。

「このことをかならずご両親に伝えてくれるかい？」

「でも父たちが帰ってくるのは遅いので、ぼくは眠っていると思うけど」

「それじゃ明日にでも」

「でも、マーティンからの手紙はぼく宛だけど？」

「それでも、ご両親には警察から求められたということを伝えてほしいんだ」

ヴァランダーは忍耐強く言い聞かせた。

「マーティンもほかの人たちも、もうじき帰ってくると思うよ。あのヒルストルムとかいう女の人、心配しすぎ。うちに毎日電話してくるんだから」

「きみの両親は心配していないの？」

「マーティンがいなくてほっとしているんじゃないかな。少なくとも父さんは」

ヴァランダーは話の続きを待ったが、少年はなにも言わなかった。

「それじゃ、ありがとう」

「遊びのようなもんですよ」少年が言った。

「遊び？」

「マーティンたち、仮装して、いろんな時代に出たり入ったりしてるんです。子どものときにそうやって遊ぶでしょう？　マーティンたちは大人だけど」

「きみの言っていること、よくわからないな」ヴァランダーが言った。

「ロールプレーなんです。役を演じているんです。ただそれを劇場じゃなくてパーティーでやっているの。もしかすると兄さんたちはヨーロッパに旅行して、こっちで手に入らない小道具なんかを探しているんじゃないのかな？」

「そうか、ロールプレーか。役を演じて遊んでいるんだね？　しかしミッドサマー・パーティーは遊びじゃないだろう？　本当に食べたり踊ったりするんだろう？」

「うん、それにお酒も飲む。でも、それを衣装を着けてやったら、もっと面白いんじゃない？」

「いままでもそんなことしてたのかな？」

「うん。でもぼく、あんまり知らないんだ。秘密だから。マーティンはあまり教えてくれない」

ヴァランダーには少年の言葉の意味がよくわからなかった。

時計を見た。そろそろリレモール・ノルマンのところへ行かなければならない。

「ありがとう。ご両親に私が電話してきたと伝えるのを忘れないように。そして手紙のことも」

「たぶん忘れないと思う」少年は答えた。

反応は三つ、それぞれ異なる。エヴァ・ヒルストルムは怖がっている。リレモール・ノルマンはこっちに疑いをかけてくる。マーティン・ボイエの親たちは息子がいなくなってほっとしている。そして彼の弟は親たちの存在をうるさく感じている。

彼は上着を取って、部屋を出た。洗濯室で新たに予約欄に名前を書き入れた。シェーリングガータンまでは遠くなかったが、車で行った。運動は明日から始めよう。

ベレヴューヴェーゲンからシェーリングガータンに入り、二階建ての白い建物の前で車を停めた。鉄門扉を開けて庭に入ったとき、玄関ドアが開いた。リレモール・ノルマンの顔には見覚えがあった。エヴァ・ヒルストルムよりもがっしりしている。マーティンソンのファイルの中に彼女と夫の写真があった。二人はよく似ていた。

リレモール・ノルマンは手に白い封筒を持っていた。

「お邪魔して申し訳ない」ヴァランダーが謝った。

「レーナが帰ってきたら、主人は厳しく叱ると言っています。こんなふうに旅行に出かけてしまうなんて、まったく非常識というものですよ」

「しかし彼らももう年齢的には大人ですから。親としては腹も立つし、心配にもなるでしょうが」

手紙を受け取り、返却を約束した。

警察署に車をつけ、宿直の警官が緊急電話を受けるセンターへ行った。宿直は電話中だったが、ヴァランダーを見るとファックスを指さした。クラース・ボイエは約束どおり、兄の手紙を送ってきていた。ヴァランダーは自室へ行き、机の上のライトをつけた。二つの手紙と絵はがきを並べた。ランプを近づけて老眼鏡をかけた。

マーティン・ボイエは弟に、ラグビー観戦のことを書いていた。レーナ・ノルマンの手紙は南イングランドから出されたもので、お湯が出ないことをこぼしていた。

ヴァランダーはいすの背に寄りかかった。

思ったとおりだった。

マーティン・ボイエの字もレーナ・ノルマンの字も、筆跡が尖っていて、バランスの悪い字だった。サインも読みにくかった。

どれかを真似るつもりなら、どれになるかは一目瞭然だった。

アストリッド・ヒルストルムの字だ。

なんとも言えない不愉快な気分になった。同時に頭の中はフル回転していた。これはどういう意味だろう？ なんの答えにもなってはいない。つまり、もともとなぜほかの者が彼らの筆跡を真似る必要があるのかという質問に対する答えではない。それと、彼らの筆跡を真似ることができる立場にいたのはだれかということに答えるものでもない。

それでも不安感は消せなかった。

これは真剣に取り組まなければならないことだ。万一なにかが起きていたら、二ヵ月近くも経っていることになる。

コーヒーを持ってきた。すでに十時十五分になっている。ふたたびファイルに目を通した。しかしそこにはもはや彼の目を引くものはなかった。

仲のいい友だちがミッドサマーをいっしょに祝おうと計画した。そのあと、彼らはいっしょに旅行に出かけた。旅行先から家族に絵はがきを送ってきた。それがすべてだ。

ヴァランダーは二通の手紙を絵はがきといっしょにファイルの中に入れた。今晩はこれ以上なにもできない。明日になったら、マーティンソンたちにこの話をしよう。ミッドサマー・イヴの様子を調べ、それから失踪者の手配をするかどうか決めるのだ。

明かりを消して部屋を出た。廊下を歩いていると、アン＝ブリット・フーグルンドの部屋に明かりがついているのが見えた。ドアがわずかに開いている。彼はその隙間をそっと広げた。フーグルンドは机の上をにらんでいた。そこには紙はなく、むき出しの机の天板だけがあった。

ヴァランダーはためらった。彼女が夜遅く署に留まることはめったにないことだ。小さい子どもがいるからだ。機械組み立て技師の彼女の夫はしょっちゅう海外に出張している。食堂で昼間彼女が見せた激しい反応を思い出した。いまその彼女がなにもない机の上をにらみつけている。

一人でいたいのかもしれない。彼女のプライバシーは尊重しなければならない。が、ひょっとすると、だれかと話をしたいと思っているかもしれない。

いやだったら、出ていけと言うだろう。それだけのことだ。

彼はドアをノックした。返事を待って中に入った。

「明かりが見えたんだ。きみは夜遅くここにいることはめったにないから、なにかあったのかと思ったので」

フーグルンドはなにも言わずに彼を見た。

「一人でいたかったら、そう言ってくれ」

「いいえ。本当は一人でいたくないんです。あなたこそどうしてまだ署にいるんですか？　なにかあったんですか？」

ヴァランダーはいすに腰を下ろした。自分の体が重くて、だらっと形の定まらない動物のような気がした。

「ミッドサマー・イヴに姿を消した若者たちのことだよ」

「なにか新しいことがわかったんですか？」

「いや、そうではない。ただ、ちょっと気になることがあったので調べたのだ。この件についてはきちんと捜査をしよう。少なくともエヴァ・ヒルストルムは本気で心配しているから」

「でも、なにが起こり得るというのかしら？」

「それこそが問題なのだ」

「それじゃ、失踪者として捜索手配をするのですか？」

ヴァランダーは肩をすくめた。

「わからない。明日決めよう」

部屋の中は薄暗く、机の上のランプは床を照らしていた。

「警察官になって何年になりますか？」フーグルンドが突然訊いた。

「長いよ。ときどき、長すぎたと思うことがある。だが、おれは警察官なのだと思っている。定年退職するまで」

フーグルンドはしばらくなにも言わずに彼を見ていた。

「なぜこんな仕事に我慢できるんですか？」

「わからない」

「でも、やっていけるんですよね？」

「いや、いつもじゃない。なぜこんなことを訊くんだ？」

「今日食堂で感情的になってしまいました。この夏はよくなかったと言いましたが、本当にそうだったんです。わたしたち夫婦には問題があるんです。彼はまったく家にいない。海外出張から戻ると、わたしたち、ふつうの関係を取り戻すのに一週間もかかるんです。でもそのころには、もうつぎの出張に出かけるときになっている。この夏、別れ話を始めたんです。でもこれがそう簡単じゃない。とくに子どもがいるからよけいに」

「ああ、そうだろうな」

「おまけにわたしは自分がやっている仕事に疑問をもちはじめているんです。朝新聞を広げると、たとえばマルメの警察官が詐欺で捕まったという記事が出ている。テレビをつければ、警察本庁のお偉方が組織犯罪者たちと通じているとか、どこか外国の観光地でギャングの結婚式にスウェーデンの警察の幹部が来賓客として招待されているというニュースを見る。そんなことがたくさん、それもどんどん増えている。しまいには、わたしはいったいここでなにをやっているんだろうという気持ちになるんです。いえ、正直に言うと、あと三十年も自分が警察官をやっていられるかということなんです」

「たしかに警察は揺れている。それもだいぶ前からだ。警察内の不正も新しいことじゃない。腐敗警察官は昔からいた。しかしいまは本当に悪くなっている。だからこそ、きみのような人が立ち向かうことが必要なのだ」

「そしてあなたも？」

「そうだ。おれもだ」

「でも、どうしてできるんですか？」

その声に責めるような調子があった。ヴァランダーはまるで自分を見ているようだと感じた。彼自身、仕事になんの意味も見い出せなくなって何度机をにらみつけただろう？

「おれがいなかったら、もっとひどいことになると考えるんだ。そう考えると慰められることもある。もちろんささいな慰めだ。だが、ほかにだれもいないのなら、おれがやるよりほかない」

フーグルンドは首を振った。

「いったいこの国はどうなっていくんでしょう？」

ヴァランダーはその先の言葉を待ったが、彼女はそれきりなにも言わなかった。大きな長距離トラックが振動を響かせながら窓の外を通り過ぎた。

「この春スヴァルテで起きた残忍な事件のこと、覚えているか？」

彼女はうなずいた。

「少年が二人。二人とも十四歳だった。三番目の子を殴った。その子は十二歳だ。理由はない。意識を失って倒れている子の胸の上に乗って何度も跳び上がって踏みつけた。男の子が死んでしまうまで飛び跳ね続けた。おれはあのとき、ようやくはっきりと理解したんだ。世の中は本当に劇的に変わったのだと。子どもの殴り合いは昔からあった。だが、相手が地面に倒れれば、やめたもんだ。それが勝った証拠だった。どう呼ぼうとかまわないが、それがある種ゲームのルールのようなものだった。みんながわかっていたルールと言ってもいいかもしれない。だが、もはやそうではなくなった。少年たちはそこのところを教わっていない。まるで一世代ぜんぶの若者たちが親たちに見捨てられたかのように。いや、われわれは互いに関心をもたないという社会基準を作り上げたのかもしれない。警察官はとりもなおさず考え直さなければならないんだ。前提条件が変わったのだから。いままでの経験がもう役に立たなくなったのだ」

そう話して彼は黙り込んだ。

「警察学校へ行ったころ、自分がなにを期待していたのかはわかりませんが、とにかくこんなことじゃありませんでした」フーグルンドが言った。

「それでも警官はあきらめてはならないのだ。しかし、まさかいつか撃たれることになるだろうとはきみも思わなかっただろうが」

「いいえ、想像はしました。射撃訓練の授業のときに。撃った弾が自分に当たることを。でも、痛みは想像できませんでしたね。それに、実際に自分にそんなことが起きるとはやはり想像でった。

廊下から人声がした。宿直の警官たちが酔っ払い運転者のことを話している。人声が遠ざかった。

「本当のところ、具合はどうなんだ？」ヴァランダーが訊いた。

「わたしが撃たれたあとのことを訊いているんですか？」

ヴァランダーはうなずいた。

「いまでも夢に見ます。死ぬ夢を見るんです。弾が頭に当たった夢を見ることもあります。それがいちばんいやな夢です」

「怖くなって当然だ」ヴァランダーが言った。

フーグルンドが立ち上がった。

「心底怖くなったら、辞めます。でも、まだそこまではいってないと思います。様子を見に来てくださってありがとうございます。自分の問題を一人で解決するのには慣れているのですが、今晩は本当にどうしたらいいかわかりませんでした」

「それが認められるのは、強いね」

ジャケットを着ると、フーグルンドはかすかに笑いを浮かべた。眠れているのだろうかとヴァランダーは心配になった。が、なにも言わなかった。

「それじゃ明日、自動車の密輸の話をお願いできますか？」

「できれば午後がいいな。明日の午前中は例の行方不明の若者たちの件を話し合わなければならない」

フーグルンドは考えを読むようにヴァランダーの顔を見た。

「なにか、心配なのですか？」

「エヴァ・ヒルストルムが不安がっている。それが気になるんだ」

外の駐車場までいっしょに出た。フーグルンドの車が見えなかった。送っていこうかと訊くヴァランダーに彼女は首を振った。

「歩きます。少し運動をしなくちゃ。それに暖かい晩ですから。八月なのに！」

「ものの腐る月だからね。なぜそう言うのか、わからないが」

彼らはそこで別れた。ヴァランダーは車に乗り、家に帰った。コーヒーを飲み、イースタ・アレハンダ紙を読んだ。それからベッドに行った。寝室が暑かったので、窓を少し開けておいた。

まもなく眠りについた。


体がびくっと動いて目を覚ました。激痛で目が覚めたのだ。

左足のふくらはぎが引き攣《つ》っている。足を床に下ろして、かかとを床に押しつけてみた。引き攣りが消えた。また攣らないように警戒しながらゆっくりとベッドに体を戻した。ベッドサイドの時計が一時半を示していた。

また父親の夢を見ていた。とりとめのない、ばらばらの夢。父親と二人で、来たこともない町を歩いていた。だれかを探しているのだが、だれなのかはわからない。

　窓のカーテンがかすかに揺れている。リンダの母、長い結婚生活ののちに別れた妻モナのことを思い出した。いまではまったく別の生活をしている。相手はゴルフをする男だ。きっと血糖値も高くないにちがいない。

　いろいろな思いが頭に浮かぶ。急にスカーゲンのどこまでも続く海岸をバイバといっしょに歩いている自分が見えた。

　バイバの姿が見えなくなった。

　その瞬間、彼ははっきりと目を覚ました。どこから考えがやってきたのかはわからない。だが、ほかのさまざまな事柄の間から突然それが現れた。スヴェードベリ。

　病気だという知らせが彼からこないのは不自然なことだった。それに彼はいままで病欠をしたことがない。なにかが起きたのなら、かならず知らせてくるはず。当然それに気づくべきだった。スヴェードベリが知らせてこないということは、たった一つの理由しかない。知らせることができない状態にいるのだ。

　体の中を恐怖が走る。これは自分の想像にすぎないと言い聞かせる。あのスヴェードベリにどんな異常なことが起き得るというのか？

　だが、恐怖の感覚は消えなかった。ヴァランダーは時計を見た。それから台所へ行って、電話帳でスヴェードベリの電話番号を探した。番号を押す。何度かベルが鳴り、スヴェードベリの声で留守電が応答しはじめた。ヴァランダーは受話器を置いた。なにかがおかしいと確信した。服を着て、車に行った。風が出てきたがまだ夜の暖かさは変わっていなかった。ストールトリエットまで車で数分しかかからなかった。車を停めると、スヴェードベリの住んでいるリラ・ノレガータンまで歩いた。彼のアパートの窓に明かりがついている。ヴァランダーはほっとした。だがそれは一瞬のことで、つぎの瞬間さらに不安が広がった。家にいるのならなぜ電話に出ないのか？　建物の玄関ドアに触ってみた。鍵がかかっている。オートロックのドアで、ヴァランダーはスヴェードベリのアパートのコード番号を知らなかった。が、ドアの錠前が少しがたついていた。ヴァランダーはポケットナイフを取り出すと、あたりを見まわした。厚いナイフの背をドアとドア枠の間に挟み込んで重みを加えた。かちっという音がしてドアが開いた。

スヴェードベリのアパートは四階で、最上階だった。階段を上がって四階についたときには息が切れていた。ドアに耳をつけてみた。中は静かだった。新聞受けのふたを開けてみた。なにもない。ベルを鳴らした。音がアパートの中に響いた。

ヴァランダーは落ち着こうとした。一人でやってはいけないことだった。ポケットの中を探ったが、携帯電話は家の台所のテーブルに置いてきた。階段を下りて正面玄関を出たが、ドアの隙間に石をはさんでおいた。それからストールトリエットの電話ボックスまで走った。マーティンソンの自宅に電話をかけた。電話に出たのは本人だった。

「夜中に起こしてすまない。が、手伝ってほしいことができた」

「なんですか？」

「スヴェードベリとは連絡が取れたか？」

「いいえ」

「なにかが起きたにちがいないのだ」

マーティンソンは沈黙した。いま彼がはっきり目を覚ましたのがわかる。

「スヴェードベリの住んでいるリラ・ノレガータンの建物の前で待っている」

「十分以内に行きます」マーティンソンが言った。

ヴァランダーは自分の車に行き、トランクを開けた。汚れたビニール袋の中にいくつか工具が入っている。中から太いバールを取り出し、それからふたたびスヴェードベリの家に向かった。

九分後、マーティンソンが急ブレーキを踏んで車を停めた。上着の下からパジャマが見えた。

「なにが起きたのだと？」

「わからない」

二人は階段を上がった。ヴァランダーはベルを鳴らすようにマーティンソンに合図した。だれも出てこない。

二人は視線を交わした。

「署の彼の部屋に合い鍵があるんじゃありませんか？」

ヴァランダーは首を振った。

「そんなことをしているひまはない」

マーティンソンが一歩下がった。これから起きることを知っている者の動きだった。

ヴァランダーはバールを取り出した。

つぎの瞬間ドアが破られた。

4

一九九六年八月九日の未明は、クルト・ヴァランダーの人生でもっとも長い時間になった。明け方疲れ切ってリラ・ノレガータンの通りに出てきたときには、まだ不可解な悪夢を見ているとしか思えなかった。

だが、その長い夜、彼がいやでも見なければならなかったものはすべて現実のことだった。そしてその現実は言いようもなく恐ろしいものだった。警察官として、彼は何度も血しぶきの残る生々しい殺人現場を目撃してきたが、それらは彼に直接関係あるものではなかった。ドアを破ってスヴェードベリのアパートに入ったとき、なにが待ち受けているのかを知っていたわけではなかった。だが、ドアの隙間にバールを差し込んだときから、最悪のことを予期してはいた。その予感は的中した。

玄関の扉をこじ開けると、敵の陣地に入り込むように、音もなく中に入った。マーティンソンはヴァランダーのすぐ後ろに続いた。玄関の明かりはついていなかったが、アパートの中からの明かりが玄関まで届いていた。中に入ると彼らは動きを止め、耳を澄ました。マーティンソンの不安そうな息遣いがヴァランダーのすぐ後ろで聞こえた。居間に近づいた。居間の入り口でヴァランダーが急に立ち止まったため、背中にマーティンソンがぶつかった。マーティンソンはヴァランダーの背後から見えた光景に目を瞠《みは》った。

あとで思ったのだが、そのときのマーティンソンの悲鳴は火がついたように泣く赤ん坊の泣き声に似ていた。決して忘れることができないだろう。目の前の床の上に転がっている不可解なものを見てあげた彼の悲鳴を。

それはスヴェードベリだった。死んでいた。長い年月いっしょに働いてきた男が床の上にねじれた形で物体のようにそこにあった。死んでいる。会議室でテーブルの定席に腰を下ろし、鉛筆の先で薄くなった頭のてっぺんを掻いていたスヴェードベリはもはやいない。

頭のてっぺんはなかった。頭部半分が吹き飛ばされていた。

少し離れたところに二連式のライフル銃が投げ出されていた。倒れたいすの後ろの白い壁まで血しぶきがはねている。

ヴァランダーは激しい動悸を感じながら、一歩も動かずに目の前の光景をながめた。一生この光景を忘れることはないだろう。死んでいるスヴェードベリ、吹き飛ばされた頭、倒れたいす、赤地にライトブルーの縞が織り込まれたじゅうたんの上のライフル銃。

ヴァランダーの混乱した頭に、なんの脈絡もなく、これでスヴェードベリはアブに対する異常なまでの恐怖を感じなくてすむようになったわけだという思いが浮かんだ。

「いったいなにが起こったんです」マーティンソンの声がした。その声は震えていた。

マーティンソンはいまにも泣きだしそうだったが、ヴァランダー自身はまだそこまで到っていなかった。目の前のことが理解できないのに、泣くことはできない。実際、いま彼は目の前のことが理解できなかった。スヴェードベリが死んでいる？　どうしても理解できないことだった。彼は四十代の警察官だ。あと数時間もすればいつもの捜査会議のために会議室の定位置に座っているはずだ。頭の薄い、アブを怖がる、金曜日の夜一人で警察署の地下のトレーニングルームのサウナに入っているスヴェードベリ。

そこに横たわっているのはスヴェードベリであるはずがない。彼に似ているだれかほかの男だ。

本能的にヴァランダーは時計に目を走らせた。二時九分過ぎ。居間の入り口に立っていたのは数分だろうか。玄関に戻り、壁の照明をつけた。マーティンソンががくがく震えている。自分はどんな様子なのだろうとヴァランダーは思った。

「緊急出動だ」

玄関に電話があった。だがそこには留守電の機器は見当たらなかった。

マーティンソンはヴァランダーの言葉にうなずき、受話器に手を伸ばした。そのとき、ヴァランダーがその手を止めた。

「待て。考えなければ」

なにを考えなければならないというのか？　奇跡が起こることを望むとか？　スヴェードベリが突然現れて、たったいま見たばかりの光景は本当ではなかったというのか？

「リーサ・ホルゲソン署長の自宅の電話番号を覚えているか？」

それまでの経験から、彼はマーティンソンが人の住所や電話番号をよく覚えていることを知っていた。

それまではマーティンソンだけでなく、スヴェードベリも得意な分野だった。いま急にそれがマーティンソンだけになってしまった。

マーティンソンが番号を言った。すらすらとは出てこない。ヴァランダーは番号を押した。リーサ・ホルゲソン署長は二度目の呼び出し音で電話に出た。電話をベッドサイドに置いているにちがいない。

「ヴァランダーです。起こして申し訳ありません」

彼女は瞬時にはっきり目が覚めたようだった。

「こちらに来てください。いまマーティンソンといっしょにスヴェードベリのアパートにいます。リラ・ノレガータンです。スヴェードベリが死にました」

ホルゲソン署長が息を呑み込んだ音がした。

「なにが原因で?」

「わかりません。が、撃たれています」

「なんということ！　殺されたとは！」

ヴァランダーは床の上にあったライフル銃のことを思った。

「わかりません。殺人か、あるいは自殺なのか」

「ニーベリは呼びましたか?」

「署長にまず電話をしました」

「いますぐそちらに行きます」

「ニーベリに電話を入れておきます」

ヴァランダーは電話を切り、そのまま受話器をマーティンソンに渡した。

「ニーベリから始めてくれ」

居間へは二方向から入れる造りだった。マーティンソンが電話をかけている間にヴァランダーは台所から居間へ向かった。台所の引き出しが引っ張り出されて床に落ちている。上の戸棚の戸が一つ開け放しになっていた。領収書のたぐいが床の上に散らばっている。

ヴァランダーは目に入るものすべてを記憶におさめた。後ろでマーティンソンが鑑識官のニーベリに説明している声が聞こえる。ヴァランダーはそのまま進んでスヴェードベリの寝室へ行った。三段のタンスの引き出しがぜんぶ引き出されている。ベッドメーキングはされていなくて、上掛けが床の上に落ちている。言いようもなく悲しい気持ちで、ヴァランダーはスヴェードベリが花柄のシーツに寝ていたのを知った。ベッドはまるで夏の原っぱのようだった。彼は足を進めた。寝室と居間の間に小さな書斎があった。机と本棚があった。スヴェードベリは整頓の行き届いた人間で、警察署の彼の部屋はいつも神経質なまでによく片づけられていた。だがいま本棚の本の多くは床に投げ出され、机の引き出しは中身が床に散らばっていた。

ヴァランダーはふたたび居間に戻った。さっきとは別方向から来たことになる。ライフルの近くに立ち、その先にスヴェードベリのねじ曲がった体が見えた。彼はその場に立って、全体をながめた。この部屋で演じられたにちがいないドラマの残滓《ざんし》、凍りついているにちがいないディテールを一つとして見逃してはならなかった。問いが次々に頭に浮かぶ。銃声を聞いた者は？　銃声は一発、あるいは二発？　侵入者がいたはずだ。いつだろう？　なにが起きたというのか？

マーティンソンが居間の反対側の入り口に現れた。

「みんな、こっちに向かっています」

ヴァランダーはいま来たとおりに引き返しはじめた。台所まで戻ったとき、突然シェパードのほえる声とマーティンソンの怒鳴り声が聞こえた。ヴァランダーはスヴェードベリのアパートの外の廊下に出た。警察犬を連れたパトロール巡査と寝巻き姿の住人の姿が見える。巡査はエドムンソンという名前で、最近イースタ警察に配属された新米警官だった。

「通報があったんです」ヴァランダーの姿を見て巡査はおどおどと説明した。「侵入者がいると。スヴェードベリという男のアパートに」その口調で、エドムンソンはスヴェードベリのことを知らないのだとわかった。

「よし、ご苦労だった。ここで今日不幸があった。この部屋の住人は犯罪捜査官スヴェードベリだ」

エドムンソンは真っ青になった。

「知りませんでした」

「きみが知っているはずのないことだ。とにかく署に戻ってよろしい。いま緊急出動が始まったところだ」

エドムンソンがいぶかしげに訊いた。

「いったいなにが起きたのでしょうか？」

「スヴェードベリが亡くなった。いまはそれしかわれわれにもわからない」

言ってから、すぐに後悔した。廊下に出てきている隣人たちの耳に入ったはずだ。新聞社に知らせる者がいるかもしれない。いま彼がなにより避けたいのは、新聞記者が押し寄せることだ。

警察官が原因不明の死を遂げることは、夕刊紙の好むニュースであることは間違いない。

エドムンソンが犬を連れて引き揚げていった。あの犬の名前はなんというのだろうとヴァランダーはぼんやり思った。

「この建物の住人たちの聞き込みを担当してくれるか？」とマーティンソンに訊いた。「だれか、銃声を聞いた者がいるにちがいない。もしかして時間を特定できるかもしれないからな」

「一発、あるいは数発でしょうか？」

「わからない。が、だれか、聞いた者がいる可能性はある」

ヴァランダーはスヴェードベリのアパートの向かい側の入り口ドアが開いているのに気づいた。

「部屋を出ないように言ってくれ。捜査の邪魔をされたくない。廊下をうろちょろされては困るからな」

マーティンソンがうなずいた。目が真っ赤だった。体はまだ震えている。

「なにがあったんだろう？」マーティンソンがつぶやいた。

ヴァランダーは首を振った。

「わからない」

「侵入者のしわざですか？　家の中がめちゃめちゃに荒らされてますね」

下の入り口が開く音がした。マーティンソンは向かいの部屋の不安そうな住人たちを中に戻らせた。

リーサ・ホルゲソン署長が足早に階段を上ってきた。

「覚悟してください。これから見る光景を」

「それほどひどいのですか？」

「スヴェードベリは頭をぶち抜かれています。ライフル銃で。至近距離から」

ホルゲソン署長は顔をしかめた。それからぐいと頭を上げると中に入った。ヴァランダーは居間のほうを指した。署長は居間の入り口まで進み、すぐに顔をそらした。気を失いかけているかのように、体が揺れている。ヴァランダーは彼女を支えて台所へ行った。署長は青い台所いすに腰かけた。それから大きく目を開いてヴァランダーを見た。

「だれがこんなことを？」

「わかりません」

ヴァランダーは蛇口からコップ一杯水を汲むと署長に渡した。

「スヴェードベリは昨日出勤しませんでした。なんの連絡もなく」

「彼らしくない」署長が言った。

「ええ、まったくそのとおりです。じつは夜中に突然目を覚ましたのです。なにかがとんでもなくおかしいという感じがして。それでここに来てみたのです」

「それじゃ、これは今日の夜中に起きたことじゃないかもしれないということ？」

「はい。いま、マーティンソンがこの建物の住人たちに聞き込みをしています。不審な音を聞かなかったかと。だれかが聞いているはずです。ライフル銃の発射音は大きいですから。しかし、死亡時刻についてはルンドの検視官の見解を待ちましょう」

ヴァランダーは自分の言葉が頭の中で大きく響き、気分が悪くなるのを感じた。

「スヴェードベリが独身だったことは知っていますが、近親者はだれかいるのですか？」

ヴァランダーは考えた。スヴェードベリの母親は数年前に亡くなっている。父親のことはなにも聞いたことがない。ヴァランダーが確実に知っているのは、二年ほど前に会ったことがある親類だ。あれは別の殺人捜査のときだった。

「イルヴァ・ブリンクといういとこがいます。助産師です。彼女以外にだれかいるかどうか、私は知りません」

到着したニーベリの声が入り口から聞こえてきた。

「わたしはここにしばらくいます」署長が言った。

ヴァランダーは入り口でゴム長靴を蹴って脱いでいるニーベリのところに行った。

「いったいなにが起きたというんだ？」

ニーベリは優秀な鑑識官だったが、人づきあいが悪く、いつも不機嫌だった。呼び出されたのは同僚が原因だとはまったくわかっていないらしかった。死んだ同僚。マーティンソンはなぜ夜中に呼び出す理由を話さなかったのだろうか？

「ここがどこか、知っているか？」ヴァランダーはそっと訊いた。

ニーベリが苛立ちの目を向けた。

「おれはリラ・ノレガータンに来いと呼び出されたから来たんだ。マーティンソンの話はなぜかとんでもなくわかりにくかった。いったいなにがあったんだ？」

ヴァランダーは重い視線で彼を見やった。ニーベリはそれを感じて口を閉じた。

「スヴェードベリだ。死んでいる。殺されたように見える」

「カッレが？」

ヴァランダーはうなずいた。のどが詰まってくる。ニーベリはスヴェードベリをファーストネームで呼ぶ、数少ない同僚の一人だった。スヴェードベリの名前はカール・エヴァートだが、ニーベリだけはカッレと呼んでいた。

「向こうだ。ライフル銃で頭をぶち抜かれている」

ニーベリが顔をしかめた。

「あんたに詳しく説明する必要はないいな」

「ああ、その必要はない」

ニーベリは居間に向かった。彼もまた入り口で一歩後ろに身を引いた。ヴァランダーはニーベリが目の前の光景を理解するための時間を少し与えたのち、後ろから居間に入った。

「すぐにもあんたに訊きたいことが一つある。決定的なことだ。見てのとおり、ライフル銃がスヴェードベリの体から二メートルほど離れたところに転がっている。訊きたいのは、もしスヴェードベリが自殺したのなら、ライフルはそこにあり得るか、ということだ」

ニーベリは考え込んだ。それからおもむろに首を振った。

「いや、それは不可能だ。両手でライフルを持って自分に発砲した場合、ライフルはそんなに離れたところまで飛ぶはずがない。それはまったくあり得ない」

一瞬ヴァランダーは不可解ながらも胸をなで下ろした。つまり、スヴェードベリは自殺したのではないということだ。

入り口に人がやってきた。警察医、ハンソン、鑑識課の係員がカバンを開けるところだった。

「いいか、みんなちょっと聞いてくれ。中に横たわっているのはイースタ署犯罪捜査官スヴェードベリだ。すでに死んでいる。他殺だ。ひどい姿だということをあらかじめ伝えておきたい。みんな、彼を知っていた。彼の死を悲しむことにおいても同じだ。われわれみんなの仲間で友人だった。そのためこの捜査はいっそうむずかしいものになるだろう」

ヴァランダーは口を閉じた。なにかもっと言うべきだという気持ちは強くあった。が、それ以上は話せなかった。ニーベリを始め鑑識課の者たちがさっそく仕事に取りかかり、彼は台所に戻った。ホルゲソン署長はまだその場を動いていなかった。

「いとこという人に電話をしなければ。その人がスヴェードベリのいちばん近しい親族ならば」

「自分がします。彼女を知っているので」

「ことの次第を話してもらいましょう。いったいどういうことなの、これは？」

「マーティンソンに同席してもらいます。ちょっと待っていてください」

ヴァランダーは廊下に出た。向かいのアパートの入り口ドアが少し開いていた。ノックをして中に入ると、居間にマーティンソンが四人のアパート住人と座っていた。一人は上から下まできちんと服を着ていたが、ほかの三人はガウン姿だった。女が二人、男が二人。ヴァランダーはマーティンソンに合図した。

「しばらくこのまま待っていてください」ヴァランダーは住人たちに言った。

彼らは署長の待っているスヴェードベリの台所に行った。マーティンソンは真っ青だった。

「初めから話してみよう。最後にスヴェードベリの姿を見かけたのは？」

「自分が最後の人間だったかどうかわかりませんが、水曜日の午前中、食堂でちらりと彼の姿を見ました。十一時ごろでした」

「どんな様子だった？」

「別になにも思わなかったので、ふだんと変わりなかったのではないかと思います」

「そのあと、おれに電話をくれたな？　そのとき、翌木曜日の朝に会議をしようということを決めた」

「その電話のあとすぐ自分はスヴェードベリの部屋に行きました。彼は部屋にいませんでした。受付に訊くと、今日はもう帰宅したと言われました」

「彼が署を出たのは何時？」

「それは訊きませんでした」

「そのあとは？」

「彼の自宅に電話をかけました。留守電になっていました。木曜の朝会議だという伝言を残しました。そのあと、何度か電話しましたが、ずっと留守電のままでした」

ヴァランダーは考え込んだ。

「水曜日の昼間、何時かはわからないが、スヴェードベリは署を出た。すべていつもどおりに見えた。木曜日、彼は署に来なかった。それはふつう考えられないことだ。留守電の伝言を聞いたかどうかと関係なく、スヴェードベリはふだんからなにも言わずに欠勤する人間じゃないからだ」

「ということは、事件はすでに水曜日の午後には起きていたとも考えられるということね？」

ホルゲソン署長が言った。

ヴァランダーはうなずいた。

ふつうのことがふつうではなくなったのはいつか？　その境界線を探し出さなくては。

ほかにも気になることがあった。マーティンソンの言った言葉だ。ヴァランダーの留守電が壊れていると彼は言った。

「ちょっと待っててほしい」と言って、彼は台所を出た。

スヴェードベリの書斎に入った。机の上に留守電の機器があった。ヴァランダーはそのまま居間に行き、ニーベリを探した。ニーベリはライフル銃のそばにかがみ込んでいた。ヴァランダーは彼を手招きし、いっしょに書斎に戻った。

「スヴェードベリの留守電に残されている伝言を聞きたい。だが、聞いてもそれが消えないようにしたいのだ」

「聞いたあと、留守電対応の状態に戻せばいい」ニーベリが言った。

彼はビニール手袋をはめていた。ヴァランダーがうなずくと、ニーベリは再生ボタンを押した。

マーティンソンから三つ伝言があった。伝言のたびにその時点の時刻を先に言っている。これら三つ以外にはなにもなかった。

「スヴェードベリが応答メッセージをなんと言っているか、聞きたい」ヴァランダーが言った。

ニーベリはほかのボタンを押した。

スヴェードベリの録音の声が聞こえたとき、ヴァランダーはのけぞった。ニーベリもまたショックを受けたようだった。

「留守にしています。用件をどうぞ」

それだけだった。

ヴァランダーは台所に戻り、マーティンソンに言った。

「伝言が留守電に残っている。だが、彼が聞いたかどうかはわからない」

だれもなにも言わなかった。ヴァランダー自身もほかの二人もいまの言葉の意味を考えた。

「それで、隣人たちはなんと言っている?」

「それが、だれも音を聞いていないんです。じつにおかしなことです。銃声はしなかったというんです。全員が家にいたというのに」

ヴァランダーは額に皺《しわ》を寄せた。

「だれも聞いていないということはあり得ないだろう」

「これからまた聞き込みを続けますが」

マーティンソンが出ていくと、入れ替わりに警官が一人台所に入ってきた。

「新聞記者が一人来ています」

まずいな、住人のだれかが早くも新聞社に通報したのだ。彼はホルゲソン署長を見た。

「先に遺族と話をしなければ」署長が言った。

「今日の昼ごろまでしか、このニュースを抑えておくことはできません」ヴァランダーが言った。

彼は答えを待っている警察官に言った。

「いまはなにも言えないが、昼になったら署で記者発表をすると伝えてくれ」

「十一時に」ホルゲソン署長がつけ加えた。

警官は出ていった。居間からニーベリの怒鳴り声が聞こえたが、まもなくそれも静かになった。ニーベリは感情が激しかったが、爆発してもそれは長引くことはなかった。ヴァランダーはスヴェードベリの書斎に行き、電話帳を床の上から拾い上げると、台所のテーブルの上に置いてイルヴァ・ブリンクの自宅番号を探し出し、ホルゲソン署長に問いかけるような視線を向けた。

「あなたのほうから」署長が言った。

ヴァランダーにとって突然の死を遺族に知らせることほどむずかしい仕事はなかった。可能なかぎり、警察所轄の牧師に同席してもらった。それが不可能で、一人で知らせなければならないことも数え切れないほどあったが、彼は決してその仕事に慣れることはなかった。イルヴァ・ブリンクはスヴェードベリのいとこにすぎなかったが、それでも十分にむずかしくなることは想像できた。最初の呼び出し音が鳴った。体全体が緊張で硬くなった。

留守電が回りはじめた。ということは、今晩彼女はイースタ病院の産科で働いているということになる。

ヴァランダーは受話器を戻した。急に、二年ほど前にスヴェードベリといっしょにイルヴァを初めて訪ねたことを思い出した。

いま、スヴェードベリはこの世にいない。それがどうしても彼には納得できなかった。

「夜勤のようです。これから病院へ行って、話してきます」

「すぐに行ってください。スヴェードベリにはほかにも親族がいるかもしれません。いとこよりも近い親族が。わたしたちが知らないだけで」

ヴァランダーはうなずいた。たしかにそのとおりだ。

「いっしょに行きましょうか？」署長が訊いた。

「その必要はありません」

できることなら、アン゠ブリット・フーグルンドにいっしょに来てほしかった。そう思ったとたん、だれも彼女には連絡していないことに気づいた。彼女は初めからここにいるべき人間なのに。

ホルゲソン署長は立ち上がり、台所を出ていった。ヴァランダーはそれまで彼女が座っていたいすに移りフーグルンドの番号を押した。眠りを叩き起こされた男の声がした。

「アン＝ブリットと話をしたいのですが。ヴァランダーです」

「だれだって？」

「クルト・ヴァランダー。警察です」

男はまだ寝ぼけ声だったが、怒りに変わった。

「冗談じゃない！」

「そちらはアン＝ブリット・フーグルンドさんのお宅ではありませんか？」

「この家には女はばあさん一人しかいない。名前はアルマ・ルンディンだ！」と言って、男は電話を激しく切った。耳元でがちゃんという音が大きく響いた。間違い電話をかけてしまった。もう一度、今度はゆっくり電話番号を押した。フーグルンドは二度目の呼び出し音で出た。リーサ・ホルゲソン署長同様の早さだった。

「クルトだ」

フーグルンドの声は眠たげではなかった。もしかすると寝ていなかったのかもしれない。悩みがあって眠れなかったのかもしれない。もしそうだったら、さらに一つ問題が増えることになる、とヴァランダーは思った。

「なにかあったんですか？」

「スヴェードベリが死んだ。殺されたらしい」

「そんな、うそでしょう！」

「いや、残念ながら本当だ。リラ・ノレガータンの自宅で」

「住所は知っています」

「来られるか？」

「はい、すぐに」

受話器を置くと、ヴァランダーはそのままそこを動かなかった。鑑識課の一人が台所の入り口に現れたが、ヴァランダーは手を振って退けた。邪魔されずに考えたかった。長い時間ではない。一分でいいから考える時間がほしかった。実際に静止して考えてみると、おかしなところがあると気づくのに一分もかからなかった。なにかが変だ。が、なにがおかしいのかはわからなかった。

鑑識課の警官が戻ってきた。

「ニーベリが話をしたいと言ってます」

ヴァランダーは立ち上がり、居間へ行った。悲しみと苦しさが居間で働いている者たちをおおっていた。いつもなら、この場にはスヴェードベリがいるはずだった。彼は強烈な個性の持ち主ではなかったかもしれないが、仲間に好かれていた。だが、その彼はもういない。

遺体のそばに医者がしゃがみ込んでいた。ときどき写真のフラッシュが部屋に光った。ニーベリはメモを取っていたが、居間の入り口で立ち止まったヴァランダーに気がつくと、近づいてきた。

「スヴェードベリは銃を所有していたか、知ってるか？」

「ライフル銃のことか？」

「ああ、そうだ」

「知らない。だが、彼は狩猟をするタイプじゃなかったと思う」

「犯人が凶器として使った銃を置いていくのはおかしいと思わないか？」

ヴァランダーはうなずいた。それもまた彼が最初に気づいた疑問点の一つだった。

「ほかにもなにか、おかしなことに気がついたか？」ヴァランダーが訊いた。

ニーベリはきつい目になった。

「同僚の警察官が頭をぶち抜かれたこと自体、十分おかしいだろうが？」

「おれの言いたいことはわかってるだろう」

ヴァランダーはニーベリの言葉を待たずに背を向けてその場を離れた。玄関で聞き込みから戻ってきたマーティンソンとぶつかりそうになった。

「どうだった？　時間的なことがなにかわかったか？」

「だれもなにも聞いていないというんです。しかし、自分の聞いたことが正しければ、今週の月曜日からいままで、この建物には住人のだれかがいたはずなんです。どの時間帯にもです。この階にも、下の階にも」

「それなのに、だれも聞いていないというのか？　そんなことはあり得ないだろう！」

「下の階に少し耳の遠い、退職した学校の教師がいますが、ほかの人間たちの耳は別に悪くないようです」

ヴァランダーには理解できなかった。だれかが銃声を聞いているはずだ。

「聞き込みを続けてくれ。おれはこれからスヴェードベリのいとこのイルヴァ・ブリンクに会いに行く。助産師だ。覚えているか？」

マーティンソンがうなずいた。

「おそらくいちばん近い親族だろう」

「父方《かた》のおばさんがたしかヴェステール・ユートランドにいるはずですが？」

「それはイルヴァに訊こう」

ヴァランダーは階段を下りはじめた。外の空気が吸いたかった。

建物の外で、新聞記者が一人待っていた。ヴァランダーの知っている記者だった。イースタ・アレハンダ紙の記者だ。

「なにが起きたんです？　真夜中に緊急出動ですね。この建物には犯罪捜査官カール・エヴァート・スヴェードベリが住んでいる」

「なにも言えない。十一時に署で記者発表がある」

「話せないのか、話したくないのか?」

「話せないのだ」

　記者のヴィックベリはうなずいた。

「ということは、だれかが死んだんですね? 話せないわけは、その前に親族に伝えなければならないからだ。そうじゃありませんか?」

「もしそうなら、電話で伝えればすむ話だ」

　ヴィックベリは笑い顔になった。そして皮肉ではなく、むしろ事実を伝えるような淡々とした口調で言った。

「いや、手順はそうじゃない。まず所轄の牧師に連絡するはずだ。牧師がいるならそうするはず。つまり、スヴェードベリは死んだのだ。ちがいますか?」

　ヴァランダーは怒るには疲れすぎていた。

「あんたがどう思うかなど、どうでもいい。記者発表は今日の午前十一時だ。それ以前はおれもほかの者も一言も話しはしない」

「これからどこへ行くんですか?」

「少し散歩して頭を冷やしてくる」

　そう言って、ヴァランダーはリラ・ノレガータンを歩きはじめた。数ブロック行ってから振り返ってみた。ヴィックベリはついてこなかった。ヴァランダーはスラッデルガータンとの交差点で右に曲がるとさらにストーラ・ノレガータンで左折した。のどが渇いていた。それにトイレにも行きたかった。あたりに車の音はしなかった。建物の影に身を寄せて用を済ませ、そのまま歩き続けた。

なにかがおかしい、と彼はふたたび思った。なにかが決定的におかしい。なにがおかしいのかがわからない。だがその感じはますます強くなってくる。胃が痛む。なぜスヴェードベリは撃たれたのだろう？　頭が吹き飛ばされたスヴェードベリの恐ろしい姿に、なにか決定的におかしいことがある。それはなにか？

病院に着いた。裏側の緊急搬送口にまわった。ベルを押し、中に入ると産科までエレベーターで上がった。記憶がよみがえる。スヴェードベリといっしょにイルヴァ・ブリンクに会いに来たときのことだ。いま、スヴェードベリはそばにいない。

まるで、最初からいなかったかのように。

そのとき突然、産科の内側に立っているイルヴァ・ブリンクの姿がガラスのドア越しに見えた。同時に彼女も彼に気づき、ドアのところまで来て開けてくれた。

その瞬間、彼女は異変を悟った。

5

彼らは産科の事務室に入った。時刻は夜中の三時九分。ヴァランダーはありのままに話した。スヴェードベリが死んだ。ライフル銃で一発、あるいは数発撃たれて殺された。だれが殺したのか、殺された理由、いつ殺されたのか、なにもわからない。殺害現場の悲惨な光景は話さなかった。

話し終わったとき、看護師がイルヴァ・ブリンクに用事があって部屋に入ってきた。

「死亡通知の話なのです。少し待てませんか？」

看護師が部屋を出かかったとき、ヴァランダーは水を一杯くれないかと頼んだ。のどが激しく渇いて、口の中がからからだった。

「われわれはみんなショックを受けて動揺しています」看護師の姿が見えなくなると、ヴァランダーが言った。「こんなことが起きるなど、だれにも予測できなかったことですから」

イルヴァ・ブリンクはなにも言わなかった。顔色が真っ青だったが、それでもしっかりしているように見えた。看護師がコップに水を持ってきてくれた。

「ほかになにか？」看護師が訊いた。

「いや、いまはなにも」ヴァランダーが答えた。

彼は水を一気に飲み干した。飲み終わるとますますのどが渇いた。

「理解できません。どうしてもわからないわ」

「それは私も同じです。わかるには時間がかかるでしょう。いや、一生わからないかもしれない」

上着のポケットからボールペンを取り出した。いつもながら、書きつける紙はなにも持っていなかった。いすのそばにくずかごがあった。いたずら書きされている紙を拾い上げ、手のひらで伸ばすと、机の上にあった新聞を下敷きにした。

「少し質問させてください。ほかに親族はいますか？　私が知っているのはあなただけなのです」

「彼の両親は亡くなっています。きょうだいはいません。わたしのほかに親族は一人しかいません。わたしは彼の父方《かた》のいとこですが、彼の母方にも一人いとこがいます。スツーレ・ビュルクルンドといいます」

ヴァランダーはメモを取った。

「イースタに住んでいるのですか？」

「ヘーデスコーガの近くの農家に」

「農業従事者ですか？」

「いいえ、コペンハーゲン大学の教授です」

ヴァランダーは驚いた。

「スヴェードベリがその男性について話すのを聞いたことがないような気がしますが？」

「二人はめったに会わないから。二人のいとこのうち、どっちとよく連絡を取り合っているかと訊かれたら、彼は迷いなくわたしと答えたでしょう」

「それでも、その人にも知らせなければなりません。おわかりになると思いますが、このニュースは新聞で大きく取り沙汰されるでしょう。惨殺された警官、ということで」

イルヴァ・ブリンクは聞き耳を立てた。

「惨殺？　どういうことですか？」

「ほぼ間違いなく意図的に殺された、という意味です」

「ほぼ意図的に？」

「いま、訊こうとしていたところです。スヴェードベリが自殺することは考えられますか？」

「だれにもある可能性でしょう？　ある条件のもとでなら」

「そう言えるかもしれませんが」

「外から見えるんじゃありませんか？　殺されたのか、自殺したのかのちがいは？」

「おそらく。それでも一応訊かなければならないのです」

彼女はしばらく考えてから答えた。

「わたし自身、考えたことがあります。むずかしい時期に。どんなに苦しんだかは神のみぞ知る、です。でも、カールがそんなことをするとは、考えたこともありません」

「そんな理由はないと？」

「あの人は、不幸な人ではありませんでしたから」

「最後に彼と話したのはいつ？」

「日曜日に電話をくれました」

「どんな様子でした？」

「いつもどおりでした」

「どんな用事で？」

「わたしたちは一週間に一度、かならず連絡を取り合っていました。電話がこなかったら、わたしのほうから電話しました。彼がわたしのところに来て夕食を食べていくこともありましたし、わたしが彼のところへ行くこともありました。覚えていらっしゃるかもしれませんが、夫はめったに家にいないので。タンカー船の機械技師をしているんです。子どもたちも大きくなって家を離れましたし」

「スヴェードベリが料理をしたんですか？」

「ええ、もちろん。どうしてそんなことを訊くんですか？」

「彼が台所に立つ姿を見たことがないもので」

「料理が上手ですよ。とくに魚料理が」

ヴァランダーは質問を戻した。

「日曜日に彼から電話があった。八月四日ですね。別に変わりはなかった」

「はい」

「なんについて話しました？」

「とりとめもなくいろんなことを。でも、疲れていると愚痴《ぐち》を言っていました。過労だと」

ヴァランダーはその言葉に反応した。

「本当にそう言ったのですか？　過労だと？」

「はい」

「だが、彼は夏休みから戻ったばかりだったのに？」

「ええ、でも間違いありません」

ヴァランダーはしばらく考えてから続けた。

「夏休みを彼がどう過ごしたか、知ってますか？」

「ご存じだと思いますが、カールはイースタを離れるのが好きではありませんでした。だから、いつも家にいたのです。もしかするとポーランドへ短い旅行をしたかもしれませんが」

「家ではなにをしていたか、知っていますか？　アパートからは出なかったのでしょうか？」

「趣味がありましたからね」

「どんな？」

イルヴァ・ブリンクは首を振りながら言った。

「ご存じでしょう？　カールには情熱を傾ける二つの趣味があったことを？　星の観測とアメリカ先住民の歴史を学ぶことですよ」

「アメリカ先住民のことはたしかに聞いたことがある。それと、彼がときどき渡り鳥の観測で有名なファルスタボーへ出かけていってバードウォッチングしていたことも。しかし、星の観測とは知らなかったな」

「カールは立派な天体観測用の望遠鏡をもっていますよ」

ヴァランダーはスヴェードベリの部屋でそんなものを見た覚えがなかった。

「どこに？」

「書斎に」

「スヴェードベリは休みにそんなことをしていたんですか？　星を観測するとか、アメリカ先住民について読むとか？」

「ええ、そうだと思います。でも、この夏休みはいつもとはちがっていたようです」

「どうちがっていたと？」

「わたしたちはいつも、夏休みをいっしょに過ごしてきました。そのほかの季節よりも頻繁《ひんぱん》に、という意味ですが。でも、今年は彼、時間がなかったのです。食事に招待しても何度も断られましたから」

「なぜでしょうか？」

イルヴァは少しためらってから答えた。

「そんなひまがないようでした」

ヴァランダーはなにか重要なことに近づいていると直感した。

「なぜ時間がないのか、理由は言いませんでしたか？」

「はい」

「しかし、あなたはどうしてか考えたのじゃありませんか？」

「いいえ、とくに」

「なにか、変化に気づきませんでしたか？　彼が変わったとか？　心配事がありそうだとか？」

「彼はいつもどおりでした。単に時間がなかったのだと思います」

「それに気づいたのはいつごろですか？　時間がないと彼が初めて言ったのはいつですか？」

イルヴァは考え込んだ。

「ミッドサマーの直後だったと思います。つまり、カールが夏休みに入ったころ」

看護師がふたたび現れたので、イルヴァは立ち上がった。

「すぐに戻ります」

ヴァランダーはトイレを探した。そこでさらにグラスに二杯水を飲んだ。部屋に戻るとすでにイルヴァが座っていた。

「それじゃ、いまはこれで。ほかの質問はまたあとにします」

「わたしからスツーレに電話をしてもいいですけど？　葬儀のことなど相談しなければなりませんから」

「では二時間以内に電話をしてくれるとありがたい。このニュースは十一時の記者会見で発表されますから」

「でも、まだわたしにはとても信じられないわ」

イルヴァ・ブリンクの目に突然涙が浮かんだ。ヴァランダーもまた泣きだしそうになった。それぞれが泣きたいのをこらえてしばらくじっとその場に座っていた。ヴァランダーは壁の時計の秒針の動きをにらみつけていた。

「一つだけいま訊いておきたいことがあります。スヴェードベリは独身でした。つきあっている女性がいるとは一度も聞いたことがないのですが」

「ええ、そのとおりだと思います」

「この夏忙しかったのは、それだったのじゃありませんか？」

「カールがだれか女性に出会ったということ？」

「ええ」

「だから過労だったということになるのですか？」

ヴァランダーは質問のばかばかしさがわかった。

「質問するのが私の仕事です。そうしなければ先に進めませんから」

イルヴァ・ブリンクは産科の入り口まで彼を見送った。

「かならず犯人を捕まえてください」と言って、イルヴァは彼の腕をきつくつかんだ。

「警察官殺しは最悪の犯罪の一つです」ヴァランダーが答えた。「同時にそれは、われわれが間違いなく犯人を捕まえるという不文律の保証でもあるのです」

二人は握手した。

「スツーレにはかならず電話します。遅くとも六時には」

ドアのところで彼はもう一つ質問があることに気がついた。基本的なことだった。

「スヴェードベリが家に大きな金額の現金を置いていたかどうか、知りませんか？」

彼女は不審そうな顔つきになった。

「そんなお金、どこから手に入れたというのですか？　警察官の給料が低いことをいつもこぼしていた彼が」

「そのとおりですが」

「助産師の給料はどのくらいか、知っていますか？」

「いいや？」

「話さないのがいちばんです。どっちがより高い給料かという問題ではなく、どっちがより低いかという問題ですものね」

病院の外に出て、ヴァランダーは深く息を吸い込んだ。鳥のさえずりが聞こえたが、まだ朝の四時にもなっていなかった。かすかに風が吹いている。八月の暖かさはまだ終わっていない。ゆっくりと彼はストーラ・ノレガータンを歩きだした。

一つの問いが彼の頭にあった。

なぜスヴェードベリは疲れていたのか？　夏休みから帰ってきたばかりだったのに？

そのことが殺された原因と関係あるのだろうか？

ヴァランダーは細い路地で立ち止まった。スヴェードベリのアパートの中に入り、居間の入り口で立ち止まって目に入った衝撃の光景を思い浮かべた。マーティンソンがすぐ後ろにいた。

スヴェードベリの遺体とライフル銃が目に入った。それとほぼ同時に、なにかがおかしいという違和感を覚えたのだ。

違和感の正体がいま見えるか？　見極めようとしたがわからなかった。

忍耐が必要だ。そのうえ、おれは疲れている。長い夜だった。それもまだ終わっていない。

ふたたび歩きはじめた。いつ眠れるのだろうか、と思いながら。それに、ダイエットの品目表も読まなければ。そのとき突然問いが浮かんだ。もしおれがスヴェードベリのように急に死んだらどうなる？　だれが悲しんでくれるだろう？　みんな、なんと言うだろうか？　優秀な警察官だったと？　会議のテーブルに空席を一つ残したと？　だが、一人の人間の死として悲しんでくれる者がいるだろうか？　アン＝ブリット・フーグルンド？　もしかするとマーティンソンも？

鳩が彼のすぐ頭上を飛んだ。

おれたちは互いのことをなにも知らない。問題はおれがスヴェードベリのことをどう思っていたかだ。もしいま心の中を正直に見つめるなら、自分は彼の死を本当に悲しんでいるか？　相手のことを本当に知らなくとも悲しむことができるものだろうか？

彼は歩き続けた。しかし、いま抱いた疑問はこれからも自分を悩ませるだろうという気がした。

スヴェードベリのアパートに入ると、ふたたび悪夢の中に戻ったような気がした。夏の終わりの暖かさや鳥のさえずりなどはない。強いライトに照らし出された現場は、死におおわれていた。ホルゲソン署長は警察署へ引き揚げていた。ヴァランダーはフーグルンドとマーティンソンを台所へ呼んだ。スヴェードベリはどこかと訊きそうになった。彼らは台所のテーブルを囲んで座った。二人ともひどい顔色だった。自分はどんな顔をしているのだろうか、とヴァランダーは自問した。

「どうだ？」

「押し込み以外の理由が考えられますか？」フーグルンドが訊く。

「ああ、いろいろ考えられると思う。復讐、頭のおかしくなった人間のしわざ、それも一人じゃなく、複数ということも考えられる。わからない。わからない以上、目に見えることから捜査を始めるのだ」

「もう一つ考えられます」マーティンソンがゆっくりと口を開いた。

ヴァランダーはうなずいた。マーティンソンがこれから言おうとしていることの見当がついた。

「スヴェードベリが警察官だということです」マーティンソンが言った。

「手がかりは見つけたのか？　ニーベリはどうしてる？　医者はなんと言ってる？」ヴァランダーが訊いた。

二人ともメモを取っていた。フーグルンドのほうが先にメモを読み上げた。

「二連式のライフル銃の両方の銃口から弾が飛び出している。ニーベリも医者も、二発は連続して発射されたという点で意見が一致しています。どうしてわかるのかは、わかりませんが。とにかく二発ともまっすぐにスヴェードベリの頭に当たっています」

フーグルンドの声が震えている。深く息を吸い込み、また話し続けた。

「撃たれたときスヴェードベリがいすに座っていたかどうかはわかりません。また射程距離がどれくらいだったかもまだわかりません。部屋を見れば、またいすの位置からして、距離は最大でも四メートル。それより近いところから撃たれたことも考えられます」

マーティンソンが立ち上がり、聞き取れないような言葉をなにか口の中で言い、トイレに姿を消した。ヴァランダーとフーグルンドは待った。数分後、彼は戻った。

「自分は二年前に辞めるべきでした。あのとき、警察官を辞めると決心したあのとき、辞めるべきでした」マーティンソンが言った。

「いまこそ、われわれは必要とされているのだ」ヴァランダーが強い語調で言った。しかし、マーティンソンの言わんとすることは痛いほどよくわかっていた。

「スヴェードベリは服を着ていました」フーグルンドが続けた。「ということはベッドから引っ張り出されたのではないということです。でも犯行時間はまだ特定できていません」

ヴァランダーはマーティンソンのほうを見た。

「何度も訊いてまわりましたが、銃声を聞いた住人は一人もいないんです」

「外の交通の音のせいか？」

「二発のライフルの発射音をかき消すほどの騒音があったとは考えられません」

「いまのところ、犯行時間が特定できない。スヴェードベリが服を着ていたことはわかっている。ということは夜中ではなかったと考えてよいのではないか？　個人的には、スヴェードベリは早くベッドにつく習慣があったのではないかと思う」

マーティンソンが同意した。フーグルンドはこれに関してはなにも知らなかった。

「犯人はどうやってアパートに入り込んだのか？」ヴァランダーが訊く。

「ドアには目につく傷はありません」

「だが、簡単に破ることができた」ヴァランダーが言った。

「犯人はなぜ銃器を置いていったのでしょうか？　パニックに襲われたのか？　それともほかに理由があるのでしょうか？」

このマーティンソンの問いにはだれも答えられなかった。ヴァランダーは疲れた同僚たちの顔を見比べた。

「これからおれの個人的な感想を言う。それがどれだけ意味のあることかは、あとでわかることだ。とにかく、ここに来てなにが起きたのかを見たとき、おれはなにかが変だという印象を強くもった。それがなんなのかはわからない。殺人事件だ。侵入者があったと思わせる状況だ。だが、もし侵入者でなかったとしたら、なんなのだ？　復讐？　あるいはなにかを盗むためではなく、なにかを探すために何者かが侵入したとか？」

ヴァランダーは立ち上がり、コップを手に取るとまた水を一杯飲んだ。

「病院でイルヴァ・ブリンクと話してきた。スヴェードベリは親戚が極端に少ない。はっきり言って、いとこ二人しかいない。イルヴァ・ブリンクはその一人だ。スヴェードベリは彼女とは親しかったらしい。彼女の言葉でおれがとても気になったことがある。彼女が先週の日曜日、話したとき、彼はすごく疲れていると言ったという。なぜだ？　彼は夏休みから戻ったばかりだというのに？」

フーグルンドとマーティンソンは聞き耳を立てた。

「そのことにどういう意味があるのかはわからない。背景になにがあるのか、探り出さなくては」

「スヴェードベリはいまなにを担当していたのでしょう？」フーグルンドが訊いた。

「姿を消した若者たちのことだ」マーティンソンが言った。

「ほかにもあったにちがいない。その件はまだ正式な捜査対象とはなっていないのだからな。どのように展開するか、注目している段階だ。それに、スヴェードベリが休暇に入ったのは、若者の親たちが心配して警察に届け出をした二、三日あとのことだった」

ヴァランダーの問いにフーグルンドもマーティンソンもそれ以上答えることができなかった。

「スヴェードベリがいま担当していた事件を、調べてくれ」

「彼にはなにか秘密があったということでしょうか？」マーティンソンが遠回しに訊いた。

「だれにでも秘密はあるだろう？」

「われわれが捜し出すのはそれですか？　スヴェードベリの秘密ですか？」

「われわれが捜し出すのはスヴェードベリを殺した犯人だ。それだけだ」

八時に警察署で捜査会議を開くことにした。マーティンソンは住人たちの聞き込みを終わらせるために出ていった。フーグルンドは残った。ヴァランダーは彼女の疲れてげっそりした顔を見た。

「電話したとき、起きていたのか？」

訊いてすぐに後悔した。彼女が眠っていたか起きていたかなど、自分には関係のないことだ。だが、彼女は気分を害した様子はなかった。

「はい、起きていました」

「すぐに来たから、きっとご亭主が家にいるのだろうと思った。彼が子どもたちを見ているのか？」

「電話があったとき、私たちはけんかの最中でした。ささいな、ばかばかしいけんかです。本物の大きなけんかをするだけの気力がないときにする、くだらない口げんかです」

二人は黙り込んだ。ときどきニーベリの声が聞こえてきた。

「わからないわ。スヴェードベリに危害を加えようと思うなんて」

「だれがいちばんスヴェードベリをよく知っていた？」

フーグルンドは目を見開いた。

「あなたでしょう？」

「いや、おれじゃない。おれはスヴェードベリをよく知らなかった」

「でも、あなたを尊敬していました」

「そんなことはないだろう」

「気づかなかったのでしょう。でもわたしは気づいていました。もしかするとほかの人たちも。彼はいつでもあなたに忠実でした。あなたの言うこと、なすことすべてに。たとえそれが間違っている場合にも」

「しかし、それでは答えにはならない」と言って、ヴァランダーは問いを繰り返した。「かんじんなのはだれがいちばんスヴェードベリをよく知っていたかだ?」

「だれも彼をよく知りませんでした」

「だが、いまわれわれは彼を知らなければならないのだ。彼が死んだあとに」

ニーベリが台所に入ってきた。コーヒーカップを手に持っている。ニーベリは夜中の呼び出しに備えて、いつもコーヒーを用意しているのだ。

「どんな具合だ?」ヴァランダーが訊いた。

「押し込みだろう。問題は、なぜ犯人が凶器の銃を放り出していったのかだ」

「犯行時間がわからない」ヴァランダーが言った。

「医者があとで教えてくれるさ」

「あんたの意見が聞きたい」

「おれは推測するのが嫌いだ」

「知っている。だがあんたには経験がある。約束するよ、間違っていてもそれをあんたに突きつけたりはしない」

ニーベリは無精ヒゲの生えはじめたあごをなでた。両目が血走っている。

「一日前かな。それ以上ではないだろう」

ヴァランダーは考えた。一日前か。水曜日の夜。あるいは木曜日の昼かもしれない。

ニーベリがあくびをして台所を出ていった。

「家に帰るといい」ヴァランダーがフーグルンドに言った。「朝八時にこの件の捜査会議を開くから」

台所の壁の時計が五時十五分を示していた。

フーグルンドは上着を手に取って帰っていった。ヴァランダーは台所のテーブルに残った。窓辺に請求書や領収書のたぐいがまとめてあった。それに目を通した。どこかから始めなければならないのなら、請求書のたぐいから始めてもいいはずだ。電気の請求書、銀行から金を引き出した明細書、紳士服店の領収書。ヴァランダーは老眼鏡をかけた。スヴェードベリは八月三日に銀行から二千クローネを引き出していた。残高は一万九千三百十四クローネ。電気代は八月末に銀行から引き落とされることになっている。紳士服店の領収書にはスヴェードベリが八月三日にワイシャツを一枚買ったとある。銀行の自動支払機から金を引き出したのと同じ日だ。ワイシャツの値段は六百九十五クローネ。ずいぶん高い物を買うものだ、とヴァランダーは思った。彼は請求書のたぐいをまた窓辺に戻した。そのあと、ニーベリのところへ行って、ビニール手袋を一対もらった。ふたたび台所へ行き、あたりをゆっくり見まわした。戸棚と引き出しを順番に開けていった。机同様、台所もきちんと整理されていた。とくに注意を引くものはなかったし、なくなっているものもないようだ。ヴァランダーはふたたびニーベリのところに戻り、今度は懐中電灯を借りた。流しの排水口を照らしてみた。なにを捜しているか自分でもわかってはいなかった。台所を出て書斎に入った。この部屋のどこかに天体観測用の望遠鏡があるはずだった。机に向かっていすに座り、あたりを見まわしているとニーベリがやってきて、スヴェードベリの遺体を運び出す用意ができたと言った。もう一度見たいか？　ヴァランダーは首を振った。頭半分が吹き飛ばされたスヴェードベリの姿がヴァランダーの記憶にこびりついていた。細部に至るまではっきりと。

ヴァランダーはふたたび部屋の中を見まわした。書棚からは大部分の本が引っ張り出され、床に投げ出されている。机の上には留守電の機器とペンスタンド、古い鉛《なまり》の兵隊が数個、それに手帳があった。ヴァランダーは手帳をぱらぱらめくり、月ごとに見ていった。一月十一日朝九時半、歯医者。三月七日イルヴァの誕生日。四月十八日の欄に〈アダムソン〉という名前が書かれていた。同じ名前が五月五日と十二日にもあった。六月と七月にはまったく書き込みがない。この時期スヴェードベリは夏休みをとっていた。その後、過労で疲れているとイルヴァにこぼしたのだ。そこからはゆっくりとヴァランダーはページをめくった。スヴェードベリの死の前の日々にはまったく書き込みがなかった。十月十八日、スツーレ・ビュルクルンドの誕生日。十二月十四日の欄にまた〈アダムソン〉という名前が書き込まれていた。これでぜんぶだった。ヴァランダーは手帳を机の上に戻した。読みようによっては、スヴェードベリはかなり孤独な人間だったと見ることができる。だが、手帳はすべてを物語ってはいない。ヴァランダーは自分のことを考えてみた。手帳に重要なことを書き留めるか？　彼はいすに寄りかかった。座りごこちのいいいすだった。疲れている。のどが渇いた。目を閉じて〈アダムソン〉とはだれだろうと思った。それからまた体を起こして、机の上に敷かれた茶色の下敷きをめくってみた。メモと名刺がいくつかあった。ヨッテボリの古本屋ボーマンの住所メモ。マルメのアウディ販売店の電話番号。スヴェードベリは昔から車はアウディだった。ヴァランダーの車がいつもプジョーであるように。アメリカのミネアポリスの名刺があった。〈インディアン・ヘリテージ株式会社〉とあった。新聞の切り抜きもある。〈ハーブ・ガーデン〉の住所が載っていた。カールスハムヌの自然薬品店とある。ヴァランダーは下敷きを元に戻した。

机の引き出しが二つ引っ張り出されて床に落ちていた。残りの二つの引き出しは半分開いていた。その一つを引き出した。税金の申告書が数枚あった。もう一つの引き出しにははがきと手紙が入っていた。手紙の束に目を通してみる。ほとんどが十年以上も前のもので、その大部分がスヴェードベリの母親からのものだった。手紙を元に戻し、はがきに手を伸ばした。驚いたことに、彼自身がスヴェードベリに送ったはがきがあった。スカーゲンからだ。自分の字で、ここの海岸は素晴らしいとあった。ヴァランダーははがきを手にしたまま固まってしまった。

三年前のことだ。病気休暇をとって、もう復職はしないだろうと考えていたころのことだ。長い休みの間、彼はスカーゲンの海辺を歩きながら警察官を辞めるべきかどうか思案していた。そのころにスヴェードベリにはがきを書いたことはまったく覚えていなかった。あの時期のことはほとんど記憶にない。スヴェードベリ宛にはがきを書いていたとは。だがその後長い休職に終止符を打ち、彼はイースタ署に戻ったのだった。そして復職したその日の朝、最初の会議でスヴェードベリが言った言葉を、ヴァランダーはいまでもはっきりと覚えていた。当時の署長のビュルクが戻ってきてくれてよかったと歓迎の言葉を述べたあと、一同は静まり返った。だれもがヴァランダーの辞職を覚悟していたときで、驚きと当惑の沈黙だった。しまいに沈黙を破って話したのがスヴェードベリだった。ヴァランダーはそのときのスヴェードベリの言葉を一字一句覚えていた。

それはよかった。ここはあなたなしではこれ以上一日だってやっていけませんよ。

ヴァランダーはそのときの記憶を反芻《はんすう》した。スヴェードベリの姿を思い出そうとした。たいてい無口だったが、重い雰囲気をさりげなく変える適当な言葉を発する男だった。平凡な警察官で、とくに目立つようなことはなにもなかった。まさに平凡と言っていい。頑固で職務に忠実だった。とくに想像力が豊かだったわけでも、文章がうまかったわけでもない。彼の報告書は読みにくく、検事たちをよく苛立たせたものだ。だが、彼は職場に居場所があった。記憶力がよく、自分の仕事に誇りをもっていた。

もう一つ思い出せたことがあった。数年前、ファーンホルム城の所有者が関係した複雑な殺人事件の捜査があった。そのとき、スヴェードベリが口にした言葉が鮮やかにヴァランダーの脳裏に焼きついていた。

こんな金持ちが高潔であろうはずがない。

同じ捜査でほかのとき、スヴェードベリは打ち明けた。

いつか経済界の大物をやっつけたいと思っていましたよ。

ヴァランダーは立ち上がり、スヴェードベリの寝室へ向かった。どこにも望遠鏡の姿はない。ひざをついてベッドの下をのぞいた。ここもきちんと掃除されていてほこり一つなかった。枕を動かしてみた。なにもない。服とワイシャツはきちんとクローゼットにかけられている。下部に靴棚があった。ヴァランダーはクローゼットの奥に懐中電灯の光を当てて見た。旅行カバンがあった。取り出して開けてみたがなにも入っていない。部屋の短いほうの壁の前にあった小タンスの引き出しを開けた。下着とシーツ類が入っていた。引き出しの裏側も見た。ベッドに腰を下ろし、ベッドサイドテーブルを見た。テーブルの上に開いたままの本があった。『スー族の歴史』と英語で書かれている。スヴェードベリは英語が下手だったが、読むほうはできたのかもしれない。

ヴァランダーはページをめくってみた。〈シッティング・ブル〉という名の勇敢そうな美しい男性先住民の写真に見入った。そのあと洗面所へ行き、ガラスの扉がはめられている壁の吊り棚を開けた。そこにも目を引くようなものはなかった。自分の洗面所の棚と同じようなものが置いてあった。玄関へまわった。鑑識課の一人が台所から出てきた。ヴァランダーは玄関の壁に掛かっている鏡の下の小さなテーブル用のスツールに腰かけて、テーブルの引き出しをのぞいた。手袋と帽子類が入っていた。キャップの一つに、スコーネ中にチェーンストアのある家電器具店の名前が大きくあった。

ヴァランダーは立ち上がった。残るは居間だけだ。できれば居間には入りたくなかった。が、そんなことは言っていられなかった。台所へ行き、水を一杯飲んだ。時刻は六時近くになっていた。重い疲れを感じる。居間に入った。ニーベリがひざ当てをつけて、壁際の黒い革のソファのまわりを這いまわっていた。いすはまだ倒されたままだ。ライフル銃も投げ出されたところにそのままあった。なくなっているのはスヴェードベリの体だけだった。ヴァランダーは部屋の中を見まわした。ここでなにが起きたのか、想像してみようとした。

最後の瞬間の直前、なにが起きたのか？　弾が発射される直前に？

だが、なにも思い浮かばなかった。なにかが決定的におかしいという感覚がまた戻ってきた。静止したまま息を止めて正体不明のものをつかまえようとしたが、失敗した。ニーベリが床から立ち上がり、二人は視線を交わした。

「どういうことか、わかるか？」ヴァランダーが訊いた。

「いいや。なんだかおかしな絵のようだ」

ヴァランダーは眉をしかめて相手を見た。

「なんだ、その、絵というのは？」

ニーベリは鼻をかみ、ハンカチを丁寧にたたんだ。

「すべてがめちゃくちゃだ。倒れたいす、床に投げ出された引き出し、紙や陶器などがあちこちに飛び散っている。だが、なんだか不自然なような気がするんだ」

ヴァランダーは彼の言わんとしていることの意味がわかった。自分では気づかなかったことだった。

「ぜんぶわざと仕掛けられているというのか？」

「もちろん、あくまで推測だが」

「このカオスは作り物だというんだな？」

ニーベリは床から壊れた陶器の破片を拾い上げた。

「たとえばこれはきっとあの棚の上にあったものだろう」と言って、彼は離れた棚を指さした。

「でなければ、どこにあったというんだ？　だが、だれかが棚のものを落とし、引き出しを引っ張り出したときに落ちたものなら、なぜここに落ちているんだ？」

ヴァランダーはうなずいた。納得した。

「なにか理由があるにちがいない。その理由を見つけるのはあんたの仕事だ」ニーベリが言った。

ヴァランダーはなにも言わなかった。そのまましばらく居間に残り、そのあとアパートを出た。通りに出てみると、外はもうすっかり朝になっていた。パトカーが一台、建物の前に停まっていた。が、好奇心の強い近隣住人はいなかった。パトカーの警察官たちは当然、事件についてまだなにも話してはならないという通達を受けているだろうとヴァランダーは推定した。数回深く息を吸い込んだ。この日が美しい夏の終わりの日になることは間違いない。

そのとき彼はスヴェードベリの不在が重い悲しみとなっていることに初めて気がついた。それが純粋にスヴェードベリの死を悲しむものなのか、自分の死を思い出させるものだからかはわからない。恐怖も感じた。死が近づいてきた。父親が死んだときとはちがう、まったく別の感じだった。

彼は震え上がった。

時計は八月九日金曜日の朝六時半を示していた。ヴァランダーはゆっくり車に向かって歩きはじめた。セメントミキサー車が後ろのほうで音を立てていた。

十分後、ヴァランダーは警察署に着き、ガラスドアを押して中に入った。

6

金曜日の朝八時過ぎに彼らは会議室に集まり、急ごしらえの別れの会を開いた。ホルゲソン署長はキャンドルに火を灯して、スヴェードベリがいつも座っていた席の前に置いた。その朝イースタ警察署に出勤していた者全員が集まった。ショックと悲しみが重苦しく部屋をおおっていた。署長は多くを語らなかった。感情が高ぶって話すのがむずかしい様子で、部屋に集まった者はみな、署長が泣き崩れないでなんとか話を終えるように祈った。彼女が泣きだして、収拾がつかなくなるのを恐れた。署長のあいさつのあと、全員が立ち上がり一分間の黙とうを捧げた。ヴァランダーの頭には不安なイメージがいくつも湧き上がった。すでにスヴェードベリの顔を完全な形で思い出すのがむずかしくなっていた。父親が死んだときはどうだったか、その前に逝ったリードベリのときはどうだったか？　もちろん死者を思い出すことはできる。しかしそれでも、まるで彼らが初めからいなかったような気がするのはどういうわけだろうか？

みなが部屋を出て、残ったのは今回の事件の捜査班とホルゲソン署長だけになった。会議のテーブルについた。マーティンソンが窓を閉めようとすると、風でキャンドルの炎が揺れた。ヴァランダーはホルゲソン署長をうながすように見たが、彼女は首を振った。話を切り出すのは彼の役割になった。

「みんな、疲れているだろう。怒りと悲しみで、困惑しているだろう。いちばん恐れていたことが起きてしまった。われわれの仕事は犯罪捜査だ。ときに凶悪な犯罪の捜査をすることもある。が、それらは通常、警察の外での事件の捜査だ。しかし今回はわれわれ内部の者が対象となった。それでもわれわれはこれまでの捜査同様、冷静に捜査しなければならない」

ここで言葉を切り、テーブルのまわりを見まわした。全員が押し黙っている。

「事件の経過をまとめてみよう。その後、仕事の分担を決める。わかっていることは少しだけだ。七日水曜日の午後から八日木曜日の夜までの間に、スヴェードベリが撃たれたと考えられる。場所は自宅アパートだ。外から侵入した者のしわざと思われる。どうやって入り込んだのか、ドアにはとくに目につく痕跡はない。床の上にあったライフル銃が犯行に使われたものと思われる。アパートは強盗に襲われたあとのようなありさまだ。スヴェードベリは銃を携帯した強盗に襲われたように見える。実際にそうだったのかもしれない。その可能性はある。だが、ほかの可能性を無視してはならない。できるだけ間口を広げて捜査するのだ。忘れてならないことは、スヴェードベリが警察官であることだ。殺害されたのはそのためかもしれない。それも視野に入れることだ。犯行時間はまだ特定されていない。不可解なことに、同じ建物の住人に銃声を聞いた者がいないのだ。いまはとにかくルンドの検視官がなんと言ってくるか、それを待とうと思う」

話を続ける前に、コップの水を一杯飲んだ。

「われわれの手にある情報はこれだけだ。つけ加えたいことが、一つだけある。スヴェードベリは木曜日出勤しなかった。彼を知る者にとってそれは異常なことと言っていい。彼が無断欠勤するなんてことはあり得ないからだ。唯一説明がつくのは、連絡できない状況にいたということだ。その理由はみんなの知っているとおりだ」

　ニーベリが手を挙げた。

「おれは検視官ではないが、スヴェードベリがすでに水曜日に死んでいたとは考えられない」

「ということは、われわれはそれもまた視野に入れなければならないということだ。つまり、スヴェードベリはなぜ昨日、出勤しなかったのかということ。なぜ彼は連絡してこなかったのか？　すでに殺されていたのか？」

　そのあとヴァランダーはイルヴァ・ブリンクから聞いた話を伝えた。

「スヴェードベリにはもう一人近い親類がいると教えてくれたが、もう一つ気になることを聞いた。それは彼が最近働きすぎで疲れていたというのだ。夏休みから戻ったばかりだったというのに、どうもおかしい。とくにスヴェードベリが、旅行は面倒だといって遠くに出かけたりしない人間だったことを思えばなおさらだ」

「スヴェードベリは休暇中イースタの外に出たのでしょうか？」マーティンソンが訊いた。

「ほとんど出ていないと思う。もしかするとポーランドへ短い旅行をしたかもしれない。それはイルヴァが言っていることだ。スヴェードベリが休暇中にしたことといえば、アメリカ先住民の話を読むことと、星の観測をすること。イルヴァによれば、スヴェードベリの自宅には立派な天体観測用の望遠鏡があるのだそうだ。が、おれは捜したが見つけられなかった」

「スヴェードベリはバードウォッチャーではなかったのか？」それまで黙っていたハンソンが口を開いた。

「たまには、というところだろうな。イルヴァ・ブリンクは彼をよく知っていたと見ていいだろう。その彼女が彼の趣味はアメリカ先住民のことを知ることと星の観測だったと言っている」

ヴァランダーは一同を見まわした。

「なぜスヴェードベリはそんなに疲れていたのだろう？　その疲れはなんによるものか？　もしかすると別に意味はないのかもしれないが、どうもおれは引っかかりを感じてならない」

「この会議の前に、スヴェードベリが取りかかっていた仕事を少し調べてみました」フーグルンドが言った。「夏休みに入る前の仕事というのは、姿を消した例の若者たちの親の話を聞くことでした」

「姿を消した若者たちとは？」なにも知らないホルゲソン署長が聞きとがめた。

ヴァランダーが説明し、フーグルンドは話を続けた。

「夏休みの二日前、彼はノルマン、ボイエ、ヒルストルムの家を順番に訪ねています。でも、メモはどこにもありません。彼の部屋の机の引き出しも見たのですが」

ヴァランダーとマーティンソンは眉をひそめて視線を交わした。

「スヴェードベリが若者たちの親の話を聞いてまわった？　それはあり得ない」ヴァランダー

が抗議の声をあげた。「われわれは三人の若者の親たちに署に来てもらって、しっかり話を聞いた。それ以上の仕事、つまり、それぞれの家を訪ねてさらに詳しい話を聞くなどということにはなっていなかった。なぜなら彼らの失踪に事件性はないと判断したからだ」

「でも、間違いありません。スヴェードベリはそれぞれの家を訪問した時間を職務日誌に書き込んでいます」

ヴァランダーは考え込んだ。

「ということは、スヴェードベリは一人で勝手に行動したということになる。われわれにはなにも告げずに」

「スヴェードベリらしくありません」マーティンソンが言った。

「そうだ」ヴァランダーがうなずいた。「彼が無断欠勤したのと同じくらいあり得ないことだ」

「でもこれは親たちに訊けばわかることじゃありませんか?」フーグルンドが言った。

「そのとおり。調べてくれ。ついでに、スヴェードベリがどのような質問をしたかも」

「しかし、この状況は、ちょっとおかしいですね」マーティンソンが言った。「われわれは水曜日からこの若者たちのことを話し合うためにスヴェードベリを探していました。スヴェードベリはもういません。そしていまわれわれは彼なしにこの若者たちのことを話している」

「なにか、新しいことがあったのですか?」ホルゲソン署長が訊いた。

「いいえ、なにも起きてはいないのです。ただ、母親の一人が非常に不安になっている以外は。彼女の娘からまた絵はがきが来たものですから」

「それなら、もう安心していいのでは？」

「ですが、母親はその絵はがきはだれかほかの者が書いた偽物だというのです」

「そんなばかな」ハンソンが口をはさんだ。「だれが偽のはがきをわざわざ送ったりするんだ？　小切手ならわかる。が、絵はがきを人のふりして書いてどうするっていうんだ？」

「若者たちの件とスヴェードベリの件は別扱いするほうがいい。いまわれわれのするべきことは、スヴェードベリを撃った犯人あるいは犯人たちを捜査することだ」ヴァランダーが言った。

「犯人が複数であることを示す証拠はなにもない」ニーベリが言った。

「確信があるのか？」

「いや」

　ヴァランダーは両手を広げて机の上に置いた。

「確信がもてることはなにもない。間口を広げ、先入観をもたずに捜査にあたるんだ。あと数時間でスヴェードベリの死が報道される。そのときにはわれわれはすでに捜査に取りかかっていなければならない」

「言うまでもなく、この事件は最優先扱いです」ホルゲソン署長が言った。「急を要するもの以外はすべて後回しにすること」

「記者会見でなにを発表するか？　それを話し合いませんか」ヴァランダーが言った。

「イースタ署の警察官が殺害されたと、現時点でわかっていることを言いましょう。犯人の手がかりは？」

「なにも」

ヴァランダーが即答した。

「それじゃ、ほかに言えることはありませんね」

「どこまで詳しく話すのですか？」ヴァランダーが訊いた。

「射殺されたということ。至近距離で。その場にあった凶器を押収したこと。これを話してはいけない捜査技術上の理由がありますか？」

「いや、ないと思います」ヴァランダーが答え、テーブルを見まわした。反対する者はいなかった。

ホルゲソン署長が立ち上がった。

「あなたにはいっしょに記者発表に出てください。いえ、もしかすると、捜査班全員が出るほうがいいかもしれない。なんといっても、同僚が殺害されたのですからね」

記者会見の十五分前に会場となる部屋の前に集まることにした。署長が部屋を出ていくと、ドアの隙間からの風でキャンドルの火が消えた。フーグルンドがまた火を灯した。

彼らはふたたび事件の経過を全員で確認し、仕事を振り分けた。捜査が開始された。それぞれが部屋に引き揚げようとしたとき、マーティンソンがみなを呼び止めた。

「もしかすると、姿を消した若者たちのことを後回しにするかどうか、ここで決めておくほうがいいのじゃありませんか？」

ヴァランダーは決めかねていた。しかし、たしかにいまその決断をしておくほうがいいと思った。

「そうだな。後回しにしようじゃないか。少なくともここ数日は。そのあと、状況によって決めよう。スヴェードベリがとんでもなく手こずる問題をわれわれに突きつけてこなかったら、ということだが」

九時十五分になっていた。ヴァランダーはコーヒーを取りに行き、部屋に戻ってドアを閉め、引き出しから大学ノートを取り出した。最初のページの上に一語だけ書いた。

スヴェードベリ。

名前の下に十字架を書いたが、すぐさま上から線を引いて消した。

そのまま、なにも書けなくなった。夜中に起きたことをすべて書くつもりだったが、ペンを置いた。立ち上がって窓辺に行った。八月の朝は美しかった。あの感覚が戻ってきた。スヴェードベリの死にまつわる、なにかがおかしいというあの感じだ。ニーベリはあの部屋はだれかがわざと荒らしたものではないかと言った。理由は？　だれが？　ふつうの押し込み強盗のしわざで、たまたまとんでもない結果に終わったかもしれない。それ以外の可能性はないことが、捜査によって少しでも早く判明するといいのだが。警察官を射殺したあと、銃を投げ出して逃走した人間は、おそらく抑制のきかないタイプだろう。これまでの経験から、そのような人間は比較的早く捕まえることができるはず。もしかすると銃に指紋がついているかもしれない。その場合は警察にある前科者のデータと照合して犯人をすぐに挙げることができるだろう。

机に戻って、高価なものらしい天体望遠鏡のことを書きつけた。それから二つのことに取りかかることに決めた。記者会見が終わったら、その足ですぐにスヴェードベリのもう一人のいとこをヘーデスコーガに訪ねるのだ。それと、スヴェードベリのアパートをもう一度調べよう。あの建物にはおそらく屋根裏と地下室に物置きの小部屋があるにちがいない。

いとこというスツーレ・ビュルクルンドの番号を電話帳で調べた。数回呼び出し音が鳴ったあと、男が電話口に出て名前を言った。

「お悔やみを申し上げなければ」ヴァランダーが切り出した。

スツーレ・ビュルクルンドの声は小さく、緊張していた。

「私のほうからも同じことを言わなければならない。おそらくあなたのほうが私よりも彼と親しかったでしょうから。イルヴァから六時に電話で知らせがありました」

「この事件は残念ながらマスコミで大きく報道されるでしょう」ヴァランダーが言った。

「わかります。じつは親戚の者が殺害されるのは、これで二度目ですから」

「と、言いますと?」

「遠い昔の話です。一八四七年、正確に言いますと四月の十二日に、カール・エヴァートの曾祖父の弟がエスルーヴの近郊で斧で殺されたのです。強盗殺人でした。犯人はブルンという名の旧軍人で、不品行のため軍隊から追放された男でした。われわれの祖先は牧畜業をやっていて、けっこう富裕だったらしい」

「それで?」ヴァランダーは苛立って先を急がせた。

「警察が、といっても当時の地方役人とその配下の者たちでしょうが、数日後デンマークに逃亡しようとしていたブルンを捕まえた。彼は死刑の宣告を受け、その後執行されました。詳しくはこういうことだったらしい。オスカル一世がスウェーデン王に着位した当時の話です。それまでの王、カール十四世が死刑執行を拒んでいた死刑囚たちを一気に死刑台に送り込んだ。オスカル一世は着位の記念に十四人の死刑を執行したというわけです。ブルンはギロチンで断頭されたのですよ。場所はマルメでした」

「なんとも恐ろしい話ですね」

「数年前に祖先のことを調べてわかったのです。旧軍人のブルンが犯したエスルーヴでの殺人事件は当時有名な話だったようですよ」

「少しお時間がありますか？　お訊きしたいことがあるのですが」

ビュルクルンドがすぐに緊張したのがわかった。

「なにについて？」

「カール・エヴァートについて、少しでも多くの情報がほしいのです」

スヴェードベリのファーストネームを口にすることはほとんどなかったので、ヴァランダーはぎこちなく感じた。

「私は彼をほとんど知りませんでしたよ。それに、午後、コペンハーゲンに渡らなければならない用事がある」

「しかしこれは重要なことです。時間はそれほどかかりません」

電話の相手は静かになった。ヴァランダーは待った。

「何時に来られますか？」

「午後二時ごろはどうですか？」

「それじゃ、コペンハーゲンに電話して、今日は行かないと伝えることにしましょう」

ビュルクルンドは道順を説明した。簡単に見つけられそうだった。

このあと、ヴァランダーは事件の概要を書き留めた。その間ずっと、スヴェードベリが床の上で死んでいるのを発見したときに感じた違和感の源を探っていた。ニーベリも感じたものだった。その違和感はもしかすると同僚が殺されたのを発見したことによる衝撃なのかもしれないとも思ったが、それでもその不安感は消えなかった。

十時過ぎ、彼はコーヒーをもう一杯取りに行った。食堂には大勢の人間が集まっていた。みんなショックを受けて悄然としていた。ヴァランダーは交通巡査と事務方の者たちに呼び止められて立ち話をした。部屋に戻ると、ニーベリに電話をかけた。

「いまどこにいる？」

「どこにいるだと？」ニーベリの苛立った声がした。「スヴェードベリのアパートに決まっているじゃないか」

「望遠鏡は見つけていないよな？」

「ああ」

「ほかには？」

「ライフル銃に指紋がべたべたついてるよ。少なくともそのうちの二つは、いや三つかな、すぐに読み取れると思う」

「警察のデータにあるものだといいがな。ほかには？」

「とくに目を引くものはない」

「昼食のあと、ヘーデスコーガにいるスヴェードベリのいとこに会いに行く。そのあと、おれもアパートを徹底的に見るつもりだ」

「それまでにはこっちは終わってる。あ、そういえば、おれも記者会見には出るつもりだ」

ヴァランダーが思い出せるかぎり、ニーベリは記者会見に臨《のぞ》んだことはなかった。ニーベリはスヴェードベリの身に起きたことに関する怒りをこのような形で表したいのだろうとヴァランダーは思った。一瞬、感動がヴァランダーの胸を突き上げた。

「鍵を見つけたか？」少し経ってヴァランダーが訊いた。

「自動車の鍵と地下の物置き部屋の鍵が一つずつ見つかった」

「屋根裏のは？」

「探したよ。ここには屋根裏はない。地下だけだ。記者会見のとき鍵を渡すよ」

電話を終えると、マーティンソンの部屋に行った。

「スヴェードベリのアウディだが、いまどこにある？」

マーティンソンは知らなかった。二人はハンソンの部屋に行ったが、ハンソンも知らなかった。フーグルンドは部屋にいなかった。

マーティンソンが時計を見た。

「住居の近くの駐車場に停めてあるんだと思います。十一時前に探しに行ってみます」

ヴァランダーは自室に戻った。受付に献花が置かれはじめた。エッバは泣きはらした目をしている。ヴァランダーはなにも言わずに足を速めて自室に戻った。


記者会見は十一時ちょうどに始まった。リーサ・ホルゲソン署長の言葉は力強く尊厳に満ちたものだった。ヴァランダーはあとでその感想を署長に伝えた。ほかのだれにもこのような弔いの言葉を送ることはできなかっただろうと。

署長は制服に身を包み、バラの花束が二つ飾られたテーブルの前に立ち、明快なメッセージを送った。今回はその声は揺れることがなかった。尊敬された同僚、犯罪捜査官カール・エヴァート・スヴェードベリが自宅のアパートで殺害された。犯行時刻と動機はまだ明らかになっていないが、状況から見てスヴェードベリはライフル銃を持った侵入者に殺されたものと思われる。警察はいまのところなんの手がかりも把握していない。その後、署長はスヴェードベリの警察官としての経歴と、彼の人柄について長く話した。聞きながらヴァランダーは、その描写は大げさになるところがなく、じつに的確であると思った。

記者からの質問は少なかったが、応答はヴァランダーが受け持った。ニーベリが犯行に使われたランバート・バロンというライフル銃の説明をした。三十分で記者会見は終わった。署長が南スウェーデン・ニュースにインタビューされている間、ヴァランダーは夕刊紙数社の質問を受けた。しかしリラ・ノレガータンのスヴェードベリのアパートの前で写真を撮らせてくれと頼まれたときは、明らかに不快を表してきっぱりと断った。

十二時、リーサ・ホルゲソン署長は主だった捜査官らを自宅に招いて簡単な昼食をふるまった。ヴァランダーとホルゲソン署長がスヴェードベリの思い出を少し話した。ヴァランダーはスヴェードベリが警察官になったいきさつを、スヴェードベリ自身の口から聞いた話として披露した。

「スヴェードベリは暗闇恐怖症だった。子どものころから怖くて、大人になってからもそれは変わらなかった。なぜそうなのかわからなかったし、最後までその恐怖から逃れることもできなかった。彼が警察官になったのは、恐怖心を制御する術《すべ》を学ぶことができると思ったからだという。しかし暗闇の恐怖は決してなくなることはなかったらしい」

一時半、彼らは警察署に戻った。ヴァランダーはマーティンソンの車に同乗した。

「署長の話はよかったですね」マーティンソンが言った。

「リーサ・ホルゲソンはいい署長だ」ヴァランダーが答えた。「そんなことは初めからわかっていただろう?」

マーティンソンは答えなかった。ヴァランダーは別の質問をした。

「スヴェードベリのアウディは見つかったか?」

「あの建物の住人は裏の駐車場を使っています。車はそこにありました。中も一応点検しました」

「トランクに望遠鏡はなかったか?」

「予備のタイヤが一対と長靴が一足だけでした。グラブボックスには虫よけスプレーが一個」

「八月はアブのシーズンだからな」

警察署の前でマーティンソンと別れた。ヴァランダーはホルゲソン署長の自宅での昼食会でニーベリから鍵を渡されていた。しかし、スヴェードベリのアパートを調べる前に、ヘーデスコーガのビュルクルンドのところへ行かなければならない。彼は自分の車でリングレーデンから町の外に向かい、シューボ方面に向かった。スツーレ・ビュルクルンドの道の説明は的確だった。ヴァランダーはヘーデスコーガにあるビュルクルンドの敷地に車を乗り入れた。家の前には芝生が敷きつめられていて、その真ん中に噴水がある。庭のあちこちに、石台の上に立っている銅像が見える。そのどれもがガーゴイルだ。小さな怪物の像を見てヴァランダーは驚いた。怪物たちは恐怖におののいた表情で口を開けている。どんな置物なら社会学の教授にふさわしいのか、と彼が自問していたとき、長靴を履き着古した革のジャケットをはおって、破れた麦わら帽子をかぶった男が家の中から出てきた。背が高く痩せている。麦わら帽子の下の顔を見て、ヴァランダーはスヴェードベリの親類に間違いないと思った。二人はよく似ていた。それに両人とも頭がはげ上がっている。もちろんそのために親族だというわけではないが。ビュルクルンド教授の外見がこのようなものだとは、まったく想像していなかった。顔は日に焼け、ヒゲは少なくともここ二、三日は剃っていない。コペンハーゲン大学の教授は無精ヒゲを生やしたまま授業するのだろうか？　いや、海の向こう側の用事というのは、おそらく授業ではないにちがいない。まだ八月の上旬だ。秋の学期はまだどこの大学でも始まってはいない。

「急にお願いしたために、大きなご迷惑をかけてしまったのでなければいいのですが」

スツーレ・ビュルクルンドは頭をのけぞらせて高笑いした。ヴァランダーはその声に多少小ばかにしたような調子を感じ取った。

「コペンハーゲンに私が毎週金曜日に訪ねていく女性がいる。ま、一般には愛人と呼ばれる存在でしょうな。田舎駐在のスウェーデン警察官に愛人はいますかな？」

「あり得ませんね」

「これは男女のつきあいの理想的解決法だと私は思う。毎回これが最後の逢瀬になるかもしれないんですからな。相手に依存しない、どの家具を買うかで揉めたりすることもないし、結婚はまじめに考えなければならないことだなどというふりもしないですむ」

麦わら帽をかぶってしゃがれ声で笑うこの高慢な男に、ヴァランダーは不快感を抱きはじめた。

「殺人は、まじめに対処しなければならないことです」とヴァランダーは言った。

スツーレ・ビュルクルンドはうなずき、麦わら帽を脱いだ。まるで、悲しみを表明する必要を感じたかのように。

「どうぞ、中へ」

家の中はヴァランダーがそれまで一度も見たことがないような造りになっていた。外から見ると伝統的なスコーネの農家の造りだったが、意外なことに中の仕切り壁はすっかり取り払われていて、大きな空間が一つ、天井まで広がっていた。ところどころに塔のように上が尖っているところがあって、鉄と木でできた螺旋《らせん》状の階段があった。部屋の中にはほとんど家具がなく壁はむき出しの土壁だった。西側の短い壁には大きな熱帯魚の水槽がはめ込まれていた。スツーレ・ビュルクルンドは大きな一枚板のテーブルにヴァランダーを案内した。教会のベンチと木製のスツールがあった。

「いすは硬いほうがいいというのが私の持論でして」とスツーレ・ビュルクルンドが言った。「快適でないいすに座っていると、人はできるだけ早く仕事をやり遂げたくなるもの。食事であれ、思考であれ、警察と話すときであれ」

ヴァランダーはベンチに腰を下ろした。たしかに快適ではなかった。

「私が得た情報が正しければ、あなたはコペンハーゲン大学の教授だそうですが？」

「社会学を教えています。しかし、これからは教える時間を最低限にしようと思っている。専門分野の研究のほうが面白いもんでね。それもこの家でできる」

「今日お訪ねした用件とは関係ないのですが、それでも訊きたくなりました。専門分野の研究とは？」

「人間と怪物《モンスター》との関係です」

冗談を言っているのだろうか、とヴァランダーは思った。教授のつぎの言葉も少し警戒しながら聞いた。

「中世の人々のモンスターに関する意見は十八世紀とはちがう。私の意見は未来の人々の意見ともちがうでしょう。じつに複雑で魅力的な世界ですよ。地獄、恐怖のありどころはつねに変化するものです。そのうえこの研究は無視できないほどの収入をもたらすのでね」

「どんな分野で？」

「私はアメリカの映画製作関連会社のコンサルタントとして協力している。自慢じゃないが、ホラー映画製作では私は世界でもっとも権威ある専門家の一人なんですよ。いや、はっきり言えば、ほかに専門家といえるのはハワイに日本人が一人いるだけ。彼以外には私しかいない」

向かいに座っているこの男は頭がおかしいのだろうかとヴァランダーは思いはじめた。だがそのとき、ビュルクルンドはテーブルの上にあった紙をヴァランダーに見せた。

「イースタに住む七歳の子どもたちを対象にモンスターについて訊いてまわって、子どもたちの想像するモンスターを合成して描いてみたものですよ。アメリカの連中はおおいに気に入ってくれた。これはこれから、七歳、八歳ぐらいの子どもたちをターゲットにしたアニメのモンスター映画シリーズの主人公になるものですよ」

ヴァランダーはその絵を見た。じつにおぞましかった。彼は絵を脇へ押しやった。

「捜査官、どうお思いかな？」

「クルトと名前を呼んでください」

「それじゃクルト、どう思いますか？」

「おぞましいものですね」

「われわれの生きている世界自体がおぞましいのですよ。芝居を観に行くことはありますかな？」

だんぜんトップなんですよ！

「授業を受けている学生の一人に、イェントフタから来ている頭のいい女の子がいて、世界の主な劇場で過去二十年間上演されてきた演目を調査した。結果はじつに興味深いものでした。もちろん、驚くには値しない。破壊や悲惨なできごと、略奪が横行しているいまの世界で、主にどういう劇が上演されていると思いますか？　家族や夫婦の人間関係をテーマにした作品が
だんぜんトップなんですよ！

シェークスピアは間違っていたことになる。彼の言う真実は、この恐ろしいわれわれの時代には当てはまらない。つまり演劇は世の中を映す鏡ではないということです」

スツーレ・ビュルクルンドは黙り、麦わら帽をテーブルの上に置いた。汗の臭いがヴァランダーの鼻をついた。

「私はついさっき、電話の契約を打ち切ると決心した。五年前にテレビをやめている。これからは電話も私の暮らしからなくなる」

「不便になりませんか？」

ビュルクルンドは真剣な面持ちになった。

「自分が望むときだけ世の中と連絡できればいい。パソコンはもちろん残しますが、電話はなくていい」

ヴァランダーはうなずき、質問を変えた。

「あなたのいとこのカール・エヴァート・スヴェードベリが亡くなった。殺されたのです。イ

ルヴァ・ブリンク以外には、あなたが彼の唯一の親族です。最後に彼に会ったのはいつですか?」

「三週間ほど前です」

「もっと正確に言えますか?」

「七月十九日十六時三十分」

答えが即座にきてヴァランダーを驚かせた。

「時間まで覚えているのは、どういうわけですか?」

「その時間に会うことに決めていたからですよ。私はスコットランドの友人に会いに出かけることになっていて、カッレはいつものように留守番をしてくれることになっていた。私が旅行で留守にするときはいつもそうするんです。本当のことを言うと、われわれが会うのはそのときだけだ。旅行に出かけるときと、旅行から帰ったとき」

「どういう意味ですか? スヴェードベリが留守番をしたというのは?」

「彼がその間ここに住んでいたということですよ」

ヴァランダーはその答えに驚いた。しかしビュルクルンドがうそを言っているとは思えなかった。

「そういうことはいままでもよくあったのですか?」

「ここ十年ぐらい。じつに都合のいい取り決めだった」

ヴァランダーは考えた。

「それで、今回の帰国はいつでしたか？」

「七月二十七日。カッレが空港まで迎えに来て、ここまで送ってくれた。そのあと彼はイースタに戻ったと思います」

「疲労困憊《こんぱい》という感じはありましたか？」

ふたたびスツーレ・ビュルクルンドはのけぞって、高笑いした。

「いまのは冗談でしょうな。だが、カッレは死んだのだから、ちょっとふざけすぎじゃないですか」

「いや、冗談ではありません」

ビュルクルンドはにんまり笑った。

「まあ、だれでも女と情熱的につきあったら、疲労困憊するでしょうが」

ヴァランダーは耳を疑った。

「それはどういう意味ですか？」

「私が留守のとき、カッレは女をここに連れてきてましたよ。そういう取り決めになっているんです。私がスコットランドに行っている間、彼らはここに泊まっていた。私の行き先がどこであれ、彼らはそうしてました」

ヴァランダーは口がきけないほど驚いた。

「驚いてるんですか？」ビュルクルンドが言った。

「いつも同じ女性ですか？　名前は？」

「ルイース」

「それは知らない。会ったことはないから。カッレは秘密主義でね。いや、慎み深い、と言うべきかもしれませんな」

まさに青天の霹靂《へきれき》だった。スヴェードベリにつきあっている女性がいるとは。それもいっしょに何日も過ごすような関係の女性がいたとは。

「ほかに、その女性について知っていることは？」

「いや、なにも知りません」

「しかし、カッレはなにか言ったでしょう？」

「いや、一言も。私もなにも訊かなかった。われわれは好奇心をあらわにしない一族なのです」

ヴァランダーはほかになにも訊くことがなかった。いまなによりしなければならないのは、ビュルクルンドから聞いたこのニュースを分析してみることだった。彼は立ち上がった。ビュルクルンドは意外な表情を見せた。

「これでぜんぶですか？」

「いまのところは。おそらくまたお尋ねしたいことが出てくるだろうと思いますが」

ビュルクルンドはいっしょに外に出た。暖かく、風もほとんどなかった。

「犯人に心当たりがありますか？」車の近くまで来たとき、ヴァランダーが訊いた。

「強盗のしわざじゃないんですか？　家の陰に隠れて隙あらばと狙っている連中を、私が知ってるはずがない」

彼らは握手して別れた。ヴァランダーは車に乗り込んだ。発車させようとしたとき、ビュルクルンドがかがみこんで開いている窓から話しかけた。

「もしかすると、もう一つ言えることがあるかもしれない。ルイースは髪の毛を染めている。それもいろんな色に」

「なぜそんなことを知ってるんです？」

「浴室に落ちていた毛からですよ。ある年は赤、ある年は黒、ブロンド。いつも変わる」

「しかし同じ女性なんですね？」

「カッレはその女に心底惚れ込んでいたと思う」

ヴァランダーはうなずき、車を発車させた。

時刻は午後三時になっていた。たしかなことが一つある、とヴァランダーは心でつぶやいた。スヴェードベリが死んでからまだ一日ほどしか経っていない。が、われわれは生きていたときより彼についてずっと多くのことを知るに至っている。

三時十分過ぎ、ヴァランダーは車をストールガータンに停め、リラ・ノレガータンまで歩いた。

なぜかわからないまま、体に冷気が走るのを感じた。

急がなければ。

7

ヴァランダーは地下室に下りはじめた。

階段は急だった。まるで、ふつうの地下室よりももっと深いところにある地下世界に下りていくようだった。青色の鋼の防火扉まで来ると、ニーベリから受け取った鍵束を取り出し、鍵を開けて中に入った。暗く、閉め切っていた場所特有の臭いがした。車から持ってきた懐中電灯で壁を照らしてブレーカーを探した。かなり背の低い人間を想定しているかのように、だいぶ下のほうにあった。地下室の両側には金網で囲まれた倉庫があり、その真ん中を狭い通路が通っている。以前から彼は、スウェーデンの地下室は牢屋のようだという印象をもっていた。実際にはもちろん囚人はいない。あるのは古いソファ、スキー用具、それに旅行カバンの数々。建築当時からの古い石壁が残っている。何百年も前にこの家が建てられたときからのものだろう。

ヴァランダーはこの春リンダが話してくれたおかしな客のことを思い出した。ストックホルムのクングスホルメンのランチ・レストランにやってきたその客は、片めがね《モノクル》をかけていて、まるで別の世紀からやってきたようだったという。リンダのスコーネなまりを聞いて出身はシューボ付近かと訊き、彼女がマルメ生まれだがイースタの近郊で育ったと言うと、男は十九世紀のあの名高い作家ストリンドベリがイースタを表現したという言葉を披露した。

「海賊の巣、ですな」

リンダは面白がって、それを父親に知らせるために電話してきたのだった。

スヴェードベリの地下倉庫は、狭い通路のいちばん奥にあった。それはふつうの金網の上からさらに鉄柵で囲まれていた。太い二本の鉄棒が真ん中で交差していて、その上から頑丈な南京錠がかけられていた。スヴェードベリは地下室の戸締まりを強化している。なにかここには盗まれては困る大切なものが保管されているのだろうか、とヴァランダーは考えた。ポケットにビニール手袋があることを思い出し、それをはめてスヴェードベリの倉庫用の鍵を鍵束から探し出し、扉を開けた。南京錠をよく観察した。新しいもののようだ。倉庫の明かりをつけた。中にあるものは、通常倉庫に入れておくようなものばかりだった。旧式のスキー板が壁に立て掛けてあった。ヴァランダーは首をかしげた。スヴェードベリがゲレンデに立つ姿など、想像もできない。しかし、自分たちはどれほどスヴェードベリのことを知っていただろうか。スツーレ・ビュルクルンドの話は、まったく知らなかったスヴェードベリの側面を物語っていた。おれは彼の秘密に足を踏み入れようとしている。この先になにがあるのか、予測もつかない。

狭い地下室を見まわした。荒らされたアパートとはちがい、整然としていた。投げ出されたものも壊れたものもない。旅行カバンと段ボール箱の中身から目を通すことにした。始めてすぐに、スヴェードベリはなんでもとっておくタイプだったことがわかった。すり切れた靴やジャケットのたぐいは、ヴァランダーには少なくとも二十年以上も前からのものに見えた。片端から手順よく見ていった。カバンの一つにアルバムが入っていた。蓋付きの箱に腰を下ろして、その一つを開いた。古い写真がぎっしり貼られていた。さまざまなスコーネの景色を背景に。夏のあらたまった衣装を着て緊張して硬くなって写真の撮り手のほうを見ているもの。距離があって、表情ははっきりわからないものが多かった。畑でカブを収穫している農夫、その後ろに荷車と馬が写っている。鞭を持ったまま敬礼している馬車引き。背景には入道雲が見える。地面はぬかるみだ。どの写真にも名前や地名の説明がない。三つのアルバムとも同様だった。年代的にいちばん新しいものでも一九三〇年代からのものだろう。それより新しいものはなかった。一瞬だけ、いまはもういない人々が人目に触れたわけだ。ヴァランダーはアルバムを戻すとつぎに進んだ。つぎのカバンは古いテーブルクロスのたぐい、もう一つは古い週刊誌だった。奥まったところに脚のとれたゲームテーブルがあった。天板に灰色のフェルト布が張られている。その後ろに薄茶色の木箱があった。最初ヴァランダーはその正体がわからなかったが、まもなくそれは昔のカツラ箱だとわかった。中身にもとくに目を引くものはなかった。彼が捜していたものは、ここにあってはならないもの、ここにあってはおかしいもの。それには精巧な望遠鏡も含まれる。一時間ほど捜してから地下室を出て鍵をかけた。

ふたたび外に出た。のどが渇いている。ストールトリェットのカフェに行ってミネラルウォーターとコーヒーを注文し、一気に飲み干した。デニッシュを一個食べてもいいだろうか、と彼は迷った。よくないに決まっている。が、ここでは食べずに持ち帰ることにした。二十分後、リラ・ノレガータンに戻りスヴェードベリのアパートまで階段を上った。建物全体が墓のように静まり返っていた。スヴェードベリのアパートの前で息を整えた。〈犯行現場につき立入禁止〉と書かれた紙がドアに貼られていた。紙を押さえているテープの端をはがして鍵を差し込み、中に入った。入るとすぐに、外からセメントミキサーの音が大きく聞こえてきた。ヴァランダーは居間へ行って、スヴェードベリが横たわっていた床に目を走らせながら窓辺に行った。ミキサー車が建物と建物の間の狭い通路でセメントを混ぜている。もう一台、大きなトラックがそのそばで建築資材を降ろしていた。

ヴァランダーの頭にアイディアが浮かんだ。アパートを出るとまた通路まで下りた。上半身裸の中年の男がホースを持ってミキサー車の中のセメントに水を混ぜていた。男はヴァランダーを見るとうなずいてあいさつした。すぐに警察の者だとわかったらしかった。

「なんとも恐ろしいことが起きたもんだ」ミキサーの音にかき消されないように、男は大声で言った。

「ちょっと話が聞きたいのだが」ヴァランダーも叫び返した。

中年の男は建物の陰に隠れていたもう一人の男に声をかけた。男は出てきて、ホースを代わりに持った。

建物の裏側にまわると、ミキサーの音はほとんど聞こえなくなった。

「この建物で起きたことを知っているね？」

「スヴェードベリという警察官が殺されたとか」

「そのとおりだ。あんたに訊きたいのは、いつから工事を始めたかだ。今日始めたばかりのように見えるが」

「月曜日だ。建物の中の階段を作り直すもんでね」

「それで、ミキサー車を使いだしたのは？」

男は考えた。

「火曜日だな。昼前、十一時ごろだろう」

「それからずっと回しっぱなしか？」

「ああ、そんなところだ。だいたい休みなしに朝の七時から夕方の五時まで。それよりも少し長いこともある」

「いつもあの場所でか？」

「ああ、そうだ」

「ということは、あんたは一日中ここで人の出入りを見ていたことになるな？」

突然男はヴァランダーが訊こうとしていることがわかったようだった。急に真顔になった。

「ここの住人のことはなにも知らないだろうが、見かけたことがあるかどうかぐらいはわかるだろう？」

「殺された警察官を見かけたかどうか聞かれても困るね。もしそれを訊いてるんならだが」

ヴァランダーは考えていなかったが、なるほどと思った。

「写真を見せたらわかるか？　いま届けさせる。あんたの名前は？」

「ニルス・リンマン。テレビの案内役の男と同姓同名さ」

ニルス・リンマンというリポーターが、たしかに長い間テレビのルポをやっていたのをヴァランダーは思い出した。

「さて、訊きたいのは、ここで一日中働いていてなにか変わったことに気づかなかったか、ということだ」そう言いながら、ヴァランダーはいつもどおり、書きつけるものを探して服のポケットを叩いた。

「たとえば？」

「こそこそと動いていた人間とか、慌てていた者とか。なにかちょっと様子がおかしい者に気がつかなかったか？」

リンマンは考え込み、ヴァランダーは待った。外は依然として夏の陽気だった。トイレに行きたくてたまらない。

「いいや。なにも見かけなかったと思う。だが、ロッバンはなにか見ているかもしれない」

「ロッバン？」

「いまホースを持っているやつだ。もっともやつはなにも見ていないだろうな。あいつはバイクのことしか頭にないんだから」

「それでもやはり訊かなければ。あんたもなにか思い出したことがあったら、すぐに連絡してくれないか？」

運よくヴァランダーは名刺を持っていた。リンマンは作業ズボンのポケットに入れた。

「ロッバンを連れてくる」

若いほうの男との話は短くなった。ロッバンの本名はロベルト・テーンベリといったが、建物の中で殺人事件があったことさえ知らなかった。もちろん、建物に出入りする人間のことなどほとんど見ていなかった。ヴァランダーはこの男なら象がそばを通ったとしても気づかないだろうと思った。彼には名刺も渡さなかった。

スヴェードベリのアパートに戻り考えた。ミキサー車。そのせいで、アパートの住人が銃声に気づかなかったということはあり得るだろうか？　台所へ行き、署に電話をした。全員が出払っていたが、フーグルンドだけはつかまえることができた。スヴェードベリの写真を持ってきて、下の建設現場で働いている男たちに見せてくれと頼んだ。

「いま付近の住人には写真を持った警官が聞き込みしてまわっているはずです。でも建設現場の男の人たちのことは忘れられてしまったかもしれません」

ヴァランダーはスヴェードベリのアパートの玄関に行った。そこにじっと立って、関係のないことや重要でないことを頭から消していった。ずっと昔、ヴァランダーがマルメ署からイースタ署に移ってきたころ、先輩のリードベリに言われたことを思い出す。ぜんぶむき出すのだ。重要でないことをぜんぶ取り払うのだ。犯罪現場にはかならず形跡が残っている。事件の成り行きの影が残っているはずだ。それを見つけ出すのだ。

ヴァランダーは玄関ホールに立った。ここにすでにつじつまが合わないことがある。鏡の下のカゴの中に新聞が入っている。イースタ・アレハンダ紙。スヴェードベリはイースタ・アレハンダの購読者だった。だが、新聞受け口から投げ入れられたと思われる新聞はない。少なくとも、一日分は床に落ちていなくてはならないはず。いや、二日分ということもあり得る。可能性は少ないかもしれないが三日分さえもあり得るはず。だれかが新聞を床から動かしたということになる。ヴァランダーは台所に入った。流しの天板に七日水曜と木曜の新聞が置いてあった。九日金曜日の新聞は台所のテーブルの上にあった。ヴァランダーはニーベリの携帯に電話をかけた。ニーベリはすぐに応えた。

ヴァランダーはミキサー車のことから話しだした。ニーベリは怪しんだ。

「音は建物の中も通り抜ける。通りにいる者には建物の中で発射された銃声はミキサー車が回っていたら聞こえなかったかもしれない。が、建物の中にいた者にはきっと聞こえたにちがいない。音の伝導が建物の内と外ではちがうんだ」

「一度試しに撃ってみようか？　ミキサーの音をさせながらと、止めた場合と。住人にはなにも言わずに」

ニーベリは賛成した。

「新聞のことを訊こうと思って電話したのだ。イースタ・アレハンダ紙のことなんだが」ヴァランダーが言った。

「新聞はおれが台所のテーブルの上に置いた。流しの上にあったのはほかの者が置いたにちがいない」

「指紋を採りたいんだ。だれがそこに置いたのかを知りたい」

ニーベリは静かになった。

「たしかにそのとおりだな。おれがそんなことに気づかなかったとはな」

「おれは触っていない」ヴァランダーが言った。

「あとどれくらいそこにいる？」

「しばらくはいる」

「すぐに行く」

ヴァランダーは引き出しを開けた。記憶していたとおり、ペンとメモ帳が入っていた。メモ帳を取り出し、メモを書きつけた。ニルス・リンマン、ロベルト・テーンベリ。新聞配達人に事情聴取すること。それからまた玄関に戻った。影と形跡か。彼はそのまま動かず、ゆっくりとあたりを見まわした。スヴェードベリの革ジャケット。夏冬を問わず、彼がいつも着ていたものだ。それがハンガーに掛かっている。ポケットがいくつかある。中の一つに財布が入っていた。ニーベリは見逃したのか。ふたたび台所に戻った。財布は革ジャケット同様、擦り切れた古いものだった。八百四十七クローネ入っている。銀行のキャッシュカード、ガソリンスタンドのカード、名刺も数枚入っていた。犯罪捜査官スヴェードベリ。運転免許証。警察手帳。免許証の写真はかなり古いものだ。不機嫌な顔で写っている。夏の写真だ。スヴェードベリがいつも悩まされる日焼けのあとがはげ上がった頭に鮮やかに残っている。帽子をかぶるようにとルイースは注意しなかったのか。女は夫や恋人がひどい日焼けをするのを嫌がるもの。ヴァランダーはしばらくその場に立ち止まり思いをめぐらせた。スヴェードベリは夏になるといつもひどい日焼けのあとを頭のてっぺんに残していた。帽子をかぶるように注意する人間がまわりにいないことを思わせた。ルイースは本当にいるのか、それともいないのか。彼女の存在を認めているのは二人だけだ。スヴェードベリといとこの大学教授スツーレ・ビュルクルンド。モンスター製造者。だが、彼はルイースを見てはいない。見たのはルイースの髪の毛だけだ。

ヴァランダーは顔をしかめた。全体がちぐはぐだ。電話を取り出し病院に電話をかけた。イルヴァ・ブリンクは夜勤だという。家のほうに電話をしたが通話中だった。いったん切って、もう一度かけてみた。同じことだった。ふたたび財布に戻った。警察手帳の写真は最近のもので、スヴェードベリは頬が少しふくらんで見えるが、表情は不機嫌だった。ヴァランダーは財布の中にあるものを調べた。切手が数枚あるだけ。ほかにはなにもなかった。ビニール袋を取り出して、財布と中身を入れた。それからまた玄関に戻った。これが三度目だった。ぜんぶむき出すのだ。形跡を捜せ。スツーレ・ビュルクルンドから聞いた言葉を思い出した。いろんな色の髪の毛。ヴァランダーは初めてスヴェードベリの人生に女がいて、その女の名前がルイースと聞いた。ルイースは髪の毛の色を変える。ふたたび居間に戻って、倒れたいすのそばに立った。それからそうしたことを後悔した。リードベリなら急ぎすぎると言っただろう。そんなに急いだら、残された形跡を消してしまうだろう。台所に戻って、イルヴァ・ブリンクに電話をかけた。今回は通じた。

「お邪魔でなければいいのだが。夜勤明けですよね？」

「どっちみち眠れませんから」

「訊きたいことがたくさんある。中にすぐにも答えがほしいものがあるのです」

ヴァランダーはスツーレ・ビュルクルンドに会いに行ったこと、そしてそこで聞いたルイースという女のことを話した。

「そんなこと、一度も聞いたことないわ」ヴァランダーが話し終わるのを待ってイルヴァが言った。腹を立てているように聞こえた。

「だれからも聞いたことがないと言っているんですか？」

「カールからもスツーレからも」

「それじゃ、スツーレから始めましょう。彼とはどういうつきあいですか？　この女性のことを言わないことがおかしいほどの親しいつきあいなのですか？」

「とにかくわたしにはそんなことあり得ないと思います」

「しかし、彼がうそをつく理由もないでしょう？」

「わかりません」

これは電話で話すべきことではないという気がした。時計を見る。五時四十分。あと少なくとも一時間はここにいる必要がある。

「直接会って話をするほうがいいような気がします。今晩七時なら、私は時間がありますが」

「警察署で？　病院から近いですから。わたしは今晩も夜勤です」

電話が終わると、ヴァランダーはまた居間に戻った。壊れて倒れているいすのそばに行った。部屋の中を見まわし、ここで演じられたにちがいないドラマを思い浮かべてみる。スヴェードベリは真っ正面から撃たれた。ニーベリの推測では、弾は少し上向きに発射されたという。犯人は銃を腰か胸元に構えて撃ったのかもしれない。スヴェードベリが横たわっていた後ろの壁も上半分が血しぶきで真っ赤に染まっていた。彼の体は左側に倒れていた。倒れるときいすもいっしょに倒れたのだろう。そのとき勢いでひじ掛け部分が壊れたのだ。ということは、そのとき彼はいすに座っていたのか？　立ち上がろうとしていたのか？　それともすでに立ち上がっていたのか？　これは決定的な問いだとヴァランダーは思った。そのときスヴェードベリが座っていたとしたら、犯人は知人だっただろう。銃を持った侵入者に驚いたのなら、いすに腰をかけたり、座ったままでいたりはしなかっただろう。ヴァランダーは銃の落ちていたところまで行った。後ろを振り返って、もう一度部屋の中を見渡した。銃は落ちていたところから発射されたとはかぎらない。が、おそらくそのすぐ近くで撃たれたのにちがいない。彼はその場に静かに立ち、影と形跡が現れるのを待った。なにかがおかしいという感覚がますます強くなった。スヴェードベリが部屋に入ってきたために泥棒が驚いたのか？　玄関から入った泥棒が、予期しないところにスヴェードベリを見つけたのか？　寝室のほうから現れたとしても同じことが言える。泥棒は銃を手に持っていなかったにちがいない。持っていたら、スヴェードベリはすぐに飛びかかったにちがいないからだ。夜だとしても、彼は暗闇を嫌ったが、必要とあらば迷わずに行動したにちがいなかった。

ヴァランダーはそのまま動かなかった。突然、ミキサーの音が止まった。彼は耳を澄ました。道路からの車の音は取り立てて大きくは聞こえない。さて、もう一つの可能性はどうか。つまり侵入者が泥棒ではなく、スヴェードベリの知っている人間だったら？　それも単に知っているだけでなく、その人物がライフルを持っているのを見ても驚かないほどよく知っている人間だったらどうか？　それからなにかが起きた。スヴェードベリは殺され、アパートは荒らされた。なぜだ？　なにかを探したのか？　あるいは押し込み強盗のしわざのように見せかけたかったのか？　望遠鏡のこともある。どこにも見当たらない。ほかにもなにかなくなっているものがあるとしたら、だれに訊いたらいいのか？　イルヴァ・ブリンクか？

ヴァランダーは窓辺に行き、道路を見下ろした。ニルス・リンマンが作業小屋の鍵を閉めようとしていた。若いほうの男はすでにいなかった。ヴァランダーは数分前にオートバイの爆音を聞いていた。そのとき玄関のベルが鳴り、静寂を破った。玄関に出てみるとフーグルンドだった。

「下の男たちの作業はもう終わってしまった。間に合わなかったな」

「いいえ、さっきスヴェードベリの写真を見せました。二人とも見たことがないと言っています。見覚えがないと」

二人は台所に座った。ヴァランダーはスツーレ・ビュルクルンドから聞いた話をした。フーグルンドは真剣に聞いた。

「この話が本当なら、スヴェードベリのイメージはすっかり変わりますね」話を最後まで聞いてからフーグルンドは言った。

「この女のことをずいぶん長い間隠していたことになる。なぜ隠したのだろう？」ヴァランダーが言った。

「既婚者なのかも？」

「秘密の関係か？　それもビュルクルンドが旅行で年に二週間ぐらい家を空けるときだけの？どうだろう。それに、だれにも見られずにこのアパートに出入りしていたとは信じられないな」

「信じるかどうかは別として、とにかくその女の人を探しましょう」

「ほかにも考えていることがある」ヴァランダーがゆっくり口を開いた。「もし本当にスヴェードベリがその女のことを隠していたのなら、なにかほかにも隠していることがあるのではないか？」

フーグルンドは彼の考えを読んだらしい。

「つまり、これは押し込み強盗のしわざなんかじゃないというんですね？」

「わからない。天体観測用の望遠鏡がなくなっている。イルヴァ・ブリンクに訊けばほかにもなにかなくなっているものがわかるかもしれない。とにかく全体がつかみどころがないのだ。この現場には一つとして明白に事件を説明するものがない」

「スヴェードベリの銀行口座を調べました。わかる範囲だけですが、隠し財産も負債もないようです。二万五千クローネをアウディのために自動車ローンから借りています。負債はそれだけです。銀行によれば、スヴェードベリはいつもきちんと自分の経済を管理していたらしいです」

「死んだ人間の悪口を言うものではないが、正直言って、おれはスヴェードベリがケチなのではないかと思ったことがあった」

「どういうことでしょう?」

「たとえば外で食事をしたときなど、当然割り勘にしたのだが、チップはいつもおれが払っていたような気がする」

フーグルンドは首を振った。

「人によって、本当に解釈がちがうものですね。わたしは一度もスヴェードベリがケチだと思ったことがありませんでしたから」

ヴァランダーはミキサー車のことをフーグルンドに話した。話し終わったとき、玄関に鍵が差し込まれる音がした。二人ともぎくっとして顔を見合わせた。が、聞こえてきたのはなじみのニーベリの声だった。

「新聞のことだが、じつに腹立たしい。おれがこれを忘れるなんてヘマをしでかすとはな」

そう言いながら流しのそばの新聞を透明のビニール袋の中に入れ、しっかりと口を閉めた。

「指紋がついているかどうか、いつわかる?」ヴァランダーが訊いた。

「早くて月曜日だな」

「それで、検視官のほうは?」

「それはハンソンの担当です」フーグルンドが言った。「すぐにも結果がわかるはずですよ」

ヴァランダーはニーベリに座るように言い、彼が座ったところでスヴェードベリの人生に女性がいたことを話した。

「信じられんな」ニーベリが眉をひそめた。「スヴェードベリほど独身らしい独身男はいないと思っていたがね。毎週金曜日の夜のサウナのことを引き合いに出すまでもなく」

「しかし、コペンハーゲン大学教授ともあろうものがわれわれにうそをつくこともまた信じられない。このニュースは彼の口から出たものだからな」

「うそをついているのはスヴェードベリ自身じゃありませんか？　話からするとだれもその女を見ていないんでしょう？」

フーグルンドの言葉にヴァランダーはぎくりとした。ルイースというのはスヴェードベリの頭の中にしかいない女なのか？

「スツーレ・ビュルクルンドの浴室に女の髪の毛が残っていた。少なくともそれはビュルクルンドの想像の産物ではない」

「スヴェードベリはなぜ女がいることにしたのだろうか？」ニーベリが言った。

「孤独な人は、ほかの人たちとまったく共通点がない場合、でっち上げるということもあるかも」フーグルンドがつぶやく。

「ここの浴室で髪の毛は見つけたかね？」ヴァランダーがニーベリに訊いた。

「いや。だがもう一度調べてみる」

ヴァランダーが立ち上がった。

「二人ともいっしょに来てくれないか？」

居間まで来て、彼は少し前に考えたことを話した。

「ひとつ、仮説を立てようと思うんだ。いや、仮説というよりは、とりあえずの出発点と言うべきかもしれんな。もしこれが押し込み強盗のしわざなら不明な点が多すぎる。どうやって中に入った？　なぜライフルを持っていた？　スヴェードベリはどの時点で犯人と向き合ったのか？　そもそもなぜ彼は撃たれたのか？　ここで争いがあった痕跡はない。散らかりようはどの部屋にも見られるが、部屋から部屋へと追いかけたり、逃げまわった形跡はない。おれには全体がしっくりこない。そこでだ、ここで、押し込み強盗のしわざという出発点をいったん外してみようと思うんだ。それで見えてくるのはなにか？　復讐劇か？　あるいはまったく頭のおかしくなった人間のしわざか？　女が本当にいるとすれば、嫉妬からくる惨劇か？　だが、女がスヴェードベリを撃つだろうか？　それも真っ正面から？　おれには考えられない。となると、あとなにが残っている？」

だれもなにも言わない。その沈黙はヴァランダーには言葉よりも多くのことを物語っているように思われた。つまり、押し込み強盗、嫉妬、あるいはそれ以外の理由であれ、すぐに取りかかれる手がかりはないということだ。スヴェードベリは彼らにはまったく見当もつかない原因で殺されたことになる。

つまりどれを出発点にすることもできるし、どれも見当外れかもしれないということだ。

「もう行ってもいいか？　今晩中に書かなければならない報告が山ほどあるんだ」

「明朝、捜査会議を開く。いままでわかっていることを徹底的に検討するんだ」

「何時に？」

わからなかった。自分が捜査責任者なのだから決めなければならないことに気づいた。

「九時にしよう」

ニーベリが立ち去り、フーグルンドは残った。

「おれは事件の経過を想像してみた。きみにはなにが見える？」

彼女はときどき鋭い意見を言うことがある。順を追って考え、分析していくそのやりかたを彼は認めていた。

「アパート中になぜこんなに物が放り出されているのかから始めたらどうでしょうか？」

「そうだな。それで、きみはどう思う？」

「理由は三つ考えられます。まず押し込み強盗が不慣れで不手際だった。あるいはなにかを探していた。もちろん、押し込み強盗だってなにか探すかもしれません。でも押し込みの場合は、ふつう探し物を特定していないはず。三番目の理由は、単に破壊的行為をしたかったからというもの。物を壊すのが目的で引き出しなどを床に投げ出したということ」

ヴァランダーはフーグルンドの言葉に耳を傾けた。

「四番目の理由もあるね」ヴァランダーが言った。「抑制できないほどの激怒の爆発だ」

二人は見つめ合い、互いに同じことを考えていることを確認し合った。ほんの数回だがスヴェードベリが抑制を失ったことがあるのを二人とも知っていた。その突然の怒りがなにに起因するものなのかはだれにもわからなかった。一度など、彼は自室をめちゃめちゃに壊してしまったことがある。

「このアパートの散らかりようはスヴェードベリ自身のやったこととも考えられる。その可能性を除外してはならない。そういうことがいままでにもあったからな。そうだとすれば、われわれは大きな疑問に突き当たる」

「『なぜそうしたのか？』ですね？」

「そのとおり。『なぜそうしたのか？』」

「最後に彼の怒りが爆発したとき、わたし、その場にいました。ハンソンとペータースが彼を押さえつけて止めたんです。でもなにが原因だったのかはわかりませんでした」

「当時はビュルクが署長だった。スヴェードベリを呼びつけて、証拠物件が紛失したことを責めたのだ」

「証拠物件とは？」

「ラトヴィアからの希少なイコンなどだ。大規模な盗難品の捜査だった」

「スヴェードベリは隠匿の疑いをかけられたということですか？」

「不注意が原因の紛失だったが、物がなくなったときは隠匿ではないかという嫌疑がかけられるのは当然だ」

「それで？」

「スヴェードベリは傷つき、自室に八つ当たりしたというわけだ」

「イコンは出てきたんですか？」

「いや。そして証拠はなにも出てこなかったが、犯人は挙げられた」

「とにかくスヴェードベリは恥ずかしめられたと感じたわけですね？」

「そうだ」

「しかしその線は薄いですね。スヴェードベリ自身が自分のアパートをめちゃめちゃにした、それから撃たれて死んだというのはあり得ないですよ」

「いまわれわれに必要なのは、事件の具体的な成り行きだ」

「ここにもう一人だれかがいたとは考えられないでしょうか?」フーグルンドが突然思いついたように言った。

「なんだってあり得るさ」ヴァランダーが言った。「それこそが今回の問題なんだ。犯人が一人だったのか、複数だったのかさえわからない。推測するための足がかりがなにもないのだ」

二人は居間を出た。

「スヴェードベリが脅迫されていたかどうか知っているか?」玄関まで来てヴァランダーが訊いた。

「いいえ」

「捜査班のほかの者はどうだろう?」

「おかしな電話や手紙はいつだって来ます。でも、そういうものはぜんぶデータになっているはずです」

「最近のデータを見てくれ。それと新聞配達人にも話を聞いてほしい。なにか気がついたことがあるかどうか」

フーグルンドはメモを取った。

「天体望遠鏡はいったいどこにあるんだ?」ヴァランダーがつぶやいた。

「その女性をどうやったら見つけられるでしょうか?」フーグルンドが訊く。

「あと少しでイルヴァ・ブリンクに会うことになっている。今回はかなり厳しく尋問しなければならない」

ヴァランダーはドアを開けた。

「凶器はスヴェードベリのものではないことは確実です。彼の名での銃器登録データはありませんでしたから」

「少なくとも一つは判明したわけだな」

フーグルンドは帰っていった。ヴァランダーは玄関ドアを閉めると台所へ行った。水を一杯飲み、そろそろなにか食べなければならないと思った。

疲れを感じた。いすに座り壁に頭をもたせかけたまま眠った。

そこは高い山の頂だった。太陽がじりじりと照っていた。スキーを履いている。それはスヴェードベリの地下室で見かけたものに似ていた。どんどんスピードが上がる。急下降だ。霧の中に向かって。突然目の前に断崖が現れた。

身震いして目を覚ました。台所の時計を見る。十一分眠っていたことになる。

そのまま動かずに耳を澄ました。

電話が鳴った。受話器を取ると、マーティンソンだった。

「やはりそこでしたね」

「なにか起きたか?」

「エヴァ・ヒルストルムがまた来ました」

「用件は?」

「警察がなにもしないのなら、マスコミに訴えるそうです。本気のようでした」

ヴァランダーは考えた。

「おれは今日、間違った決断を下したと思う。明日それを正さなければならない」

「なんのことですか?」

「スヴェードベリの捜査を優先しなければならないのは言うまでもないことだが、失踪した三人の若者を後回しにしてはならないということだ。なんとかして彼らの捜査も同時におこなわなければ」

「無理ですよ。そんな時間どうやってつくるんですか?」

「わからない。しかし、仕事が山積みなのはこれが初めてというわけではないからな」

「エヴァ・ヒルストルムにはあとで連絡すると言いました」

「電話してくれ。落ち着くように言うんだ。われわれはこの問題に着手すると伝えてくれ」

「署に戻られますか?」

「ああ。あとでイルヴァ・ブリンクと署で会うことになっている」

「この事件、解決できるでしょうか?」

マーティンソンの心配が痛いほどよくわかった。

「ああ、もちろん。だがかなり手こずるような気がするよ」

通話が終わった。窓の外を鳩が数羽飛んでいった。急にある考えが頭に浮かんだ。

フーグルンドは床の上にあったライフルはスヴェードベリの名前で登録されてはいないと言った。スヴェードベリは銃器を一つも登録していない。だからこれはスヴェードベリのものではないということになるという理屈だ。それは理にかなった結論だ。だが、現実はめったに理にかなうものではない。未登録の銃器がいったいどのくらいスウェーデン国内にあるか？ それはつねに警察を憂慮させている問題ではないか。警察官が未登録の銃器を所有していることもまったくあり得ない話ではない。

ということは？

あのライフルはやはりスヴェードベリのものだったということになると？

ヴァランダーは動かずにいすに座り続けた。以前から感じていた感覚が戻ってきた。急がなければならないという切迫感だ。

急に立ち上がり、アパートをあとにした。

8

イストヴァン・ケチェメティはちょうど四十年前にスウェーデンに移住した。彼は民衆蜂起が弾圧されてから国を離れなければならなかった多くのハンガリー国民の一人だった。スウェーデンに着いたときはまだ十四歳だった。両親と弟妹三人といっしょにトレレボリに到着した。父親はエンジニアで、一九二〇年代に一度ストックホルム郊外にあるセパラトール社の工場見学に来たことがあった。スウェーデンに移住したら、そこで職を得るつもりだった。だが、父親はトレレボリより先には行かなかった。フェリーのターミナルで下船しているとき、心臓発作に襲われたのである。スウェーデンの地との二度目の出会いは、その体が濡れたアスファルトに倒れたときだった。父親はトレレボリの墓地に埋められ、家族はスコーネに留まった。五十四歳になったイストヴァンは、かなり以前からイースタの町でピザの店を経営していた。

ヴァランダーはイストヴァンがその人生を語るのをずいぶん前に聞いたことがあった。ときどき彼の店で食べた。客が少ないときなど、イストヴァンは厨房から出てきて隣に座り込み、人生を語ることがあった。

ヴァランダーがその店に入ったのは、六時半をまわったころだった。イルヴァ・ブリンクと会うまで、あと三十分あった。思ったとおり、店にはほとんど客がいなかった。厨房からはラジオの音とともに肉を叩く音が聞こえた。イストヴァンはちょうど電話を終えるところで、ヴァランダーを見て手を振った。ヴァランダーは隅のテーブルについた。通話を終えて、イストヴァンがやってきた。その顔は真剣だった。

「噂を聞いたよ。警官が殺されたって?」

「ああ、残念ながら。カール・エヴァート・スヴェードベリだ。知ってるか?」

「いや、うちの店には来たことがないと思うよ」イストヴァンは顔を曇らせたまま言った。

「ビール、飲むか? 店のおごりだ」

ヴァランダーは首を振った。

「なにかすぐにできる食事を作ってくれないか? 血液内の糖分が高い人間に適当なものをくれ」

イストヴァンは眉をひそめた。

「糖尿病かい?」

「いや。だが、血糖値が高いんだ」

「それじゃ糖尿病だろう」

「いや、たまたまいま高いということなんだ。時間がない、早くしてくれないか?」

「オイルで焼いたステーキとサラダだな。それでいいかい?」

「ああ、それでけっこうだ」

イストヴァンが厨房に姿を消すと、ヴァランダーは自分の反応について考えた。糖尿病は別に恥ずかしい病気ではない。だが彼は自分がなぜいまのように反応したのか、そのわけはわかっていた。肥満を恥じているのだ。目をつぶり、まるで問題などないかのようにふるまいたいのだ。

食事が来ると、いつものように早食いした。そしてコーヒーを飲んだ。イストヴァンはポーランドからのツーリストの団体が来て忙しくなった。ヴァランダーはスヴェードベリの事件について訊かれなくてすんだことに内心ほっとしていた。勘定を払って店を出た。外気はまだ暖かく、めったにないほど人通りが多かった。ときどき知っている人と行き違っては、うなずいてあいさつした。イルヴァ・ブリンクにどう質問するか、考えながら歩いた。訊かれたことに彼女が正直に答えるであろうこと、できるだけ思い出そうと努力するであろうことは疑いがなかった。鍵となる問いはルイースという名の女に関してだった。これまで意識していなかったかもしれないが、もしかするとイルヴァはその女についてなにか知っているのではないか？

警察署に着いたのは七時過ぎだった。イルヴァ・ブリンクはまだ来ていなかった。まっすぐマーティンソンの部屋へ行った。ハンソンが来ていた。

「捜査はどんな具合だ？」ヴァランダーが訊いた。

「驚くほど一般からの通報がないんですよ」マーティンソンが言う。

「ルンドから初期段階の解剖報告はきてないか？」

「ああ、まだだ」ハンソンが答えた。「ま、月曜日までは無理だろうよ」

「犯行時間。これが肝心なんだ。それがわかれば、少なくともそこから捜査を始めることができる」

「データを見てみました」マーティンソンが言う。「表面的には、今回の殺人と押し込みに類似した事件はいままでないようです」

「いや、まだ押し込みかどうか、わからない」ヴァランダーが言葉をはさんだ。

「ほかになにがあるんですか?」

「われわれはまだなにもわかっていないのだ。おれはこれからイルヴァ・ブリンクと話をする。明朝九時に会おう」

自室に向かった。机の上にホルゲソン署長からのメモがあった。すぐに連絡をくれとある。署長の部屋に電話したが、応えがなかった。新式の電話の扱いが苦手なのだが、なんとか受付に電話をまわすのに成功すると、エッバはすでに帰宅してしまっていた。受話器を置くと、市民通報センターまで廊下を渡った。

「署長はもう帰りました」宿直の警官が言った。

あとで自宅に電話をすることにし、そのまま受付でイルヴァを待った。数分後彼女はやってきた。部屋まで案内しながら、コーヒーはどうかと尋ねたが、イルヴァは断った。

今回はめずらしくテープレコーダーを使うことに決めた。テープが回りはじめると部外者が盗み聞きしているようなおかしな感覚にとらわれるし、注意力も散漫になる。だが、今回はイルヴァの一つひとつの言葉をとらえたかった。録音後だれかに文書にしてもらうつもりだった。イルヴァに録音してもいいかと訊くと、かまわないという答えが返ってきた。

「これは尋問ではない。ただはっきり記憶したいのです。テープレコーダーのほうが私よりよく覚えているので」

テープが回りはじめた。時計は七時十九分を示している。

「一九九六年八月九日。イルヴァ・ブリンクとの会話。用件は犯罪捜査官カール・エヴァート・スヴェードベリの死去に関するもの。殺しの嫌疑がある」

「ほかにどんな疑いがあるというのです？」

「警察というものはときどき不必要に形式的になるんです」自分でも言わずもがなだと思いながら、ヴァランダーは答えた。

「あれからすでに数時間経ちました。考える時間があったでしょう。なぜこんなことが起きたのだろうと自問したはずです。殺人は犯人以外のだれにとっても無意味な行為だからです」

「わたしにはまだ信じられないのです。こんなことが本当に起きたなんて。さっき夫と話しました。近ごろは人工衛星経由で遠海にいる船とも電話ができるんです。夫はわたしが無意味なことを繰り返し言っていると思ったはずです。でも、彼に話すことによって初めて、これが本当に起きたことだと実感しました」

「そんなときに話を聞くのは申し訳ない。もう少し待てればいいのですが、そうもいかないのです。少しでも早く犯人を捕まえなければならない。犯人はわれわれよりも先を行っています。その距離は時が経つごとに大きくなってしまう」

イルヴァ・ブリンクは最初の問いを待ちかまえた。

「カール・エヴァートが長年にわたって会っていたというルイースという名前の女ですが、あなたは会ったことがないのですね？」

「はい」

「彼女のことを私から初めて聞いたとき、どう思いましたか？」

「うそだろうと思いました」

「いまは？」

「きっと本当なのだろうと思います。でもまったく青天の霹靂《へきれき》としか言えません」

「あなたたちはいとこ同士で長いつきあいですから、きっと女の人の話も出たでしょう。たとえばなぜ彼は結婚しないのかとか。彼はなんと言っていました？」

「自分は頭のてっぺんからつま先まで独身男だと。そしてそれが性分に合っていると」

「そういう話をするとき、なにか気がつきませんでしたか？」

「たとえば？」

「話に自信がなさそうだとか、本当のことを話していないとかいったことです」

「いいえ、彼はいつも確信ありげでした」

一瞬、彼女がためらったのをヴァランダーは見逃さなかった。

「いま、なにか考えましたね？」

彼女はすぐには話さなかった。テープが回り続けた。

「ときどき思うことがありました。もしかして彼は少しちがうのではないかと……」

「もしかしてゲイではないかということですか?」

「はい」

「なぜそう思ったのですか?」

「そう思ってもおかしくないでしょう?」

ヴァランダーはそんな考えが自分の頭を横切ったことがあると思った。

「そうですね。ごく自然だと思います」

「一度それが話題になったことがあります。うちでクリスマスの食事をしていたときでした。いえ、彼がゲイだという話ではなくて、ほかの人のことです。私たちの共通の知人のこと。カールの反応は思いがけないほど否定的でした」

「ゲイである友だちに対して?」

「ゲイの人全般に対してです。とてもいやな感じがしました。というのもそれまでわたしはいつも彼がとてもリベラルだと思ってきたからです」

「その後どうなりました?」

「なにも。その件はその後一度も話題に上ったことがありません」

ヴァランダーは考え込んだ。

「ルイースという女の人にどうやったら会えるか、なにか思いつくことがあったら話してください」

「まったく見当もつきません」

「スヴェードベリはめったにイースタの外には出ませんでしたから、彼女はこの町に住んでいるにちがいない。あるいはすぐ近くか」

「わかりません」

イルヴァは時計を見た。

「仕事は何時からですか?」

「あと三十分で始まります。遅刻するのはいやです」

「スヴェードベリもそうだった。彼はいつも時間に几帳面でした」

「ええ、知っています。ほらよく言うでしょう。その人の行動があまりにも定刻どおりなので、人が時計を合わせるとか」

「どういう人だったのでしょうね、彼は?」

「それ、前にもお訊きになりましたね」

「もう一度訊きましょう。彼はどういう人でした?」

「親切な人でした」

「具体的には?」

「親切。親切な人。それ以外にどう言ったらいいんでしょうか? 思いつきません。腹を立てることもあるけど、親切な人。腹を立てると言いましたが、めったにないことです。内気な人でした。義務感が強かった。退屈な人と思われていたと思いますよ。特徴のない人。なにごともゆっくりでした。でもだからといって頭の動きがにぶいわけではありませんでした」

じつに正確な描写だとヴァランダーは思った。もし自分が彼女の立場だったら、おそらく同じことを言っていただろう。

「彼がもっとも親しかったのはだれですか？」

答えを聞いて彼はがく然とした。

「あなただと思いますが」

「私？」

「いつもそう言っていました。クルト・ヴァランダーは自分の最良の友だと」

ヴァランダーは言葉を失った。まったく予期せぬ答えだった。彼にとってスヴェードベリは同僚の一人にすぎなかった。個人的なつきあいも、信頼を交わしあったこともまったくなかった。ヴァランダーにとってリードベリは個人的な友人だった。アン＝ブリット・フーグルンドは少しずつ親しくなりはじめている。だがスヴェードベリとは親しくなかった。まったく親しくはなかった。

「正直言って、驚きました」と彼はしまいに言った。「私自身はまったくそうは思っていなかったので」

「でも、彼が勝手にそう思っていたとしてもいいでしょう？」

「もちろんです」

ヴァランダーはスヴェードベリの救いようのない孤独を直視したような気がした。スヴェードベリにとって友だちの定義は、少なくとも仲が悪いわけではないということか。たしかにスヴェードベリとは別に仲が悪いわけではなかった。

彼はテープレコーダーを無言で見ていたが、ふたたび質問を始めた。

「ほかに友人はいましたか？　たまに会ったりする程度でも」

「アメリカ先住民に関心をもつ人たちのグループとつきあいがありました。でもそれはほとんど手紙でのつきあいだったと思います。〈インディアン・サイエンス〉という名前だったと思います。でもたしかじゃありません」

「それはこちらで調べます。ほかにはなにか？」

イルヴァは考えた。

「ときどき退職した銀行の理事の話をしていました。イースタに住んでいる人です。星の観測仲間らしいです」

「名前は？」

彼女はふたたび記憶をたどった。

「スンデリウス。ブロー・スンデリウスです。わたしは会ったことありませんが」

ヴァランダーは名前をメモした。

「ほかにもだれかいましたか？」

「あとはわたしと夫だけです」

ヴァランダーは話題を変えた。

「このところ彼の様子が変だと思ったことはありませんでしたか？　心配そうだったとか、上

「なにかほかに重要と思われることはありませんか？」

「わたしの知るかぎりもっていませんでした」

「彼は銃を所有していましたか？」

イルヴァはまた時計を見た。時間がなかった。

ヴァランダーはスヴェードベリの行動を思い浮かべた。しょっちゅう洗面所で手を洗っていたし、風邪を引いている人間には決して近づかなかった。

「彼は自分の健康状態を話すほどあなたを信頼していたということですね？」

「もう一つあります」イルヴァが言った「彼がどんな人だったかとあなたから訊かれたときに気づくべきでした。彼はどちらかと言うと妄想的でした。ちょっとしたことでも大げさなほど心配しました。風邪を引いたら、なにか深刻なウィルスに感染したのではないかと思うのです。細菌恐怖症だったと思います」

「いいえ、全然」

「驚きましたか？　彼から過労だと聞いたとき」

ヴァランダーはさらに追及するべきことを思いついた。

「ええ」

「でも、その理由は言わなかったのですね？」

「過労だと言ったこと以外には別になにも」

の空だったとか」

「彼の死を悼んでいます。あまり目立つ人ではなかったかもしれませんが、わたしは彼がいなくなったことを本当に悲しいと思っています。これ以上ないほど清廉潔白な人でした」

ヴァランダーはテープレコーダーを止めて、イルヴァを出口まで見送った。一瞬彼女は心細げに見えた。

「お葬式はどうしましょうか？　夫は灰を風に乗せて撒くことができると言っています。葬儀とか牧師とかはなしにして。でもカッレがどうしてほしかったか、わたしは知らないのです」

「遺書はないんですね？」

「ええ。わたしの知るかぎり。もし遺書を書いていたら、かならずわたしに話していたと思うので」

「銀行の貴重品ボックスは？」

「ありません」

「もしあったら、あなたが知っていたはず、ですね？」

「そうです」

「葬式にはわれわれイースタ署の者たちも参列します。リーサ・ホルゲソン署長に話しておきます。署長から直接連絡がいくでしょう」

イルヴァ・ブリンクは立ち去り、ヴァランダーは自室に戻った。名前が一つ挙がった。ブロー・スンデリウス。引退した銀行理事。電話帳で名前を見ると住所はヴェーデルグレンドとあった。イースタの町の中心部だ。電話番号を書き控えた。その後、イルヴァ・ブリンクの話を思い返した。話の要点は？　これまで知らなかったことはあったか？　ルイースは秘密の女だ。まさに、〝秘密の〟という言葉がぴったりだ。彼はそれをメモした。何年も秘密にしている理由はなんだろう？　イルヴァはスヴェードベリがホモセクシャルの人間たちを激しく否定したと言っている。また細菌恐怖症ではなかったかとも。また引退した銀行理事とときどきいっしょに星の観測をしていたと。ヴァランダーはペンを置くと、いすに寄りかかった。なにも変わらない。大局的に見れば、スヴェードベリは生きているときのままだ。例外はルイースという女だが、それを除けば彼の死を説明するようなものはなにひとつ見つかっていない。

突然すべてがはっきり見えたような気がした。スヴェードベリが出勤しなかったのは、すでに死んでいたからだ。強盗に入られ、撃たれたのだ。強盗は天体観測用の大きな望遠鏡を持ち去ったのだ。この惨劇はまったくの偶然によるもので、恐ろしくはあるが単純な強盗殺人事件にすぎないということか。

これ以外に説明がつかないではないか。

八時十分過ぎ、ホルゲソン署長に電話をかけた。署長自身、イースタ署はどのように葬儀に参加するべきかヴァランダーと話したいと思っているところだったという。イルヴァ・ブリンクと話すように彼は勧めた。そのあと、その日の午後のことを報告した。また、自分としては、スヴェードベリは凶暴な、もしかすると麻薬常習者の強盗に襲われたのではないかという推測に傾いているということも述べた。

「警察本庁の長官から電話があったわ。お悔やみを言って、事態を憂慮しているということでした」

「その順序で言ったんですか？」

「ええ、ありがたいことに」

ヴァランダーは翌朝九時に捜査会議を開くと伝えた。それまでの間に、なにか重大なことが起きたら電話すると言って、通話を終えた。

署長との電話を切るとすぐに元銀行理事のスンデリウスへかけた。応答がない。留守電の応答もなかった。

そのあと、なにをしたらいいものかわからなくなった。これからどう捜査を進めたらいいのだろう？　時間がないという焦りばかりがつのった。ここはじっと待つしかないとわかってはいた。検視官の報告、鑑識課の検査が終了するのを。

ふたたび机に向かった。テープレコーダーを巻き戻してイルヴァ・ブリンクの話に耳を傾ける。すべて聞き終わったとき、彼女が最後に言ったことを考えた。スヴェードベリはこれ以上ないほど清廉潔白な人でしたという言葉だ。

「おれはあるはずもない埋められた犬を捜している」と彼は声に出して言った。「押し込みをおこなった犯人を捜すべきときに」

ノックの音がして、マーティンソンが部屋に入ってきた。

「受付に苛立ったジャーナリストが押しかけて来ているんです。遅い時間なのに」

ヴァランダーは顔をしかめた。

「話すことはなにもない」

「なにか古いことでもいいんじゃないんですか？　とにかくなにか聞きたいんですよ」

「帰ってもらってくれないか？　なにかわかったらすぐに記者会見を開くと言って」

「本庁からマスメディアとはうまくやるようにという命令がきているのをご存じですよね？」

もちろん忘れてはいない。本庁は地方の警察署にメディアとの関係を改善し良好なものにするようにとの通達を何度も出している。報道関係者を締め出してはならない、時間をかけて十分に説明し、最善の応対をせよとのお達しだ。

ヴァランダーは重い腰を上げた。

「話をしてくる」

ジャーナリストは二人で、彼らに話すべきことはなにもないとわからせるのに二十分もかかった。しまいに不信感をあらわにした顔つきを見て、ヴァランダーの我慢はほとんど限界に達した。真実を話していないと思われているのだ。彼はなんとか平静を保ち、ジャーナリストたちは帰っていった。食堂へコーヒーを取りに行き、そのまま部屋に戻った。もう一度スンデリウスへ電話を入れたが、応答はなかった。

すでに夜も九時四十五分になっていた。外窓に自分で取りつけた室内から見える温度計は十五度を示している。轟音《ごうおん》としか言いようがないカーステレオの音を響かせて車が一台通り過ぎた。落ち着かない、不安な気分だった。自分で結論づけた、スヴェードベリは強盗の犠牲者だという推測は、不安な気分を静めてはくれなかった。この事件にはなにか隠されたものがある。

それに、ルイースとはいったいだれなのだ？

電話が鳴った。またジャーナリストにちがいないと彼はため息をついた。だが、それはステン・ヴィデーンだった。

「待っているんだが、どうした？　もちろん、とんでもないことが起きたのは知っている。お悔やみを言わせてもらうよ」

ヴァランダーは心のうちで舌打ちした。今晩はシャーンスンドの近くのステン・ヴィデーンの競走馬調教所を訪ねることになっていたことをすっかり忘れていた。ヴィデーンは若いころからの友人で、オペラを共通の趣味にしていた。しかしその後つきあいはしだいに疎遠になり、ヴァランダーは警察官に、ヴィデーンは父親から競走馬調教所を受け継いで、別の人生を歩んできた。数年前にふたたびつきあいを開始し、いまではときおり会うようになっていた。そして今晩はヴァランダーがヴィデーンを訪ねる約束だった。彼は完全にそれを忘れていた。

「電話するべきだった。だが、正直、すっかり忘れていた」

「ラジオで聴いたよ。あんたの同僚が殺されたと。まだなにもわかっていないんだろう？」

「ああ、そうだ。まだなにも言えない段階だ。とにかくひどい一日だった」

「別の日にしようか？」ヴィデーンが訊いた。

ヴァランダーは迷わず答えた。

「いや、いま行くよ。あと三十分でそっちに着く」

「無理することはない」

「いや、少しここを離れたいんだ」

ヴァランダーはだれにも言わずに署を出た。だが、イースタの町から出る前に、自宅のあるマリアガータンに携帯電話を取りに寄った。それからまっすぐE65号線を走り、リーズゴードとスクールップを過ぎてから左折した。シャーンスンドの城跡を通り過ぎると、ヴィデーンの家屋が見えてきた。囲い地で雄馬が草を食んでいる。あたりは静まり返っていた。

ステン・ヴィデーンが迎えに出てきた。シャワーのあとか、髪の毛が濡れている。握手したとき、酒の臭いがした。以前からヴィデーンが飲み過ぎることは知っていた。が、一度も注意したことはなかった。自分の立ち入る問題ではないと思っていた。

「美しい晩だ。八月になると夏がやってくる。いや、夏は八月とともにやってくると言うほうがいいのかもしれない。どっちが本体かな?」ヴィデーンが言った。

一瞬、ヴァランダーはうらやましく思った。自分が望むのはこのような暮らしだ。田舎に住み、犬を飼い、そしてできればバイバと暮らす。だがその夢は消えてしまった。

「馬のほうはどうだ?」ヴァランダーが訊いた。

「あまりうまくいっていない。八〇年代は黄金時代だったがね。だれもが馬を買えるような時代だった。いまじゃまったく考えられないことだな。みんな財布のヒモが固いんだ。つぎは自分がクビになりませんようにと夜寝る前に祈る時代だからな」

「競走馬の持ち主は金持ちに決まってると思っていたがね。人に雇われる立場の人間などいないんじゃないのか？」

「ああ、昔からそういう人間はいるさ。だが、そういう連中はそう多くはないんだ。ゴルフと同じさ。庶民が垣根をよじ登って金持ちのグリーンで遊ばせてもらってるという図だな」

厩舎に向かった。乗馬服を着た若い娘が馬の手綱を引いて出てきた。

「あの子が残っている最後の雇い人だよ。ソフィアという。ほかの子は残せなかった」

ヴァランダーは雇い人の女の子の一人とヴィデーンが数年前関係をもっていたことを思い出した。だがその名前は思い出せなかった。イェニーだったろうか？

ヴィデーンはソフィアという若い娘と二、三言葉を交わした。馬の名前は〈ブラック・トライアングル〉というらしい。競走馬の名前がなぜいつもこの種の奇抜なものなのか、彼はいつもながら不思議に思った。

厩舎に入った。ヴィデーンは足踏みしている馬の前で立ち止まった。

「これは〈ドリームガール・エキスプレス〉というんだ。この馬だけがなんとか賞金を稼いでくれる。こいつのおかげでおれは食いつないでいるようなものだ。ほかにはもういないと言っていい。馬主たちはなにもかもが高くなったと苦情を言う。会計士は朝しょっちゅう電話してくる。それも毎回早くなる。本当言って、いつまでやっていけるかわからない状態なんだ」

ヴァランダーはそっと馬の鼻をなでた。

「いままでもなんとか切り抜けてきたじゃないか」

ヴィデーンは首を振った。

「いや、今回はわからない。だが、家屋はまだかなりいい値段で売れるらしい。売れたら旅に出るよ」

「どこへ？」

「旅の支度をして、一晩眠りたいだけ寝るんだ。目が覚めたときにどこへ行くか決める」

厩舎を出ると、ヴィデーンが事務所と住まいに使っている家屋のほうへ向かった。中はいつも散らかり放題だった。だが、今回はちがった。家に一歩入ってヴァランダーは目を瞠《みは》った。すべてがきちんと片づいている。

「数ヵ月前、掃除はじつにいいセラピーになることに気づいたんだ」ヴァランダーの驚いた顔を見てヴィデーンが言った。

「おれには効かないセラピーだな。何度もやってみたのだが」

ヴィデーンは酒瓶の載っているテーブルを指した。ヴァランダーは一瞬迷ったが、うなずいた。あのユーランソンという名の医者はきっとだめだと言うだろう。

だが、いまは断るだけの気力がなかった。


真夜中、ヴァランダーは酔いを感じた。裏庭のテラスに座っていた。開け放たれた窓から音楽が聞こえた。ステン・ヴィデーンは目を閉じて指揮棒を持ったふりをして〈ドン・ジョヴァンニ〉を指揮していた。ヴァランダーはバイバのことを思った。囲い地の雄馬がこっちを見ている。

音楽が終わった。すべてが静まった。

「若いときの夢は消えてしまったが、音楽だけは残ったな」ヴィデーンが言った。「だが、いまの若い連中は大変だと思うよ。おれのところで働いている子たちにどんな夢や希望があるというんだ？　教育も受けていないし、自信もない。おれがここを閉めたら、残った彼女もどこが雇ってくれる？」

「スウェーデンは情け容赦のない国になった。非情で残酷な国だ」

「よく警察官などやってられるな」

「わからない。しかし、おれは私的な自警団が力をもつような国になることだけはいやなんだ。それにおれはそれほど悪い警察官というわけでもないと思う」

「そんなことを言っているわけじゃない」

「わかっている。だが、これがおれの答えだ」

外気が湿ってきて、彼らは家の中に入った。ヴァランダーはタクシーで帰るつもりだった。泊まるつもりはない。車は翌日ヴィデーンが運転して持ってきてくれるという。

「ワグナーを聴くためにおれたちがドイツまで出かけたことを覚えているか？」ヴィデーンが言った。「あれからもう二十五年になる。先日、写真を数枚見つけたよ。見たいか？」

「もちろん」

「この写真はおれにとって特別なもので、貴重品のように扱っているんだ。だから秘密の場所に隠してある」

ヴィデーンはそう言うと、窓の脇の壁板を一枚取り外した。暗いへこみの中からプラスティックの箱を取り出すと、ヴァランダーに数枚の写真を渡した。写真に写っている自分を見てヴァランダーは目を瞠った。リューベックのどこかで撮った写真だ。パーキングエリアか。ヴァランダーはビール瓶を手に持っている。カメラを持っている人物に向かってなにか大声で叫んでいる様子だ。ほかの写真も同様だった。ヴァランダーは首を振りながら写真をヴィデーンに返した。

「楽しかったな。あのとき以来、あれほど楽しかったことは一度もなかったような気がする」

ヴィデーンが言った。

ヴァランダーはまたウィスキーをグラスに注いだ。ヴィデーンの言うとおりだ。あれ以来、あれほど楽しかったことは一度もない。

一時近くになり、スクールップのタクシー会社に電話をかけた。ヴァランダーは頭痛がした。酔っていた。そのうえ、疲れ切っていた。

「あのドイツ旅行をやり直そうじゃないか」外に出てタクシーを待っているとき、ヴィデーンが言った。

「やり直すのじゃなく、新しい旅をしよう。ま、おれには売りに出せる屋敷はないが」

タクシーが来た。ヴァランダーは乗り込んで行き先を告げた。車の外で見送るヴィデーンの姿が見えなくなると、ヴァランダーは後部座席の隅に体を寄せて目を閉じた。眠りに落ち、まもなく夢を見はじめた。

だが、リーズゴードを過ぎたころ、なにかが気になって目が覚めた。初めはそれがなんなのか、わからなかった。夢の中にちらっと現れたもの。しかしまもなくはっきりした。ステンは窓の脇の壁板を一枚取り外した。

はっとして目を覚ました。スヴェードベリには長い間、秘密があった。ルイースという女の存在だ。だが、彼の机の中から出てきたのは、ほとんどが両親とやり取りした手紙だった。

スヴェードベリにもステン・ヴィデーン同様秘密の隠し場所があったにちがいない。

運転手に行き先変更を告げた。自宅ではなくスヴェードベリのアパート近くのストールトリエットの広場へ。午前一時半過ぎ、タクシーを降りた。スヴェードベリのアパートの鍵はポケットの中にある。彼の浴室の棚にたしか頭痛薬があったはず。

アパートの鍵を開けた。息を詰めて耳を澄ませる。浴室へ行ってグラスに頭痛薬を入れ、水に溶いて一気に飲んだ。通りから酔っぱらった若者たちの喚声が聞こえる。その後はまた静まり返った。グラスを台所の流しに置くと、スヴェードベリが大事な物を隠しているかもしれない場所を捜しはじめた。二時四十五分にそれが見つかった。寝室のタンスの下の床の一部がはめ込みになっていた。ベッドサイドランプの光をその穴に向けた。茶封筒が見える。それを取り出すと、台所へ行った。封はされていなかった。中身を取り出した。

ヴィデーンと同じだった。スヴェードベリも写真を貴重品のように大事に扱っていた。写真は二枚あった。一枚は女の顔写真。写真館で撮られたようなポートレートだ。

もう一枚は若者たちの写真。木陰に座りカメラに向けてワイングラスを上げている。牧歌的な写真だ。だが、おかしな点が一つあった。

若者たちは扮装していた。まるでずっと昔のパーティーに参加している人間のように。

ヴァランダーは老眼鏡をかけてもう一度見た。

なにか不安なものが胸に湧き上がってくる。

スヴェードベリの机の引き出しに拡大鏡があったはず。それを持ってくると、写真を注意深く見た。

若者たちに見覚えがあった。とくに右側に座っている若い女性に。

わかった。ごく最近彼女の写真を見たことがある。扮装していない写真だった。

若い女はアストリッド・ヒルストルムだ。

ヴァランダーはゆっくりと写真を机の上に置いた。

三時を打つ時計の音がどこからか聞こえた。

9

八月十日土曜日の朝六時、ヴァランダーはこれ以上待てないと思った。その時間まで彼は集中して考えることも眠ることもできずに自宅アパートの中を歩きまわっていた。台所のテーブルには、数時間前にスヴェードベリのアパートで見つけた二枚の写真が置かれていた。マリアガータンの自宅まで歩いて帰る間、二枚の写真はポケットの中で熱く燃えているようだった。家について上着が濡れているのを見て、初めて雨が降っていたのだと気づいたほどだ。

スヴェードベリの部屋で見つけた写真は、初めての決定的な物証だった。それまでなんとなく感じていた不安と恐れがいままさに適中した。事件とも見なされていなかった事件、ヨーロッパのどこかを旅しているはずの三人の若者たちが、イースタ署始まって以来の重大な殺人事件である警察官殺し、それも同僚のスヴェードベリが殺された事件の捜査のまっただ中に現れたのだ。写真が見つかってからヴァランダーはいろいろ考えたが、どれも意味をなさない、不明瞭な、矛盾に満ちた推測ばかりだった。決定的な物証を見つけはしたが、それのもつ意味がわからなかった。

写真はなにを物語っているのか？　女はルイースだろうか？　女の写真はモノクロで、若者たちのはカラーだった。写真の後ろに日付や現像所のスタンプはない。これらは個人のラボで現像されたものなのか？　それとも現像所によっては写真の裏に日付や名前を入れないところもあるのか？　写真の大きさはふつうサイズだ。プロの焼いた写真か、アマチュアかを見極めようとした。個人が現像すると写真が曲がることがある。しかし疑問が多く、どれにも確実な答えを得ることができなかった。

写真が伝える雰囲気はどうだろう？　写真を撮った人間を物語っているか？

この二枚の写真を撮った人間は同一人物ではないように思えた。女の写真を撮ったのはスヴェードベリ自身だろうか？　この写真ではまったく正体がわからない。若者たちも写真からはどんな人物なのか、まったく伝わってこない。重要なのは、このときのパーティーの参加者全員が写っていることだ。だれかがカメラを取り出し、みんなに声をかけ、シャッターを押したのだ。どこかにもっとこのときの写真があるような気がした。一連のスナップ写真の一枚ではないか。ほかの写真はどこにあるのだろう？

しかしもっともヴァランダーを不安にさせているのは、スヴェードベリとこの若者たちの写真との関係だった。休暇をとる前に、スヴェードベリはいなくなった若者たちの捜査をひとりで開始していたということがわかっている。なぜそんなことをしたのだろう？　なにより、なぜ彼はそれを自分たち同僚に内密にしていたのだろうか？

乾杯している若者たちの写真はだれが撮ったものだろう？　場所は？

女のポートレート。ルイースという女以外には考えられない。ヴァランダーは台所のテーブルの上のランプの光で女の顔をよく見た。四十歳前後の顔だった。スヴェードベリより数歳若いか。二人が十年前に出会ったのなら、女は三十歳、スヴェードベリは三十六歳ということになる。十分あり得ることだ。まっすぐな黒髪、たしかペイジカットとかいうヘアスタイルだ。写真はモノクロで、目の色はわからない。鼻が細く顔全体も細かった。唇は閉じられていたがかすかにほほ笑んでいる。

モナリザのほほ笑み。だが、女の目は笑っていなかった。写真屋が修正したためにそう見えるのか、女の化粧が厚いためか、ヴァランダーにはわからなかった。

ほかにもなにか気になるところがあった。なにかが変だった。女の表情が不明瞭なのだ。写ってはいるのだが、ちゃんとそこに存在していない。

二枚とも写真の後ろにはなんの記載もない。どちらも角が崩れていないし折られてもいない。人の目に触れられなかった写真を見つけたのだ、とヴァランダーは思った。二枚ともなんの痕跡もない写真、未読の本のようだ。

とにかく朝六時まで待った。六時になるのを待って、マーティンソンに電話をかけた。彼はいつも早起きだ。思ったとおり、本人が電話に出た。

「起こしたのでなければいいのだが」ヴァランダーが言った。

「夜の十時の電話なら、起こされることもあるでしょう。でも朝の六時ならだいじょうぶ。庭の植物に水をやりに出るところでしたよ」

ヴァランダーはずばり用件に入った。写真のことを話した。マーティンソンは質問もせずに聞き入った。

「予定より早く会議を開きたいんだ。九時ではなく、今から一時間後の七時はどうだ？」

「ほかの人たちにはもう話しましたか？」

「いや、まだだ」

「だれを呼びます？」

「全員だ。鑑識課のニーベリも」

「ニーベリだけはそちらで電話してください。朝は機嫌が悪くてかなわない。コーヒーを飲む前にあの声を聞くのだけは勘弁してください」

マーティンソンがフーグルンドとハンソンに、ヴァランダーはそれ以外を受け持つことになった。

ニーベリに電話した。思ったとおり、起こされて不機嫌だった。

「捜査会議は七時だ。九時ではなく」

「なにか起きたのか？　それともこれは嫌がらせか？」

「七時だ。いままで一度でも捜査会議が嫌がらせで開かれたことがあったのなら、組合に訴えてくれ」

コーヒー用の湯を沸かしながら、いま最後にニーベリに言った言葉はよけいだったなと後悔した。そのあとホルゲソン署長に電話をかけ、参加するとの答えを得た。

コーヒーカップを持ってバルコニーに出た。雲が散りはじめていた。温度計を見ると、今日も一日暖かい日になることがわかる。

疲れで体が重かった。血管の中を小さな白い砂糖の塊が泳いでいるのを想像していやな気分になった。

六時半過ぎ、彼はアパートを出た。建物の入り口で新聞配達人のステファンソンとばったり会った。年長者で、自転車で配達するため、ズボンのすそをゴムで結わえている。

「今日は新聞が遅いんだ。印刷機の調子が悪かったとかで」

「リラ・ノレガータンもあんたの配達区域かな？」ヴァランダーが訊いた。

ステファンソンはすぐに理解した。

「殺された警察官の住んでいるところだね？」

「ああ、そうだ」

「そこはセルマというかなり年配の婦人の担当区域だ。イースタ最年長の新聞配達人だよ。一九四七年に始めたというから何年だ？　四十九年間か？」

「セルマはなんという名字だね？」

「ニランダー」

ステファンソンは新聞をヴァランダーに渡そうとした。

「あんたのことが出てるよ」

「うちの郵便受けに入れといてくれ。どっちみち今晩まで読む時間がない」

歩いても間に合う時間だったが、車にした。健康的な新しい生活はまたもや一日先延ばしだ。警察の駐車場でフーグルンドといっしょになった。

「スヴェードベリのアパート周辺の新聞配達はセルマ・ニランダーという年配の女性だそうだ。もしかするともう話は聞いたかな？」

「いいえ。彼女はいまどきめずらしく自宅に電話がないんです」

ヴァランダーはスツーレ・ビュルクルンドのことを思い出した。電話はもういらないと言っていた。もしかすると電話のない暮らしというのがいま流行りはじめているのだろうか？

会議室に入ったが、ヴァランダーは引き返してコーヒーを取りに行った。そのあと、コーヒーを手に廊下に立ったまま会議の進めかたを考えた。いつもならあらかじめ用意して会議に臨《のぞ》むのだが、今回は写真を机の上に並べてすぐに討論に入る以外のことは思いつかなかった。

ドアを閉め、いつもの自分の場所に座った。スヴェードベリのいすは空いていて、だれもそこに腰を下ろそうとはしなかった。ヴァランダーは写真の入った封筒をポケットから取り出し、短く発見の経過を説明した。しかし、ステン・ヴィデーンのところで酔っぱらった帰りのタクシーでアイディアが浮かんだことについては触れなかった。六年前に酒酔い運転で同僚に現場を押さえられて以来、彼は酒に関することはいっさい職場では話さないようにしていた。

写真を目の前のテーブルの上に置いた。ハンソンがプロジェクターを用意した。

「あらかじめ断っておきたいことがある。大きいほうの写真の右端に写っているのはアストリッド・ヒルストルム、夏至《ミッドサマー》のころから消息不明の若者たちの一人だ」

写真をプロジェクターで映した。部屋の中が静まった。ヴァランダー自身、写真を大写しにして見るのを期待していた。なにか新しく細部が明らかになるのを期待していたわけではない。

ただ、家では拡大鏡で見ていたため、大きな画面で見たかった。

沈黙を最初に破ったのはマーティンソンだった。

「スヴェードベリは美人好みだったんですね。美しい人だ。だれか、この女性を町で見かけていないかな？　なんといってもイースタは小さい町ですからね」

だれも手を挙げなかった。

もう一枚の写真に写っているアストリッド・ヒルストルムを含む四人の若者を見かけた者もいなかった。右端の娘がアストリッドであることに異論を唱える者はいなかった。まだほんの少ししかない捜査資料ファイルにある写真と同一人物だったからだ。ただここではコスチュームを着けているのがちがいだった。

「仮装パーティーかしら？　だとすればいつの時代の格好でしょうね？」ホルゲソン署長が訊いた。

「十七世紀だろうな」ハンソンが確信ありげに言った。

ヴァランダーが驚いた目を向けた。

「根拠は？」

「いや、十八世紀かもしれない」ハンソンが急に弱気になって言った。

「わたしはむしろ十六世紀のグスタフ・ヴァーサ王のころじゃないかと思います」フーグルンドが口をはさんだ。「その時代の衣装です。ふくらんだ袖とかトリコットとか」

「たしかか？」ヴァランダーが訊いた。

「いいえ、たしかではありませんけど」

「推測の域を出ないことは、みんな後回しだ。重要なのは彼らの衣装ではない。衣装がどの時代のものかも、この際重要なことではない。なぜ彼らがこんな衣装を身に着けていたのかが肝心なことだが、まだ捜査はその段階まで至っていない」

ヴァランダーは同僚の顔を見まわした。

「一つは四十前後の女の顔、もう一つは扮装した若者たちの写真だ。若者たちの一人はこの夏の夏至前日《ミッドサマー・イヴ》から行方不明のアストリッド・ヒルストルムであることは間違いない。もしかすると、同じときに行方がわからなくなっている二人といっしょに、ヨーロッパを旅しているだけかもしれない。それがいまわれわれの捜査の出発点だ。この二枚の写真は、スヴェードベリのアパートに隠されていた。ミッドサマー・イヴまで立ち戻って捜査を始めよう。それが重要な手がかりだ」

手元にある資料をもとに疑問点を洗い出して担当者を決めるのに三時間かかった。一度、ヴァランダーは休憩を提案し、ホルゲソン署長以外全員がコーヒーを取りに行った。その後、また会議は続いた。三時間後捜査担当が決まり、捜査の準備が調った。十時十五分、ヴァランダーは現時点ではこれ以上は進まないと思った。

ホルゲソン署長はおおかたの時間、話を聞く側にまわっていた。捜査会議に参加するときはたいていの場合そうだった。それは彼らの捜査能力に対する敬意からくるものだとヴァランダーは理解していた。

だがいま彼女は手を挙げて発言を求めた。

「この若者たちになにが起きたのかしら？　こんなに時間が経っているのだから、もし事故が起きていたのならわれわれに伝わっているはずですよね？」

「わかりません」ヴァランダーが言った。「なにかが起きたのだという想定は、非常にかぎられた特殊な前提に基づくものですから。たとえば、絵はがきにある若者たちのサインは偽物だという主張。これはまったく根拠のないものです。いったいだれが、なんのために偽のサインをした絵はがきなど送るのか？」

「犯罪を隠すためさ」ニーベリが言った。

部屋の中が静まり返った。ヴァランダーはニーベリの言葉にゆっくりうなずいた。

「そうだ。しかもそれはありきたりの犯罪じゃない。人が行方不明になるということは、永久に姿を消すか、あるいはまた戻ってくるかのどちらかに決まっている。何者かが偽りのはがきを送ってきたとすれば、答えは一つしかない。ボイエ、ノルマン、ヒルストルムが死んでいるのをできるかぎり長く伏せておくためだろう」

「もう一つ、偽りのはがきだったら」フーグルンドが言う。「はがきを書いた人間は、なにが起きたかを知っているということです」

「それだけじゃない」ヴァランダーが続けた。「若者たちを殺したのはまさにその人間だということだ。彼らのサインをし、彼らの住所も名前も知っている人間だ」

結論を出すのには、決意が必要だった。

「偽りのサインのあるはがきをたどると周到に用意された殺しがある。この仮説が正しければ、この三人の若者は冷酷に計画を立てた殺人者の手にかかってすでに殺されているということになる」

重い沈黙が部屋をおおった。ヴァランダーはつぎに続ける言葉を用意したが、だれかほかの者が沈黙を破るのを待った。

外の廊下から笑い声が聞こえてきた。ニーベリが鼻をかんだ。ハンソンはテーブルをにらみつけている。マーティンソンは五本の指でぱらぱらとテーブルを叩いている。アン゠ブリット・フーグルンドとリーサ・ホルゲソン署長だけがヴァランダーをまっすぐに見ていた。この二人はおれの同志、この女性二人がおれの同志なのだ、とヴァランダーは思った。

「さまざまな場合を想定せざるを得ない。中には想定そのものがじつに不快で困難なものもある。たとえばスヴェードベリの役割だ。いまわれわれはアストリッド・ヒルストルムがほかの者たちといっしょに写っている写真を彼が隠し持っていたことを知った。また彼がわれわれに隠して若者たちの行方を追っていたことも知った。彼がなぜそうしたのか、その理由はわからない。若者たちはいまだ行方不明のままだ。そしてスヴェードベリは殺された。単なる押し込み強盗のしわざかもしれない。あるいは何者かがなにかを探すために彼のところに忍び入ったのかもしれない。もしかするといまここにある写真を探したのかもしれない。いまわれわれはある一つの可能性を無視することができない。スヴェードベリがなんらかの形で関与しているかもしれないということだ」

ハンソンがペンをテーブルに投げ出した。

「ちょっと待ってくれ！　同僚が惨殺されたんだぞ。犯人を捜し出すために、おれたちはいまここに集まっているんじゃないのか。それなのに、彼がこの事件に関係していたというのか。冗談じゃないぞ！」

「そうなんだ、そのとおり、そのように考えなくちゃならないんだ。その可能性を無視してはだめなんだ」

「そのとおりだ。ヴァランダーは正しい。どんなに不愉快でもその可能性を無視してはだめだ。ベルギーで起きた事件以来、おれはこの国でもなんだって起こり得ると思っている」ニーベリが言った。

たしかにニーベリの言うとおりだとヴァランダーは思った。ベルギーで起こった児童殺害の恐ろしい事件は、警察と政界が関与していることがあばかれている。まだ全貌は明らかになっていないが、さらにスキャンダルがあばかれるのは時間の問題だった。

ヴァランダーはニーベリにうなずいて、話を続けるよううながした。

「おれが知りたいのは、この写真の女が事件とどう関係するのかということだ」ニーベリが言った。

「わからない。いまわれわれがしなければならないのは、捜査の間口をできるだけ広げて、もっとも重要な疑問点に対する答えを得ることだ。その中にこの女も含まれる」

重苦しいいやな雰囲気が会議室をおおった。仕事を分担し、だれもがこれからは昼夜の区別なく働くことになるのを覚悟した。ホルゲソン署長は人員を増やす手はずを調えることになった。

十時半過ぎに、今夜ふたたび会議を開くことを決めて会議は終わった。マーティンソンはさっそく妻に今晩はいっしょに出かけられないと伝えるために家に電話をかけに行った。ヴァランダーは会議室に残った。あまりの疲れに、トイレに行きたい欲求さえ後回しになった。捜査は始まった。犯罪捜査はどれもローラー作戦のようなものだ。深い森で行方不明になった人間を捜し出すための、というよりも事件の全貌を明らかにするための徹底捜査だ。

ヴァランダーはフーグルンドに残るように合図した。二人だけになったとき、ドアを閉めるように指示した。

「きみの意見はどうだ?」彼女が座ったのを見てから言った。

「不愉快な点もあって、ちょっと答えに戸惑います」

「それはみんなそうだ。ちょっと前までスヴェードベリはわれわれにとってひどい殺されかたをした気の毒な同僚だった。しかしいま彼がもっと重大な犯罪に関与していたかもしれないという疑いが浮かび上がったのだから」

「本当にそうだと思いますか?」

「いや。しかし、考えられないようなことも考えなければならないのがおれたちの仕事だ。本来は当然なことなのだ」

「いったいなにが起きたのでしょうか?」

「それだよ。きみの意見はどうなんだ？」

「一つの関連が確定できたと思います。スヴェードベリと行方不明の若者たちはなんらかの関係があったと」

「いや、正確にはそうじゃない。いまわかっているのは彼とアストリッド・ヒルストルムの関連だけだ。ほかの者たちははっきりしていない」

フーグルンドはうなずいた。

「たしかにそうですね。スヴェードベリとアストリッド・ヒルストルムの関連です。いちばん心配している母親の娘ですよね」

「ほかにはなにが見える？」

「スヴェードベリはわたしたちの思っていた人とはちがうかもしれないということ」

ヴァランダーは食い下がった。

「われわれが思っていたスヴェードベリとは？」

フーグルンドは少し考えてから答えた。

「私たちの目に映っていたままの人」

「それは？」

「気軽に話しかけられて、隠し立てがなく、信頼できる人」

「ということは、彼はじつは気難しく、秘密があって、信頼できない人かもしれない、ということになるね」

「すべてがそうというわけではありませんが、一部はそうかもしれません」

「彼には隠してつきあっている女性がいた。ルイースという名前らしい。彼女と思われる女性の写真が手に入った」

ヴァランダーは立ち上がり、プロジェクターをつけ、女の顔写真を置いた。

「この顔のことだが、なんだか不自然に見える。どこか変なのだ。どこがどうとは言えないが」

フーグルンドがなにか言いたそうなそぶりをした。ヴァランダーは自分がいま言ったことが彼女には意外ではなかったのだと思った。

「髪の毛ではないでしょうか」ためらいがちに彼女は言った。「なんだか不自然ですよね」

「この女を見つけ出さなければならない。かならず見つけ出すんだ」

今度は若者たちの写真を置いた。フーグルンドはまたもやためらいがちに話した。

「さっき十六世紀の衣装じゃないかと言いましたが、やはりそうだと思います。家に『モードの変遷』という衣装の本があるので見たことがあるんです。でも、間違っているかもしれません」

「ほかにはなにが見える？」

「楽しそうな若者たち。気分が高揚している。酔っぱらっている」

ヴァランダーは突然、ステン・ヴィデーンといっしょにドイツへ旅行したときの写真を思い出した。ビールを片手に、かなり酔っぱらっていた自分の姿を。

この若者たちの表情と似通っているところがあった。

「ほかには？」

「左から二番目の男子が写真の撮り手になにか叫んでいます」

「場所はどこだろう？」

「光が左側から差していて、影ができています。どこか、外ですね。背景に茂みがあります。木も少し見えますね」

「敷物の上に食べ物が置いてある。彼らは扮装している。これはなにを意味しているのだろう？」

「マスカレード、時代衣装を着けて扮装した仮装パーティーでしょうか？」

「夏のパーティーの一つだろうな。写真からこれは寒いときではないとわかる。夏至祭のパーティーかもしれない。しかしこれは今年の写真じゃないと思う。ここにはノルマンが入っていない。アストリッド・ヒルストルムだけだ」

「彼女、少し若く見えるような気がします」

ヴァランダーは同意した。

「おれもそう思う。去年か、一昨年のものかもしれんな」

「この写真にはなんの不安も恐怖もありません。この年の若者ならではの屈託のなさです。人生は無限大、悲しみはほんのわずかといった感じです」

「今回のようなきっかけで捜査が開始された事件がいままでにあっただろうか。おれには記憶がない。もちろん、スヴェードベリが重大な捜査対象となることは疑いないが、どの方向に捜査を展開していったらいいのか、皆目見当がつかないのだ。コンパスがぐるぐるまわっていて方向が定まらない」

「それは、恐怖のせいもあると思います。わたしたちが信じたくないようなことにスヴェードベリが巻き込まれていたと知る恐怖」

「昨日、イルヴァ・ブリンクに会ったときに言われたことがおれには驚きだった。彼女はスヴェードベリが最も親しかった友はおれだと彼の口から聞いたというのだ」

「驚いたのですか？」

「ああ、もちろん」

「彼はあなたのことを尊敬もしていました。みんなが知っていたことですよ」

ヴァランダーはプロジェクターを消すと、写真を封筒にしまった。

「もしスヴェードベリはわれわれが思っていた人間ではなかったというのなら、おれに対する彼の気持ちもちがうのじゃないか？」

「ということは、彼は本当はあなたを憎んでいた、ということになりますか？」

ヴァランダーは顔をしかめた。

「そうは思わない。が、そうじゃないとははっきり言い切れない」

彼らは会議室を出た。フーグルンドはニーベリに渡すために写真をヴァランダーから受け取った。指紋を捜すためだ。その前に二枚の写真のコピーを取ることにした。

ヴァランダーはトイレに行った。それから食堂へ行って、一リットル近くの水を一気に飲んだ。

仕事の分担でヴァランダーが引き受けたのはエヴァ・ヒルストルムと話すことと、あらためてスヴェードベリのいとこのスツーレ・ビュルクルンドを訪ねることだった。自室に戻ると、受話器に手をかけて考えた。エヴァ・ヒルストルムから始めようと決めた。電話もかけずに直接訪ねるほうがいい。フーグルンドがドアをノックして、写真のコピーを置いていった。若者たちの写真は顔が判別できるほど拡大してあった。

警察署を出たときはすでに十二時をまわっていた。受付付近でだれかが今日の気温は二十三度だと話している声が聞こえた。車に乗り込む前に上着を脱いだ。

エヴァ・ヒルストルムはシューリングスヴェーグに住んでいた。イースタの町の東の入り口近くだ。垣根の外に車を停めた。大きな家で、二十世紀初頭に建てられたものらしく、庭もゆったりとしていた。ドアベルを鳴らすとエヴァ・ヒルストルムが出てきた。ヴァランダーの姿を見ると、はっとしたように足を止めた。

「なにかが起きたわけではないのですよ」ヴァランダーが言った。最悪のニュースを携えてヴァランダーがやってきたと恐れているのかもしれない。「まだ訊きたいことが残っているので、こちらにうかがったのです」

エヴァ・ヒルストルムは玄関ドアを開けて彼を中に入れた。大きな玄関ホールだった。ワークアウトの上下を着ていて、足は素足のままだった。大きく瞠《みは》った目が落ち着きなく動いている。

「お邪魔でなければいいのですが」

彼女はなにかつぶやいたが、ヴァランダーには聞き取れなかった。大きな居間に通された。家具も飾ってある絵も高価なもののように見えた。ヒルストルム家の経済にはなんの問題もなさそうだ。ヴァランダーは勧められたソファに腰を下ろした。

「なにかお飲みになりますか？」

ヴァランダーは首を振った。のどが渇いていたが、水を一杯ほしいとはなぜか言い出せなかった。

エヴァ・ヒルストルムはいすを一つ持ってきて、その端に腰かけた。その姿は合図があればすぐにダッシュしようと構えている短距離走の選手のようだった。ヴァランダーは胸ポケットから女の顔写真のコピーを取り出すと、ヒルストルムの目の前に置いた。彼女はさっと写真に目を走らせるといぶかしげにヴァランダーを見た。

「これ、だれですか？」

「見覚えがないのですね？」

「アストリッドと関係があるのですか、この人は？」

その口調は攻撃的だった。確信をもって話さなければならないとヴァランダーは思った。

「警察は質問するのが仕事です。写真を見てください。この女性を知っていますか？」

「だれですか、この女性は？」

「問いに答えてください」

「いままで一度も見たことがありません」

「わかりました。この写真についてはここまでです」

エヴァ・ヒルストルムがさらに訊こうとしたとき、ヴァランダーはポケットからもう一枚のコピーを取り出した。彼女は写真を一瞬見ると、つぎの瞬間立ち上がった。やっと合図のピストルが鳴ったかのように。そして部屋から出ていった。一分も経たないうちに当惑しているヴァランダーの前に戻ってきた。手に一枚の写真を持っている。

「コピーよりオリジナルのほうがはっきりしてますよ」

ヴァランダーはその写真を見つめた。たったいま彼女に見せたのと同じものだった。つまり彼がスヴェードベリの家で見つけたのと同じものだった。

なにか決定的な事実に近寄りつつあるとわかった。

「写真について話してください。いつ撮られたものですか？　アストリッド以外の若者たちの名前は？」

「場所はどこか、知りません。ウスターレーンのどこかです。もしかするとブルースアルプス・バッカルかもしれません。アストリッドからもらいました」

「いつのものでしょう？」

「去年の夏です。マグヌスの誕生日でしたから」

「マグヌスとは？」

ヒルストルムは指さした。マグヌスとは写真の撮り手に向かってなにやら叫んでいる若者のことだった。ヴァランダーはめずらしくメモを取るノートを携えていた。

「マグヌスの名字は？」

「ホルムグレン。トレレボリに住んでいます」

「ほかの者たちはだれですか？」

ヴァランダーは名前と彼らの住んでいる町の名前を書き記した。突然ある問いが浮かんだ。

「この写真はだれが撮ったものですか？」

「アストリッドは自動シャッター付きのカメラを持っているんです」

「それじゃ、写真を撮ったのはアストリッドですね？」

「いま、自動シャッターだと言ったじゃないですか」

ヴァランダーは話を進めた。

「誕生日のパーティーですか。マグヌスの誕生日。しかし、この扮装はなんですか？」

「あの子たちはよく昔の衣装を着てパーティーをするのです。別におかしいとは思いませんけど」

「私もおかしいとは思いませんが、一応訊かなければなりません」

エヴァ・ヒルストルムはタバコに火をつけた。この女性はいつ緊張を爆発させるかわからないとヴァランダーは思った。

「アストリッドには大勢の友だちがいたのですね」ヴァランダーが訊いた。

「大勢じゃありません。でもいい友だちがいるんです」

写真を手に取ると、一人の女の子を指さした。

「イーサも今回いっしょのはずでした。そう、夏至祭のパーティーに。でも、調子が悪くなったとかで」

話を理解するのに一瞬時間がかかった。それからヒルストルムの言わんとするところがわかり、写真を見た。

「その女の子は今年もパーティーに来るはずだった、というんですね？」

「ええ、でも具合が悪くなったんです」

「そうですか。それで今回は三人になった。彼らはどこかでパーティーをし、それからヨーロッパ旅行に出かけたということですね？」

「そうです」

ヴァランダーは前に残したメモに目を通した。

「イーサ・エーデングレン。スコルビーに住んでいますね」

「ええ。父親はビジネスマンです」

「イーサは友だちが出かけたヨーロッパ旅行について、なんと言っていますか？」

「あらかじめ決まっていたわけじゃないと。でも彼らが旅行に出かけたことについては、疑いをもっていません。集まるときはいつもパスポートを持参してくることになっているようですから」

「彼らからはがきをもらったでしょうかね？」

「いいえ」

「おかしいと思っていませんか？」

「思っているようです」

ヒルストルムはタバコの火を消した。

「なにかが起きたのです。なにかはわからないけど。なにか深刻なことが起きたにちがいないのです。イーサは間違っています。あの子たちはどこにも出かけていないんです。国内にいるんです」

母親の目に涙が浮かんでいる。

「どうしてだれもわたしの言うことを信じないの？　話を聞いてくれた人は一人しかいなかった。でも、それももうおしまい」

ヴァランダーははっとした。

「一人、話を聞いてくれた人がいた、ということですね？」

「ええ」

「六月末にお宅を訪ねてきた警察官のことでしょうか？」

ヒルストルムはけげんそうな顔になった。

「あの人のほかにだれがいたというんですか？　何度も来てくれたわ。あのときだけじゃなく。七月は毎週来てくれたし、八月になってからも何回も来てくれました」

「スヴェードベリという名の警察官のことですよね？」

「なぜあの人が死ななければならなかったの？　わたしの話に耳を貸してくれたのはあの人だけだったのに。わたしと同じくらい心配してくれた」

ヴァランダーは黙った。

急になにも言えなくなった。

10

かすかに風が吹いている。

ときにはまったく感じられないほどかすかだった。

時間つぶしに、彼は顔に吹きつける風の回数を数えた。〈うれしい事柄リスト〉にこれも書き足そうと思った。幸福な人間だけがもつ、人生の幸せの数々。

彼は数時間、高い木の陰に隠れていた。時間に余裕をもって行動するのは、気分のいいものだ。

八月のある土曜日の夜。まだ夏の名残がある。暖かい。

今朝目が覚めたときから、これ以上は待たないと決めていた。時が熟した。いつもどおり、ちょうど八時間眠った。それ以上でもそれ以下でもなかった。夢の中で、そして無意識のうちに、決意が固まっていた。彼が現実を作り直すのは今日だ。ちょうど四十九日前に作った現実を。それを人々の前に披露する日がやってきたのだ。

起床は朝の五時だった。その日が休みの日であろうとも、彼はいつもの行動を変えなかった。上海から直接個人輸入している紅茶を飲むと、居間の赤いじゅうたんを片づけて、朝の体操をした。二十分後脈拍を測り、記録し、シャワーを浴びた。六時十五分、机に向かい仕事を始めた。その日は注文しておいた労働省からの送付書類を読んだ。高い失業率を減らすために労働省が取り組んでいるさまざまなプログラムの報告だった。ペンを持ち、ときどき線を引き、欄外にメモを書きつけた。だが、新しいことや目を引くようなことはなにもなかった。役人どもが統計や分析で出した結論は、すでに彼の知っていることばかりだった。

ペンを置くと、こんな無意味な報告書を書いた役人どものことを考えた。やつらは失業するリスクを負わない。彼らはいつだって自分たちのいる環境をまっすぐに見ることができる、そんな幸せを決して失うことはない。人生において意味のあること、人間に人間としての価値を与えるもの、そういうものを失ったことがないのだ。

十時まで読み続けた。十時になると、服を着て、買い物に出た。そのあと食事を作り、二時まで休んだ。

寝室には防音装置を施した。ずいぶん金がかかったが、それだけのことはあった。通りからの音はいっさい聞こえない。窓はつぶされて壁になっている。音もなくまわるエアコンが必要なだけの空気を部屋に送り込んでくれる。片方の壁には世界地図のスクリーンがかけられていて、それを見れば太陽の位置を知ることができた。この部屋は彼の宇宙だった。ここで彼は迷いのない考えを構築する。いままで起きたこととこれから起きることについて。

防音室は宇宙の中核だった。ここではすべてが明らかだった。ほかの場所では決して得られないことだ。

ここでは自分がだれかとか、自分が正しいかどうかとか、正義など存在しないということも考える必要がなかった。

イェムトランドの山の中でセミナーがおこなわれたときのことだった。その前に、当時彼が働いていた技術コンサルティング会社の上司が突然部屋にやってきて、そのセミナーに出席するようにと言った。出席の予定だった者が急に具合が悪くなったという理由だった。もちろん彼は即座に引き受けた。じつはすでにその週末はほかの予定を組んでいたのだが。引き受けたのは、上司が自分を選んだのは当然だという思いからだった。自分はセミナーにふさわしい人間なのだ。テーマは新しいデジタル技術についてだった。セミナーの中心人物は、かつてオートヴィダベリ社で作られた自動レジスター機器の発明者だった。彼がデジタル技術について話すと、参加者は懸命にメモを取った。

最後の晩だったかもしれない。参加者はいっしょにサウナに入った。彼自身はサウナが嫌いだった。ほかの男たちの前で裸になるのがいやだった。が、どうしていいかわからなかった。そんなわけで、ほかの者たちがサウナに入っている間、彼はバーで酒を飲んでいた。そのうちサウナから上がった者たちがバーにやってきた。従業員をクビにするとき、どんな言い訳がふさわしいかという話題になった。彼以外の全員が会社の役員クラスだった。彼だけがしがないサラリーマン技術者だった。それぞれが自分の経験を語り、彼の番になった。彼はなにも話すことがなかった。いままで一度もクビ切りをしたことがなかったし、クビを切られたこともなかった。まじめに勉強して、この仕事につき、学資ローンを返済していた。彼はただろうなずいた。

ずっと経ってから、すべてが崩壊したとき、あのときの話を思い出した。トーシュヘッラからやってきたぶざまに肥った工場経営者が会社に忠実に働いてきた労働者を部屋に呼んで話したことだ。

「わしはこう言ったんだ。『こんなにも長い間、あんたなしではわが社は絶対にやってこられなかった』」

そう言うと男は高笑いした。

「これは効いたね。あとは簡単だった。わしはこう続けたよ。『だが、明日からわれわれはあんたなしでやっていかなければならない』とね。年寄りは胸を張って、喜んで仕事をなくしたというわけさ」

そんなふうに年寄りの職人は仕事を失ったのだ。

彼はこの話をよく思い出した。できることならトーシュヘッラまで行って、年取った職人をクビにした話を自慢気にしていた男を殺してやりたかった。


午後三時、彼はアパートを出た。車に乗り、東に向かって町を出た。ニーブロストランドの海辺の駐車場に車を停めてひとけがなくなるまで待つと、同じ駐車場に停めておいたもう一台の車に乗り換えて出発した。幹線道路に入る前に眼鏡をかけ、ひさしの長いキャップを深くかぶった。暑かったが、サイドウィンドーは開けなかった。鼻から耳に通じる副鼻腔がすぐ詰まってしまい、風邪を引きやすかったからだ。風が吹くところにいるとすぐに風邪を引いてしまう。

自然保護地区まで来ると、運よく停まっている車はまったくなかった。これで偽の標識を立てなくてもよくなった。土曜日で、しかも午後四時を過ぎていたので、これからこの保護地区にだれかがくるとは考えられなかった。三週間続けて土曜日のここの様子を観察したが、夕方から夜にかけて人はまったく来ないか、来るとしてもごくわずかで、そして八時前には帰っていった。車のトランクから道具箱を取り出した。サンドウィッチと紅茶を入れた魔法瓶も持ってきていた。あたりを見まわし、耳を澄ました。それから小道に入った。

顔に吹きつける風はわずかだった。だが、彼は数えていた。いまのは二十七回目の風。腕時計を見る。八時三分前。大きな木の下に隠れて立っている間、そばを通った人間は一人もいなかった。七時ちょっと前に遠くで犬のほえ声が聞こえた。それだけだった。自然保護地区には人っ子一人いない。彼以外には。

計画どおり、そして予測したとおりだった。

ふたたび時計を見た。八時一分過ぎ。十五分まで待つことに決めた。

時間が来ると、彼はそっと斜面を下り、茂みの陰に入った。数分後、目的地に着いた。あれからだれもここに来た形跡がないことはすぐにわかった。その場所の近くにある二本の木の間に彼は目立たないようにヒモを渡しておいた。ひざまずいてヒモを見ると、まったく触れられた跡がなかった。彼は折り畳み式のスコップを道具箱から取り出すと、地面を掘りはじめた。急がずに、一定の速度で。汗をかきたくなかった。汗をかくと風邪を引いてしまう。八回掘ると、手を休めてあたりの様子をうかがった。地面のすぐ下の硬い地盤の土を取り除くのに二十分かかった。その下に防水布があった。それを取り払う前に、彼は鼻の下にメンソールを塗り、マスクをつけた。取り外した防水布は袋にしまった。穴の中にゴムの袋に入れられたものが三つあった。臭いはなかった。ということは、袋は完璧に密封されていたことを意味する。ゴム袋を一つ抱えると、穴の中から取り出した。日ごろのトレーニングのせいで、彼の体は鍛《きた》えられていた。三つのゴム袋を取り出して、もとの場所に運ぶのに十分もかからなかった。そのあと土を戻し、その上を踏みつけて平らにした。この間、彼は数分おきに動きを止め、耳を澄ました。

その場所を離れて、今度はゴム袋を置いた場所に移った。道具箱の中から敷物やグラス、食料庫に入れて保管していた腐った食べ物の残りを取り出した。

そして、ゴム袋を開けて死体を取り出した。白いカツラの色が少し変色していた。血痕は灰色になっている。夏至前夜《ミッドサマー・イヴ》に撮った写真どおりの位置に死体を置くために、彼はそれらを曲げたり骨を折ったりしなければならなかった。最後に彼はグラスの一つにワインを注いだ。

ふたたび耳を澄ました。静かだった。

空になったゴム袋を腕に抱えると、道具箱に詰め込み、その場を離れた。その前にマスクを外し、鼻の下のメンソールをぬぐい取った。車に戻る途中もだれにも会わなかった。駐車場も無人だった。ニーブロストランドまで戻って車を乗り換え、イースタに着いたのは十時ちょっと前だった。しかしまっすぐに家へは帰らず、トレレボリへ向かう道に車を走らせた。海辺まで車が乗り入れられる、人目につかないところまで来ると、空のゴム袋二つを三つ目の中に突っ込んで、車の中に用意しておいた鉄棒を数本いっしょに入れると海に沈めた。袋はすぐに見えなくなった。

それから帰宅した。暖炉でマスクを焼き、靴はごみ袋に入れてごみ収集用の容器に入れた。メンソールの塗り薬は洗面所の棚に戻した。熱いシャワーを浴びて全身を殺菌剤の入った石鹸で洗った。

すべてが終わってから、紅茶を飲んだ。紅茶缶に残りが少ないことがわかり、来週にもまた注文しなければならないと思った。台所へ行って、買い物を書きつけるボードにそれを書き込んだ。テレビをつける。ホームレスについての討論番組だった。いつもながら、耳新しいことを言う者はいなかった。

夜もふけたころ、彼は台所のテーブルについた。目の前には手紙の山があった。

さて、そろそろ、このあとどうするかを考えようか。

そっと最初の手紙を開けると、彼は読みはじめた。

八月十日の土曜日、午後一時半ごろ、ヴァランダーはシューリングスヴェーグのヒルストルム家をあとにした。そこからまっすぐスコルビーにあるイーサ・エーデングレンの家へ行くつもりだった。イーサ・エーデングレンは、エヴァ・ヒルストルムの話によれば、今年のミッドサマー・イヴをアストリッドたちといっしょに祝うはずだった女の子である。いままでなぜそれを話してくれなかったのか、とヴァランダーは訊いたが、同時に自分たちも三人の若者たちの失踪を本気で受け止めなかったという悔恨があった。

バス停近くのパン屋兼カフェでサンドウィッチを一つ注文し、水を飲んだ。サンドウィッチにはバターをつけないでくれと言うべきだったと後悔した。そのため、いま彼はサンドウィッチからナイフでバターをこすり取ろうとしていた。向かい側のテーブルに座った男が、そんな彼をじっと見ていた。この男はおれの顔に覚えがあるのだろう、とヴァランダーは思った。きっとまもなく、あの警察官は殺された同僚の捜査もせずにカフェでサンドウィッチからバターをこすり取ろうとしていたなどという噂が広まるに決まっている。ヴァランダーは腹の中でため息をついた。噂の広がりというものはどうしようもない。

コーヒーを一杯飲み、トイレに行ってから店を出た。海岸沿いではなく、ビエレシュー経由で内陸の道を行くことにした。幹線道路から内陸の道に入ったとき、携帯電話が鳴った。車を道端に寄せて電話を取った。フーグルンドだった。

「レーナ・ノルマンの両親に会ってきました。重要な情報を入手しました」

ヴァランダーは受話器を耳にきつく押し当てた。

「じつはもう一人、この夏のパーティーに参加するはずだったようです」

「知っている。おれはいままさにその女の子の家に向かっているところだ」

「イーサ・エーデングレンですか？」

「ああ、そうだ。エヴァ・ヒルストルムはスヴェードベリが隠していた写真のオリジナルを持っていた。娘のアストリッドが去年の夏撮った写真だそうだ。自動シャッターで」

「いつもスヴェードベリに先を越されていますね、わたしたち」

「いや、もうじき追いつくさ。ほかにはなにか？」

「一般からの通報がいくつかありました。でも手応えのありそうなものはなにも」

「頼みたいことがある。イルヴァ・ブリンクに電話して、スヴェードベリの天体望遠鏡の大きさを訊いてくれないか。重さもだ。なくなってしまったのが、どうしても腑に落ちない」

「押し込み強盗という仮説はもう取り消しですね？」

「いや、それはまだだ。だが、強盗であろうがなんであろうが、もし天体望遠鏡を携えて歩いていたら、絶対に人目につくんじゃないか？」

「急ぎますか、それともあとにまわしてもいいですか？　これからトレレボリへ行き写真に写っている男の子の一人、マグヌス・ホルムグレンに会うところなんですが」

「それじゃ、そのほうが先だ。あともう一人の男の子にはだれが？」

「マーティンソンとハンソンです。その男の子の名前も彼らに教えました。いまはシムリスハムヌでボイエ家の人々と会っているはずです」

ヴァランダーは満足そうにうなずいた。

「今日中に全関係者の家族に会うのが肝要だ。今晩にはいまよりももっといろんなことがわかっているだろう」

通話が終わった。スコルビーに着くと、エヴァ・ヒルストルムが説明してくれた道を探した。イーサ・エーデングレンの父親は大地主で、採掘機が何台もあるらしい。

並木道を通って農家の前まで来て車を停めた。目の前の家は大きな二階建てで、家の前にはBMWが停まっている。ヴァランダーは車を降りてベルを鳴らした。応答がない。ドアを叩いて、もう一度ベルを鳴らした。午後二時になっていた。汗が流れた。もう一度ベルを鳴らしたが、応答なしだった。家の裏手にまわった。よく手入れされている古い果樹林があった。プールもあり、そのそばには高価そうなテラス家具が置かれている。庭の奥のほうに東屋があった。建物の半分は茂みや木の枝に隠れている。ヴァランダーはあたりを見渡し、東屋のほうに近づいた。緑色のペンキが塗られたドアが半開きになっていた。ノックしたが応答がない。ドアを開けてみた。小さな窓にカーテンが引かれている。暗い部屋の中に目が慣れるまで一瞬の時間がかかった。

部屋の中に人がいる。寝椅子に横たわって眠っているようだ。上掛けの毛布の中から黒っぽい髪の毛が見えた。彼に背を向けて横たわっている。ヴァランダーはまた外に出て、もう一度静かにノックした。反応がない。

ヴァランダーは大きくドアを開けて中に入った。電気をつけ、眠っている人物のそばまで行って、肩に手をかけて揺り動かした。それでも反応がなかったので、なにかがおかしいと気づいた。眠っている人間の顔を見た。イーサ・エーデングレンだった。声をかけ、それから体を揺すった。呼吸がゆっくりで、重かった。激しく体を揺すって、寝椅子に体を起こさせた。それでも反応がなかった。その体を横たえると、ヴァランダーはポケットに手を入れて携帯電話を探した。フーグルンドと話したあと、助手席に置きっぱなしだ。母屋のほうへ走り出て、電話を持ってきた。東屋へ戻りながら、救急車へ通報し、道の説明をした。

「病気なのか、自殺未遂なのか、わからない。そっちが来るまでなにをしたらいい？」

「呼吸が止まらないように、人工呼吸を施してください。警察官なら、そのくらいのことは知ってるはずでしょう」

救急車は十六分後に到着した。ヴァランダーはフーグルンドに電話をかけた。彼女はまだトレレボリへ出発していなかった。病院へ直行して、これから到着する救急車を迎えてくれと頼んだ。彼自身はスコルビーにもう少し残るつもりだった。救急車を見送ると彼は母屋へ向かった。玄関のドアを揺すってみたが、鍵がかかっていた。家の裏口にまわって、勝手口のドアも確かめたが、やはり鍵がかかっていた。そのとき、表に車の音がした。玄関先に戻ってみると、小型のフィアットからゴム長靴を履いた作業着姿の男が降り立った。

「救急車を見たもので」男が言った。

その目は心配そうだった。ヴァランダーは警官であることを告げ、イーサはおそらく病気だろうと言った。それ以上は言いたくなかった。

「エーデングレン夫妻はどこにいるか、知ってますか？」と彼は訊いた。

「留守だ」

ヴァランダーはその答えがためらいがちであることに気づいた。

「どこにいるか、知ってますか？　知らせなければならないので」

「スペインか、フランスではないか。向こうに別荘があるらしい」

母屋に鍵がかかっていたのを思い出した。

「親たちが留守のときも、イーサはここに住んでいるんでしょう？」

男は首を振った。

「いまのはどういう意味ですか？」ヴァランダーが訊いた。

「他人のことには首を突っ込みたくない」

そう言うと男は車に向かった。

「もうそうしているじゃないですか。あなたの名前は？」

「エリック・ルンドベリ」

「近所ですか？」

ルンドベリは南隣の農家を指さした。

「私の問いに答えてほしい。イーサは親たちが留守のときもここに住んでいるのかどうか？」

「それは禁じられている」

「どういう意味ですか？」

「イーサは裏手の東屋で寝起きしているんだ」

「なぜ母屋には入れないのですか？」

「前に両親が留守のときにどんちゃん騒ぎしたらしい。物がなくなったりもしたとか」

「どうしてそんなことを知っているんです？」

思いがけない答えが返ってきた。

「親御さんたちはイーサに冷たいんだ。去年の冬、零下十度のとき、彼らは家に鍵をかけて外国に出かけちまった。あの東屋には暖房がないんだよ。あの娘はうちにやってきた。凍えきっていたよ。それでしばらくうちにいた。そのときに少し話したんだよ、家内にね。わしは直接聞いたわけじゃない」

「それじゃお宅に行きましょう。奥さんから話を聞きたい」

ルンドベリに先に車を出させて、彼はもう一度東屋に戻った。睡眠薬も置き手紙も見当たらなかった。ハンドバッグの中身も特別なものはなかった。車に戻る前にもう一度東屋の中を見渡した。そのとき携帯が鳴った。

「イーサが到着しました」フーグルンドだ。

「医者はなんと言っている？」

「まだなにも」

なにかわかったらすぐに連絡すると言って、フーグルンドは電話を切った。ルンドベリの家に向かった。警戒心の強そうな犬がルンドベリの家の前の石段でヴァランダーをにらんでいたが、主人が出てきて追い払った。家の中に入ると、立派な台所に通された。ルンドベリの妻はコーヒーをいれていた。バルブロという名前で、純粋なヨッテボリ弁を話した。

「イーサの具合はどうですか?」

「同僚が一人、病院で張り付いています」

「自殺しようとしたんでしょうか?」

「まだなんとも言えません。だが、私が揺り動かしても起きなかった」

ヴァランダーはテーブルに向かって腰を下ろすと、電話をそばに置いた。

「これは最初ではないんでしょうな。あなたがすぐに自殺かと訊いたところをみると」

「あれは自殺者を出す家族だから」ルンドベリが不快そうに言った。が、そう言うなり、ぴたっと口を閉じた。まるで言ったのを後悔したかのように。

バルブロ・ルンドベリはコーヒーをテーブルに出した。

「イーサの弟が二年前に亡くなったのですよ。まだ十九歳でした。イーサとは一つちがいです」

「亡くなったとは?」

「風呂で」夫のエリックが答えた。「その前に両親に手紙を書いた。おまえら地獄へ行けとあったそうだ。それからコンセントにトースターをつないで、湯船の中に投げ入れた。電気ショックで即死だったそうだ」

ヴァランダーは不快な思いで話を聞いた。かすかな記憶があった。

突然そのときの捜査をしたのはスヴェードベリで、自殺に間違いないと断定したことを思い出した。事故だったのかもしれない。この二つのうちどちらかと断定するのは、むずかしいことがある。

窓の下の古びたソファの上に新聞があった。台所に入ったときに目についた新聞だった。第一面にスヴェードベリの写真が載っている。新聞に手を伸ばした。二人に訊きたいことがあった。写真を指さした。

「警察官が殺されたというニュースは読みましたね？」

その問いが終わらないうちに答えがきた。

「一ヵ月ほど前にここに来た警察官だ」

「お宅にか、それともエーデングレンに？」

「まずエーデングレンに。それからうちに。いまのあんたと同じように」

「そのときはもう親たちは旅行に出かけたあとだった？」

「いいや」

「ということは、スヴェードベリはイーサの両親に会ったのですね？」

「実際に会ったのかは知らない。とにかく親たちはまだいたことはたしかだ」

「スヴェードベリはなぜお宅に来たのか？　彼になにを訊かれましたか？」

歌うようにヨッテボリ弁を話すルンドベリの妻がいすに腰を下ろした。

「パーティーのことを訊かれました。親たちがいないときにイーサが開くパーティーのことを。それは彼女が家から締め出される前のことですが」

「あの警察官はそのことしか訊かなかったな」

ヴァランダーは聞き耳を立てた。この夏、スヴェードベリが不可解な行動をしたことの答えがここにあるような気がした。

「そのときの彼の言葉を思い出してください」

「一ヵ月も前のことですからね」妻が言った。

「ここで話したんですね？」

「はい」

「コーヒーを飲みながら？」

バルブロはほほ笑んだ。

「わたしのパウンドケーキがおいしいと言ってくれたわ」

ヴァランダーは言葉を選んで核心に近づいた。

「夏至《ミッドサマー》のすぐあとですね？」

夫婦は視線を交わした。互いの記憶を確かめようとしているのだとヴァランダーは思った。

「七月に入ってすぐのことだと思います」バルブロが言った。「それはたしかです」

「六月の末以降のことにちがいない。まずエーデングレンを訪ね、それからお宅に来た」

「イーサがいっしょでした。でもあのときあの子は具合が悪かった」

「具合が悪かったとは？」

「おなかの調子が悪くて、一週間ほど寝込んでいたらしいわ。とても顔色が悪かった」

「それじゃ、スヴェードベリが来たとき、イーサもこの台所まで来たんですね？」

「いいえ、道案内しただけで、彼女はすぐに帰りました」

「それで、スヴェードベリはイーサが開くパーティーについて尋ねたのですね？」

「そうです」

「どういう質問でしたか？」

「パーティーに来た人たちを知っているかとか。でも、もちろんわしたちはそんなことは知らない」ルンドベリが答えた。

「なぜ、もちろん、なんですか？」

「そんなパーティーに来るのは若者たちだけだ。車でやってきて、パーティーが終わったら、また車で引き揚げていくからね」

「ほかにはなにを訊きましたか、スヴェードベリは？」

「仮装のパーティーだったかと」

「そういう言葉を使ったんですか？」

「ああ、そうだ」

バルブロが首を振った。

「そうじゃないわ。パーティーに来た連中は衣装を身に着けていたか、と訊いたのよ」

「そうだったんですか？」

夫婦は驚きの目をヴァランダーに向けた。

「そんなことがわたしらにわかるはずがないではないですか！　パーティーに呼ばれていたわけではないし、カーテンの陰からのぞいていたわけでもない。自然に目に入った以外のことは知りませんよ」

「しかし、少しは見えたでしょう？」

「あの子の開くパーティーはたいてい秋だった。暗くて、人の着ているものなどなにも見えやしなかった」夫のほうが言った。

ヴァランダーは考え込んだ。

「ほかにもなにか訊きましたか？」

「なにも。そこに座って、ペンで頭のてっぺんを掻いていた。三十分もいただろうか。しばらくしてあいさつして帰っていったよ」

携帯電話が鳴った。フーグルンドだった。

「胃の中のものを汲み出しています」

「薬で自殺を図ったということか？」

「手違いであれだけ大量の睡眠薬を飲むことは考えられませんから」

「医者がそう言っているのか？」

「彼女に意識がないのは、薬のためです。そのことから判断したのです」

「未遂か？」

「ほかになにも聞いていません」

「それじゃ、きみはもうトレレボリへ行ってくれ」

「はい、そうしようと思っていました。それじゃまた」

通話が終わった。夫婦は心配そうにヴァランダーを見守っている。

「だいじょうぶそうです。とにかく私は両親に知らせなければ」

「電話番号がある」と言うと、ルンドベリは立ち上がった。

「あの家でなにか起きたら、電話してくれと頼まれたんですよ」妻が言った。「でも、ほかのことで電話してくれとは言われていませんけど」

「イーサが危篤状態だとしても？」

バルブロはうなずいた。ルンドベリがメモを持ってきた。ヴァランダーは二つの電話番号を書き留めた。

「病院にイーサを見舞いに行ってもいいでしょうか？」

「もちろんです。しかし明日まで待ってください。そのほうがいいと思います」

ルンドベリが見送りに出てきた。

「母屋の鍵は預かってますか？」

「わしらはそんなに信頼されてないよ」

ヴァランダーはあいさつすると、エーデングレン家の庭へ行き、東屋に入った。それから三十分、彼は念入りに部屋の中を見てまわった。別になにかを捜していたわけではなかった。そのあとさっきまでイーサが横たわっていた寝椅子に腰を下ろした。

ここにパターンがある、と彼は思った。スヴェードベリはミッドサマー・イヴのパーティーに来なかった女の子を訪ねている。来なかったのが幸いして、行方不明にならなかった娘だ。そしてその子にパーティーのことを訊いている。また仮装している参加者たちのことも。そしていまイーサ・エーデングレンは自殺しようとし、スヴェードベリは殺された。

ヴァランダーは立ち上がり東屋を出た。

不安でならなかった。突破口というものがどこにもない。なにもかもがばらばらで、はっきり方向を示しているものがなにもないのだ。

車に乗り、イースタのほうに戻りはじめた。つぎの目標はヘーデスコーガのスツーレ・ビュルクルンドの家を訪ねることだ。

ビュルクルンドの家の敷地に車を乗り入れたときは四時近くになっていた。ドアをノックして待った。応えがない。スツーレ・ビュルクルンドはコペンハーゲンに出かけたのだろうか。それとも最新のモンスター作製のためにアメリカへ行っているのだろうか？　ドアを激しく叩いてみた。応答を待たずに彼は家の裏手にまわった。裏庭の果樹園はうち捨てられたままだった。荒れ放題の庭に壊れた庭いすが転がっていた。ヴァランダーは家に近づき、窓からのぞいた。それからまた家のまわりを回った。家の一隅が物置きに使われていた。ドアに触ってみると、鍵がかかっていなかった。ドアを開けて中に入った。電気のスイッチを探したが見つからず、外の明かりを入れるためにドアを大きく開け、物をはさんで固定した。物置きの中は物がめちゃめちゃに放置されていた。外に出ようとしたとき、片隅にビニールシートがかかっているものが目に入った。なにかありそうだ。しゃがみ込んで、シートの片隅を持ち上げた。中にはなにか器械のようなものがある。彼はシートを一気に取り外した。

それは本当に器械だった。いや、器械というよりも道具と言うほうが正しいかもしれない。ヴァランダーはそれまで見たことがなかった。

それでも、見るなりわかった。

天体観測用の望遠鏡だった。

11

スツーレ・ビュルクルンドの家の外に出ると、風が吹きはじめていた。ヴァランダーは風を背中で受けて立ち止まった。自宅に天体観測用の望遠鏡を置いている人間はどれほどいるのだろうか？　決して多くはないはずだ。いとこ二人が夜空を見上げて星を観測する共通の趣味をもっていたら、イルヴァ・ブリンクがそれを言わなかったはずがない。結論は一つしかない。いま見つけた望遠鏡はスヴェードベリのものだ。

これはもう一つの疑問に結びつく。なぜスツーレ・ビュルクルンドはなにも言わなかったのか？　隠していることがあるのか？　それとも自分の家に望遠鏡があるのを知らなかったのか？

時計を見た。午後四時四十五分。八月十日だ。背中に吹きつける風は暖かかった。まだ秋になってはいない。

車に向かって歩きだした。不安が胸にあった。スツーレ・ビュルクルンドがいとこを殺したということか？　信じられなかった。

少しでも早くスツーレ・ビュルクルンドが知っていること、あるいは隠していることを知らなければならない。車まで来ると、署に電話をかけた。マーティンソンもハンソンも部屋にはいなかった。非番の警察官にヘーデスコーガに車を一台送り付けるように頼んだ。

「事件ですか？」警官が訊いた。

「見張りを頼みたいのだ。スヴェードベリに関係することでと書類には記載してくれ」

「犯人が見つかったのですか？」

「いや、これは単に捜査上の手順だ」

パトカーではない車を頼んだ。幹線道路まで自分が迎えに出ていると言った。

幹線道路まで行くと、イースタ署からの車はすでに来ていた。スツーレ・ビュルクルンドの家への道を説明し、駐車できる場所を教えた。ビュルクルンドが現れたらすぐに連絡してくれと頼んだ。

それから、イースタに向かった。腹が減っていた。口の中が乾いている。マルメに向かう道沿いのソーセージスタンドでハンバーグを注文した。食べ物を待っている間にソーダ水を一本飲み、いつもどおり早食いしてしまった。食べ終わると、さらに一リットルの水を買った。考えるための時間を作らなければ。署に戻ればまたなにかと忙しくなる。彼は決心するとサルトシューバーデンのホテルに向かった。風が強くなったが、風の来ない場所を見つけて車を降りた。水辺に冬から取り残されたようにソリがあって、ヴァランダーはその上に腰を下ろした。

突破口がどこかにあるにちがいないのだ。おれが見逃している、あるいはそれと気づかない入り口が。いままで起きたことと考えたことをぜんぶ検証してみようと思った。だが、真剣にやってみたにもかかわらず、やはり全体は明確にならなかった。リードベリだったらどうしただろうか？　彼が生きているときは、いつでもアドヴァイスを受けることができた。海辺を散歩したり、夜遅くまで署に残って、基盤となる理論がはっきりでき上がるまで話し合ったものだ。だが、そのリードベリはもういない。その声はもうヴァランダーの中に響かなかった。静かだった。

アン＝ブリット・フーグルンドが新しいパートナーとなれそうだった。リードベリと同じくらいいい聞き手で、突破口を見つけるためには予期せぬ方向へ進むこともためらわない力をもっている。

きっとそうなるだろう、とヴァランダーは思った。アン＝ブリットは優秀な警察官だ。ただ、もう少し時間がかかる。

重い体で立ち上がり、車に向かった。

今回の捜査で唯一繰り返し出てくることがある。

仮装した人間。昔のコスチュームを着けてパーティーをする若者たちだ。

スヴェードベリは仮装した若者たちのことを訊いてまわったという。若者たちが実際に仮装した姿の写真もわれわれの手元にある。

仮装した人間たち。これはなにを意味するのか？

六時ごろ、彼は署に戻った。フーグルンドは七時には戻るだろう。ハンソンとマーティンソンは食事に出かけたところだった。おそらくマーティンソンの家に行ったのだろう。同僚と組んで仕事をするとき、マーティンソンは相手を家の食事に誘うことが多い。

今晩は長くなるとヴァランダーは思った。全員が集まったら会議室に閉じこもることになる。部屋に戻って上着を掛け、病院へ電話をかけた。少し手間どったが、やっとイーサ・エーデングレンの担当医と話すことができた。医師は、イーサは快方に向かい、この分では退院も早そうだと言った。

ヴァランダーはその医師を知っていた。以前数回会ったことがあった。

「たぶん守秘義務違反なのでしょうが、教えてほしいことがある。あれは注目してほしいための狂言自殺だったか、それとも本当に死のうとしたのか」

「そういえば、あなたが発見者でしたね？」

「そのとおり」

「それでは外交官的な答えをしましょう。発見したのは運がよかった。また発見があれより遅い時間でなかったのも運がよかった」

ヴァランダーは理解した。電話を切ろうとしたとき、もう一つ質問が浮かんだ。

「だれか来ましたか？　イーサを訪ねて」

「いまは面会謝絶です」

「それはわかります。しかし、だれか彼女を訪ねてきた人間はいませんか？」

「いま調べてみます」

ヴァランダーは医師を待ちながら、ルンドベリからもらったイーサの両親のフランスとスペインの連絡先を書いたメモを探してポケットをまさぐった。

医師が電話口に戻った。

「だれもいません。電話で様子を訊いてきた者もいない。両親以外にだれが関心をもつというのですか？」

「われわれはもちますよ」

電話を切った。それからもう一度受話器を手に取り、スペインかフランスかわからないまま、国番号から押して国際電話をかけた。ベルが鳴っている。ヴァランダーは十五回まで数えて、受話器を置いた。つぎの電話番号を押すと、すぐに女の声がした。ヴァランダーが名乗ると、女はベーリット・エーデングレンと名前を言った。

ヴァランダーはことの次第を説明した。ベーリット・エーデングレンは沈黙したまま聞いていた。ヴァランダーはイーサの弟でユルゲンという名前の少年のことを思った。説明はできるだけ手短に、情報も最小限にした。だが、自殺の試みは、どう説明しようとそれ以外のことではなく、隠しようがなかった。

話を聞き終えたとき、母親は落ち着いていた。

「主人と話してみます。帰国するかどうかを相談するために」

これが親の態度か。ヴァランダーは無性に腹が立った。

「最悪の事態になったかもしれないのですよ。それをお忘れなく」

「でもそうはならなかったわけですよね。それを喜ぼうじゃありませんか」

ヴァランダーはイースタの病院の電話番号と担当医師の名前を告げた。スヴェードベリのことについて訊くのはやめた。しかし、イーサが参加するはずだった夏至前夜《ミッドサマー・イヴ》のパーティーについては訊いた。

「あの子はほとんどなにも話さないもので」と母親は言った。「言うまでもありませんが、わたしはそんなパーティーがあることさえ知りませんでした」

「もしかすると、お父さんに話したかもしれませんね？」

「さあ、それはどうでしょうか」

「マーティン・ボイエ、レーナ・ノルマン、アストリッド・ヒルストルム。この三人の名前はご存じですね？」

「イーサの友だちでしょう？」

「それじゃ、イーサはミッドサマー・イヴにどこへ行くか、ご両親には言っていなかったのですね？」

「そうです」

「これは重要な問いです。よく考えて思い出してください。どこかへ行くか言ってませんでしたか？」

「わたしの記憶力にはなんの問題もありませんよ。イーサからはなにも聞いていません」

「ご自宅にイーサの扮装用の衣装が置いてありませんか？」

「どんな意味があるのですか、そんな質問に」

「私の質問に答えてください」

「あの子のクローゼットの中身など、知りません」

「ご自宅の鍵はどこかにありませんか？」

「玄関外の右側の樋《とい》に、合い鍵が隠してあります。イーサはそれを知りませんが」

「彼女がそれを使うことができるまでには、ずいぶん時間がかかると思いますよ」皮肉の一つも言わずにはいられなかった。

最後に一つ訊きたいことがあった。

「イーサは夏至祭のあとに旅行に出かけるとは言っていませんでしたか？　そういうことを思いついたら、話したと思いますか？」

「お金が必要なら話したでしょうね。あの子にはいつだって必要でしたけど」

ヴァランダーはもう限界だった。

「今日のところはここまで」

受話器をたたきつけるように置いた。いま電話したのはスペインなのか、フランスなのかもわからなかった。

食堂へ行って、コーヒーを持ってきた。自室に戻りながら、もう一本かけなければならない電話があることに気づいた。電話番号を探した。いままでとはちがい、今度は相手がすぐに出た。

「ブロー・スンデリウスさんですか？」

「私だが」

だいぶ年配のようだった。が、声はしっかりしていた。

ヴァランダーは名乗り、スヴェードベリのことを話そうとしたとき、相手にさえぎられた。

「警察からの電話なら、待っていましたよ。ずいぶん時間がかかりましたね」

「電話したのですが、お留守のようでした。なぜわれわれが連絡してくると思われたのですか？」

スンデリウスはためらいなく答えた。

「カール・エヴァートには友だちがあまりいなかったですからね。私はその一人だった。だからきっと警察が連絡してくるだろうと思ったわけです」

「なにを訊かれると？」

「それは訊くほうが知っているでしょう」

そのとおりだ。元銀行理事は年齢による衰えはまったくないようだ。

「会って話を聞きたいのですが。こちらに来ていただくか、私がそちらにうかがうか。できれば明朝」

「以前は仕事をしていたが、いまは毎日ひまを持て余している」スンデリウスが言った。「時間は無限にあるのだが、なにもせずに過ごしている。いいですよ、明朝四時半以降ならいつでもいい。私の家はヴェーデルグレンドにある。こっちに来てもらいたい。足があまりよくないものでな。刑事殿は何歳ですかな？」

「まもなく五十歳になります」

「それでは私よりも足が強いはずだ。そんな年のときは、多いに動くべきだ。そうしないと心臓発作とか、糖尿とかの問題が起きる」

ヴァランダーは驚き、言い当てられたと思った。

「ハロー？」

「はい、聞いてます。それでは明朝九時に」


七時半、捜査会議が始まった。ホルゲソン署長は時間前に到着した。いっしょに来たのは休職してウガンダへ行っているペール・オーケソンの代わりに現在イースタの検事局で働いている検事だった。オーケソンは熟慮の末、行動に踏み切ったのだ。いま彼は国連難民高等弁務官事務所で働いている。まもなく一年八ヵ月になる。ときどきヴァランダーに手紙が来る。そこには新しい土地での暮らし、環境の劇的変化と任務によって、彼自身にどのような変化が起きたかなどが書かれていた。

オーケソンとは特別に親しい間柄ではなかったが、ヴァランダーはときどき彼の不在を寂しく思う。ときにはまったく新しいことに挑戦したオーケソンに言いようのない羨望を感じることもある。自分もいつか、警察官以外の仕事に就くことがあるだろうか？　まもなく五十歳になる自分だ。時間がどんどんなくなる。それも加速度がついているようだ。

新しい検事はツーンベリといい、ウーレブローからやってきた。五月の中ごろにやってきたため、ヴァランダーはまだあまり接触がなかった。ヴァランダーよりかなり若く、訓練した体は引き締まっていて、頭の回転も速そうだ。ヴァランダーはまだこの男に関してどうといった感情はもっていなかった。だが、ときどき傲慢《ごうまん》そうな印象を受けた。

ヴァランダーは鉛筆の先でテーブルをコツコツと叩き、会議の開始を知らせた。スヴェードベリの席は依然として空いていた。この席にはいつか、だれかが座るようになるのだろうか、とヴァランダーは思った。

スツーレ・ビュルクルンドがいまにもコペンハーゲンから戻ってくるかもしれないと思ったので、ヴァランダーはビュルクルンドの家での発見物のことから会議を始めた。

「会議のちょっと前に気づいたのですが、おかしなことがあります」マーティンソンが発言した。「この若者たちには日記やメモに類するものがなにもないんです。ほかの捜査員にも訊きましたが、みんなが同意しています。日記のたぐいがない、カレンダーへの書き込みもない」

「もう一つつけ加えると、手紙もない」ハンソンが言った。

「わたしも同感です」アン＝ブリット・フーグルンドも発言した。「彼らは行動の痕跡をなにも残していないんです」

「今日あんたたちが会いに行った、写真に写っている若者たちもそうか？」

「そうですね。この点について、彼らをもっと追及する必要がありますね」

「最初からやり直すんだ。イーサ・エーデングレンはゆっくりとではあるが回復しつつある。

あと数日後には、彼女から直接話を聞くこともできるはずだ。それまでは、二つのことを頭に置いておくこと。彼女が本気で自殺を試みたということ。もう一つは、ユルゲンという彼女の弟が二年前に自殺していること。両親に激しい罵倒《ばとう》の言葉を残して」

マーティンソンがノートをめくって話を始めようとしたとき、ドアにノックがあった。ドアを開けて警察官がヴァランダーに合図した。

「ビュルクルンドが帰宅しました」

ヴァランダーが立ち上がった。

「おれが一人で行く。逮捕するわけではないので。会議はおれが戻ったときに続けよう」

ニーベリも立ち上がった。

「おれもいまその望遠鏡を見ておくべきだろう」

二人はニーベリの車でヘーデスコーガに向かった。幹線道路を曲がったところに警察の車が停まっていた。ヴァランダーは車を降りて、運転席の警察官と話した。

「ビュルクルンドは二十分前に帰宅しました。マツダに乗っています」

「わかった。もう帰っていい」

「見張らなくてもいいんですか？」

「その必要はない」

ヴァランダーはニーベリの車に戻った。

「ビュルクルンドは帰宅している。今晩はここを動かないだろう」

車をビュルクルンドの敷地の外に停めた。開け放たれた窓から音楽が聞こえる。ラテンのリズムだ。ヴァランダーはドアベルを鳴らした。音楽が小さくなったかと思うと、ドアが開いた。ビュルクルンドは半ズボンをはいていたが、上半身は裸だった。

「すぐにもお答えいただきたいことがあるのです」ヴァランダーが言った。

ビュルクルンドは一瞬考え込む様子を見せ、それから笑った。

「それでわかった」

「なにが？」

「曲がったところに停まっている車のことですよ」

ヴァランダーがうなずいた。

「昼間一度お宅に来たのです。すぐにも答えがほしいことがあったために」

ビュルクルンドは彼らを中に通した。

「若いころ、鑑識官になりたいと思ったことがあるんですよ。足跡をひも解くのが面白そうに見えて」

「人が思うほど派手な仕事じゃない」ニーベリがぼそっと言った。

「派手な、などと言ってませんよ。足跡を見つける人生が面白そうだと思っただけです」

彼らは居間の入り口に立っていた。ニーベリはビュルクルンドの家具を見て驚いた様子だった。

「ずばり訊きましょう。この家の東端の一室が物置きになっていますね。部屋の片隅に、シートがかぶせてある機器が一つある。天体望遠鏡です。これはスヴェードベリのアパートからなくなっているものではないかと思うのですが、どうですか？」

ビュルクルンドは眉をひそめた。

「天体望遠鏡？　うちの物置きに？」

「そうです」

ビュルクルンドは警察官たちから距離をおくかのように一歩後ろに下がった。

「人の物置きの中をのぞいたんですか？」

「さっきも言ったように、私は昼間一度こちらに来たのです。物置きのドアには鍵がかかっていなかった。中に入ると、片隅に天体望遠鏡があったのです」

「そんなことが許されるのか？　警察は人の家に勝手に入り込めるのか？」

「私の行為が許されないと思うのなら、訴えてくださってかまいませんよ」

ビュルクルンドは長いことヴァランダーをにらみつけた。

「そうせざるを得ないと思う」

「なにを言ってる。つべこべ言わずにこっちの質問に答えるんだ！」ニーベリが怒鳴った。

「あなたは自宅に天体望遠鏡があることを知らないというんですね？」

「そうだ」

「その答えには説得力がないことも知っていますね？」

「どのように聞こえようとも、私の知るかぎり物置きに天体望遠鏡などあるはずがない」

「これから行っていっしょに見ましょう。われわれが物置きに入るのを拒むのなら、ニーベリにあなたを見張らせて、私はイースタに戻り、捜査令状を取ってきます。どうしますか？」

ビュルクルンドは憤然としていた。

「私が被疑者だとでもいうのかね？」

「まず私の問いに答えてください」

「もう答えたじゃないか！」

「あなたは天体望遠鏡の存在を知らない。ということは、スヴェードベリが自分で置いたんですかね？」

「なぜ彼がそんなことを？」

「そもそも彼にそんなことができたか、を訊きたい。どうですか？」

「もちろん彼には私がこの夏いないときにそうすることはできただろう。物置きになにがあるかなど、私はいちいち見ていない」

ヴァランダーはビュルクルンドの言葉にうそはないと感じた。同時に少し安心した。

「それじゃ、行ってみますか？」

ビュルクルンドは木靴に足を突っ込んだ。上半身は相変わらず裸のままだ。

物置きに来て電灯をつけると、ヴァランダーはビュルクルンドに言った。

「なにかふだんとちがうものが目につきますか？」

「たとえば？」

「それをあなたに訊いているのですよ。あなたの物置きですから」

ビュルクルンドはあたりを見まわし、肩をすぼめた。

「いつもと変わらないように見えるがね」

ヴァランダーは片隅に向かい、シートを外した。

ビュルクルンドの驚きは本物に見えた。

「なんでこんなものが、ここにあるのか？」

ニーベリは望遠鏡をよく見るためにしゃがみ込んだ。持っていた強力な懐中電灯をつけた。

「これがだれのものかは疑いようがない」と言って、指さした。

望遠鏡の脚に固定された金属プレートがあり、そこにスヴェードベリの名前が刻まれていた。

ビュルクルンドの怒りは消えたらしく、ヴァランダーにけげんそうに語りかけた。

「わからない。なぜカール・エヴァートの天体望遠鏡がここに？」

「中に戻りましょうか。ニーベリにはもう少しここに残ってもらいますが」

物置きから母屋に戻る途中、ビュルクルンドにコーヒーはどうかと訊かれ、ヴァランダーは断った。居間に戻ると、彼はふたたび座り心地の悪い木のベンチに腰を下ろした。

「あの天体望遠鏡がいつからあそこにあったのか、見当がつきますか？」

ビュルクルンドは真剣に考え込んだ。

「あそこがもともとどんなだったのか、まったく覚えてない。私は記憶があいまいなのだ。あの望遠鏡だって、まったく心当たりがない。本当のことを言って、私はなにも知らない」

別の方向から訊いてみよう、とヴァランダーは思った。だがそうするには、イルヴァ・ブリンクの協力が必要だった。彼女が最後にスヴェードベリの家で天体望遠鏡を見たのはいつかを訊かなければならない。

「そのことについてはまたあとで訊くことにします。ニーベリは今晩にも天体望遠鏡を詳しく調べるでしょう。あれを警察署に運ばなければなりません」

突然ビュルクルンドの注意力が散漫になった。なにかに悩まされているようだ。ヴァランダーは彼の言葉を待った。

「ほかのシナリオも考えられないか？　だれかほかの人間がここに持ってきたとか」ビュルクルンドが言った。

「もしそうなら、あなたとカール・エヴァートがいとこ同士だと知っている人間ということになりますね」

ビュルクルンドの態度が不安そうになった。

「なにか気になることが？」

「重要じゃないかもしれないが、一度、おかしいなと思ったことがある」

「なにが？」

「なにが、というより、そんな気がしたと言うほうがいいのだが」

「そう思ったきっかけは？」

「それなんだ。それを思い出そうとしている」

そう言うとビュルクルンドは静かになった。ヴァランダーは待った。

「二、三週間前に、コペンハーゲンから午前中に帰ってきたときのこと。雨だった。庭を歩いてきたら、なにかがふだんとちがっていて、私は立ち止まった。最初、それがなにかわからなかったのだが、よくよくあたりを見て、庭にある石の彫刻が少し動いているとわかった」

「あの、怪物の彫刻、ですか？」

「あれはリューン大聖堂のガーゴイルのコピーだよ！」

「さっきあなたは記憶があいまいだと言ってましたが」

「ガーゴイルに関しては別だ。一つのガーゴイルの頭がちがう方向にひねられていた。そうだ、たしかだ。私が留守の間に庭に入った人間がいるのだ」

「それはスヴェードベリではないのですね」

「それはあり得ない。カール・エヴァートのことは昔からよく知っているし、彼も私のことをよく知っている」

ヴァランダーは話をうながした。

「不審者がここに入ったのにちがいない」ビュルクルンドが断定的に言った。

「スヴェードベリが来られないときに、代わりに来る人はいないのですか？　たとえば留守がほんの数日だったりする場合は？」

「郵便配達人以外だれも来ませんよ」

ビュルクルンドはきっぱりと言った。ヴァランダーはその断固とした言いかたにうなずくよりなかった。

「不審者ですか。それで、その不審者が天体望遠鏡を物置きに置いていったのではないかというのですか？」

「変に聞こえるかもしれないが」

「いつのことですか？」

「二、三週間前」

「もっと正確に言うと？」

ビュルクルンドは手帳を持ってきてめくった。

「七月十四日から十五日にかけて留守にしたとき」

ヴァランダーはその日付を記憶した。そのときニーベリが居間に入ってきた。手に携帯電話を持っている。

「イースタ署に電話をかけた。今晩にも望遠鏡を調べたい。おれの車で帰ってくれないか？準備ができたらパトカーにでも連絡して迎えに来てもらうことにする」

ニーベリがいなくなり、ヴァランダーは立ち上がった。ビュルクルンドが玄関まで出てきて見送った。

「いろいろ思うところがあるでしょう、スヴェードベリの死をめぐって」ヴァランダーが言った。

「だれがカール・エヴァートを殺そうなどと思ったのだろう？　彼を殺したいと思うなんて。

こんなに意味のないことを」

「そのとおり」ヴァランダーはうなずいた。「だれが彼を殺したかったのか。まさにそのことなんです。また、どんな理由で？」

二人は庭先で別れた。ガーゴイルの立像の数個が家の中からの明かりに浮かび上がり、黒々と見える。ヴァランダーは言われたとおりニーベリの車で戻った。ビュルクルンドに会ったことは捜査の進展にはつながらなかった。


夜九時、捜査会議はふたたび始まり、若者たちから聞いたことの報告が始まった。最初はマーティンソンが話し、ときどきハンソンが補足した。ヴァランダーは真剣に話に聞き入った。ときどきもっと具体的に表現するように求め、あるところでは話を繰り返すように求めた。そのあとにフーグルンドの報告が続いた。ヴァランダーはいま捜査の対象となっている若者たちのリストを作った。十一時ごろ、短い休憩をとった。ヴァランダーはトイレに行き、そのあと何杯か水を飲んだ。十一時十五分、彼らはふたたび席についた。

「われわれにできることは一つしかない。ボイエ、ノルマン、ヒルストルムが行方不明であると発表することだ。この若者たちを帰宅させること。それもいますぐに。それが任務だ」

反対する者はいなかった。ホルゲソン署長がマーティンソンといっしょにさっそく明朝行方不明者の発表をすることに決まった。

全員が疲れていることはわかっていたが、まだ会議を終わらせることはできなかった。

「この若者たちにはなにか共通のものがある。いまのところわれわれは、彼らが友人であること以外、なにも知らない。友だちづきあいがあるということだけだ。しかしそれでもさっきの報告によると、この若者たちはいずれもなにかを隠しているらしい。なにか秘密がありそうだ。そういう解釈でいいのか？」

「はい。彼らにはなにか言葉にしていないものがあります」フーグルンドが答えた。

「しかし、同時にあまり心配そうではなかったですよ」マーティンソンが口をはさんだ。「彼らはボイエ、ノルマン、ヒルストルムが旅行していると確信していました」

「本当にそうだといいが。おれはどうも変な方向にいきはじめているという気がしてならない」ハンソンが言った。

「おれもそうだ」ヴァランダーが言った。

ヴァランダーはペンをテーブルに放り出した。

「いったいスヴェードベリはなにをしてたんだ？　できるだけ早くそれを捜し出さなければならない。そして写真の女の正体も」

「いま、警察のデータぜんぶにあたっています」

「それじゃ足りない。女の写真を公表しよう。おれたちがいまやっている捜査は警察官殺しだ。写真を新聞に発表するんだ。だが、彼女はもちろん被疑者というわけではない。少なくともまだ」

「女がライフル銃で頭を吹き飛ばすなんてことはめったにありませんよ」フーグルンドが言っ

た。

だれもなにも言わなかった。

真夜中近くまで会議は続いた。翌日は日曜日だったが、そのまま捜査を続けることになった。ヴァランダーの朝は、元銀行理事のスンデリウスを訪ねることから始まることになっている。

署の外に出て、マーティンソンに話しかけた。

「三人の若者たちをかならず家に帰らせよう。イーサ・エーデングレンと話をしなければ。今日話を聞いたほかの者たちも署に呼び出そう。彼らの隠していることを吐き出させるんだ」

車に向かった。ヴァランダーは疲れていた。眠りにつく前に彼の脳裏に浮かんだのは、まだビュルクルンドの物置きにいるニーベリのことだった。

明け方近く、イースタの町に小雨が降った。そのあと雲が晴れた。

日曜日はきれいに晴れ上がったいい日になるだろう。

12

ローズマリー・レーマンと夫のマッツは毎週日曜日、自然の中を散策するのを楽しみにしていた。目的地は天候と季節によって適当に選んだ。その日、八月十一日は最初フィィレダーレンへ行くつもりだったが、結局ハーゲスタの自然保護地区へ出かけることにした。そこはこのころ行っていなかった。最後に行ったのは六月の中ごろだった。二人は早起きで、七時過ぎにはイースタの家を出た。いつもどおり、一日ゆっくり外を歩くつもりで、車のトランクにはきっちり詰めたリュックサック二つと雨が降った場合の装備も積み込んでいた。出発のときに天気がよくてもあとで雨が降らないとはかぎらない。彼らはきちんとした計画をたてて行動するたちだった。ローズマリーは教師、マッツは技師で、二人はなにごとも偶然にまかせることはなかった。

自然保護地区まで来て車を停めた。まだ八時になっていない。車のそばに立って魔法瓶に入れてきたコーヒーを飲み、そのあと、それぞれリュックを背負って歩きだした。十五分ほど歩いてから、朝食を食べるのに適当な平地を見つけることにした。遠くで犬のほえる声がしたが、あたりに人影はなかった。風もほとんどない、暖かい朝だった。今年は八月になってもまだ夏が続いていると二人はこれまでも語り合っていた。いい場所が見つかり、二人は敷物を広げて、持ってきた朝食を食べた。日曜日は、前の週話すひまがなかったことを伝え合う大切なときだった。その朝の二人の話題はもっぱら古くなってきた車の買い替えのことだった。余裕があるだろうか？　しまいに、買い替えはもう少し待って、秋の終わりごろにしようということになった。

　食事が終わるとローズマリーは敷物の上に寝転がり、目を閉じた。マッツもそうするつもりだったが、その前に用を足したいと思い、小道の先の斜面にある茂みに向かった。あたりを見まわしたが、もちろんだれもいなかった。用を足して立ち上がり、さて、これからが日曜日のいちばん楽しいときだと思った。ローズマリーの隣に体を伸ばして三十分ほど眠るのだ。そのとき、茂みの先になにかが見えた。はっきりは見えなかったが、一面の緑の中にちらりと赤い色が見えたのだ。マッツはふだんさほど好奇心が強くなかったが、今日はなんだろうという気持ちに打ち勝てず、茂みの枝を掻き分けて見た。

　そのとき目に入った光景は一生彼の脳裏から離れないだろう。

　すでに眠りに入っていたローズマリーは、叫び声で目を覚ました。

　悲鳴だった。

　初めはなにがなにやら、わからなかった。だがすぐにその悲鳴は夫の声だとわかった。彼女が起き上がったのと、夫がころがるように駆けてくるのが同時だった。なにが起きたのか、夫がなにを見たのか、彼女には見当もつかなかった。だが彼の顔は蒼白で、敷物まで来ると倒れ込み、なにかを言おうとしたまま気を失った。

九時五分、イースタ署に通報が入った。通報を受けた警察官は最初相手が何を言っているのかわからなかった。あまりにも興奮しているために言葉が言葉にならなかったのだ。しまいになんとか男を静め、始めから繰り返すように頼んだ。そして、どうにか通報してきた男の言っていることがわかった。マッツ・レーマンというその通報者はハーゲスタの自然保護地区で複数の死体を見たと言っていた。はっきりはわからないが、死体は三体だと思うという。妻といっしょに車の中から携帯で電話をかけてきた。男がとんでもなく取り乱しているにもかかわらず、警察官はことの深刻さを察知した。マッツ・レーマンの携帯電話の番号を書き留めると、そのままそこで待つように言った。警官はまっすぐにマーティンソンの部屋へ行った。少し前に、彼が通り過ぎるのを見ていたのだ。マーティンソンは部屋でパソコンに向かっていた。警察官はドア口に立ったまま、通報の件を伝えた。マーティンソンはすぐにことの重大性を理解した。とくに一つのことが胃に鋭く突き刺さった。

「死体は三体あると言ったのか？　死んだ人間が三人と？」

「はい、そうだと思うと言っていました」

マーティンソンは立ち上がった。

「おれは現場へ直行する。ヴァランダーを見かけたか？」

「いいえ」

マーティンソンはその朝のヴァランダーの予定を思い出した。たしかスンドベリとかスンデリウスとかいう元銀行理事を訪ねると言っていた。

ヴァランダーに電話をかけた。


ヴァランダーは自宅のあるマリアガータンからヴェーデルグレンドまで歩いた。その家は、彼が以前にも目に留めていた美しい建物だった。ドアベルを鳴らし、中に通してもらった。スンデリウスはプレスしたスーツを着て彼を迎えた。居間に通され、腰を下ろしたときに携帯電話が鳴った。失礼と言いながら電話を受けたとき、スンデリウスが不快そうな顔をするのが見えた。


マーティンソンの知らせを黙って聞いた。聞き終わると、マーティンソンとまったく同じ言葉を発した。

「死体は三体あると言ったんだな?」

「確認できていませんが、そう思うと言ったらしいです」

頭の上に重いものが載せられたように感じた。

「この意味がわかるな?」

「はい。通報者の頭がおかしいと望みたいです」

「そういう印象だったのか?」

「通報を受けた警官はそういう印象をもっていません」

ヴァランダーはスンデリウスの壁に掛けてある時計に目をやった。九時九分。

「ヴェーデルグレンド七番地に迎えに来てくれ」

「緊急出動にしましょうか?」

「いや、まず現場へ行ってみよう」

マーティンソンはすぐにもやってくる。ヴァランダーは立ち上がった。

「申し訳ないが別の機会に聞かせてください」

スンデリウスはうなずいた。

「事故でも起きたのですか?」

「ええ。事故です」とヴァランダーは答えた。「日曜日の九時であろうが、いつであろうが、時を選ばず起きるのです。また連絡します」

スンデリウスは戸口まで送ってきた。マーティンソンはすでに来ていた。車に乗り込むと、ヴァランダーは青いランプを車の屋根に載せた。

「ハンソンには連絡が取れました。署で待機するそうです」

マーティンソンが言い、グラブボックスに見えるクリップボードの紙を指さして言葉を続けた。

「通報者の携帯電話番号です」

「名前は?」

「レーマン。ファーストネームはマックスか、マッツです」

ヴァランダーが電話をかけた。マーティンソンはフルスピードで車を走らせている。電話が通じ、電話口でごそごそと音がした。出たのは女だった。ヴァランダーは間違い電話をかけてしまったと思った。

「すみません、間違い電話かもしれません」

「ロースマリー・レーマンですが」

「警察です。そちらに向かっています」

「急いでください。すぐに来て！」

「電話してからなにか起きましたか？　レーマン氏は？」

「嘔吐《おうと》しています。早く来てください！」

ヴァランダーはできるかぎり詳しく現在位置を言うように頼んだ。

「どこにも電話をかけないように。こちらからまた電話するかもしれないので」

ヴァランダーは電話を切った。

「異常事態発生だな」

マーティンソンがさらにスピードを上げた。すでにニーブロストランドまで来ていた。

「道がわかるのか？」ヴァランダーが訊いた。

マーティンソンはうなずいた。

「新年になると、以前はよく家族であのあたりを散策したんです。子どもたちがまだ小さかったころ」

急に彼は口をつぐんだ。まずいことを言ってしまったと思ったようだった。ヴァランダーはまっすぐフロントウィンドーの外をにらんだ。この先になにがあるのかはわからなかったが、最悪の事態の予感があった。

自然保護地区に着くなり、女性が走ってくるのが見えた。その後ろに、石に腰を下ろして前かがみになっている男の姿が見えた。両手で顔をおおっている。ヴァランダーが車を降りると、女性は興奮した様子で指さして叫びだした。ヴァランダーは彼女の肩を押さえて、落ち着くようにと言った。石の上の男はそのまま座っている。ヴァランダーとマーティンソンが近づくと、男は顔を上げた。ヴァランダーはそばにしゃがみ込んだ。

「なにが起きたのですか？」

男が保護地区の奥のほうを指さした。

「あそこに横たわっている。死んだ人間たちが。ずっとそこにあったらしい」

ヴァランダーはマーティンソンを見た。そしてまたその男に目を戻した。

「三人と言ったそうですが？」

「そうだと思う」

もう一つ訊かなければならないことがあった。避けられない質問だった。

「死体は、若者たちですか？」

男は首を振った。

「わからない」

「恐ろしい光景だったでしょうが、場所を教えてもらわなければなりません」

「いやだ。あそこには戻りたくない」

「わたし、わかります」

妻が言った。夫の後ろに寄り添っていた。

「しかし、あなたは現場を見ていませんよね」

「リュックサックと敷物がまだあそこにありますから、場所はわかります」

ヴァランダーが立ち上がった。

「それじゃ案内してください」

ローズマリー・レーマンが先に立って歩いた。静かだった。遠くの浜辺で波が打ち寄せる音が聞こえる。いや、もしかするとそれは、恐怖が彼の頭の中を駆けめぐる音かもしれなかった。ヴァランダーはほかの二人と同じテンポでは歩けなかった。汗がシャツの中を流れる。トイレにも行きたかった。野うさぎが飛び出してきた。頭の中に不安が渦巻いていた。なにが待ち受けているのかわからない。が、いままで見たこともないような光景であることだけはたしかだった。死人は生きている人間同様、それぞれちがうもの。一人ひとりが生きているときと同じように個性があるのだ。それは彼がいま感じている不安と同じだった。胃の中の塊となって表れるのはよく似ているが、それでもこの不安は初めてのものだ。

急にローズマリーの足取りが遅くなった。現場が近くなったのだ。敷物と二つのリュックサックが見える。彼女は小道の向こう側の斜面を指さした。その手は震えている。ここまでは、マーティンソンが先に立って歩いていたが、そこからはヴァランダーが先頭に立った。ロースマリー・レーマンはリュックサックのそばに残った。ヴァランダーは下りのゆるやかな斜面を見た。深い茂み以外なにもなかった。マーティンソンをすぐ後ろに従えて、草地の斜面を下りはじめた。茂みに着いて、あたりを見まわした。

「彼女の記憶ちがいでしょうか？」

ほかの人間に聞かれるのを恐れるかのように小声でマーティンソンが言った。ヴァランダーは答えなかった。ほかのことに気をとられていた。最初その正体はわからなかったのだが、すぐにわかった。

臭いだ。マーティンソンを見たが、気がついていない様子だった。ヴァランダーは茂みを掻き分けて前に進んだ。まだなにも見えない。茂みの先に小高い木が数本固まって生えている。一瞬、臭いがしなくなった。が、すぐに戻ってきた。さっきよりもずっと強くなっている。

「なんでしょう、臭いますね？」と言ったとたん、彼は答えがわかったように口をつぐんだ。

ヴァランダーはそのまま足を進めた。マーティンソンはすぐ後ろについている。

急に足を止めた。マーティンソンがぶつかった。左手の茂みの中になにか光るものがある。

彼らは顔を見合わせ、それからそれぞれ手で鼻と口をおおった。

ヴァランダーは吐き気をこらえた。鼻を押さえて、口から呼吸するようにした。

「ここで待て」とマーティンソンに言った。

自分の声が震えているのがわかった。

そこからは彼一人が前に進んだ。茂みの枝を押さえ、数歩歩く。

青色の敷物の上に三人の若者が体を曲げて横たわっていた。衣装を着け、カツラをかぶって、三人とも額を撃ち抜かれている。腐乱が始まっていた。

ヴァランダーは目をつぶり、地面にひざまずいた。

ようやく立ち上がると、ふらふらとマーティンソンのところまで戻り、彼の背中を押して、まるで逃れるようにその場から動いた。やっと小道まで戻ると、初めてヴァランダーは口を開いた。

「こんなにひどい光景は見たことがない」

「行方不明の三人の若者ですか？」

「間違いない」

二人とも呆然と立ち尽くした。ヴァランダーはあとで、近くの木の梢《こずえ》で鳥が鳴いていたのを思い出した。なにもかもが不思議な夢のようで、同時になにもかもが恐ろしい現実だった。

ヴァランダーは力を振り絞って、その現実に戻った。警察官としての仕事をしなければならない。携帯電話を手に取ると、イースタ署へ電話した。一分後、フーグルンドに通じた。

「クルトだ」

「今日の午前中は元銀行理事に会いに行くはずじゃありませんでしたか？」

「行方不明の三人を見つけた。三人とも死んでいる」

鋭く息を呑む音が聞こえた。

「アストリッド・ヒルストルムとほかの二人ですか？」

「そうだ」

「死んでいるのですか？」

「撃ち殺されている」

「なんということ！」

「いいか、よく聞いてくれ。緊急出動だ。ハーゲスタ自然保護地区に来てくれ。マーティンソンが入り口に出ている。ホルゲソン署長にも来てほしい。立入禁止にするために、警官が大勢必要だ」

「親たちにはだれが連絡します？」

ヴァランダーにとってこれがいちばん苦しい仕事だった。若者たちの親にはすぐにも知らせなければならない。身元の確認をしてもらうためだ。

自分にはできない、と彼は思った。

「ずいぶん前に殺されたらしい。ひどい様子だ。想像できるか？　おそらく一ヵ月以上も経っていると思われる」

彼女は理解した。

「ホルゲソン署長と話をしなければならないが、あのままでは親たちに見せることはとうていできない」

フーグルンドはなにも言わなかった。電話を切っても、ヴァランダーはそのままその場から動けなかった。しばらくしてマーティンソンに言った。

「入り口に行ってくれないか？」

マーティンソンはうなずき、ロースマリー・レーマンのほうを見た。

「彼女はどうしましょうか？」

「時間と住所など、重要なことだけメモして、家に帰ってもらってくれ。ただ、このことは外部の人間に話さないように口止めしてくれ」

「それは無理でしょう」

ヴァランダーはマーティンソンをにらみつけた。

「いまはどんな無理なことでも、やらなくちゃならないんだ」

マーティンソンとロースマリー・レーマンが立ち去り、ヴァランダーが一人残った。小鳥がまだ鳴いていた。わずか数メートル離れた茂みの先に死体が横たわっている。三人の若者の死体だ。人間はどこまで孤独になれるものなのかと、不思議な気がした。小道の側の石に腰を下ろした。小鳥は離れた木のほうに飛んでいった。

この若者たちを家に連れ帰ることはできなかったという思いが彼をさいなんだ。ヨーロッパへなど行っていなかったのだ。ここにいたのだ。しかも死んで。夏至前夜《ミッドサマー・イヴ》に殺されたのかもしれない。アストリッド・ヒルストルムの母親は正しかった。あのはがきを書いたのはほかの人間だった。若者たちはずっとここにいたのだから。夏至を祝うパーティーをひらいた場所に。

イーサ・エーデングレンに考えが移った。なにが起きたのか、彼女はわかっていたのだろうか？　だから自分から死のうとしたのか？　ほかの者たちが死んでいることを知っていたから？　あのとき具合が悪くならなかったら、自分も殺されていたという理由で？

いや、そう考えるのには無理があった。そもそも六月末からいままでこの放置された死体にだれも気がつかなかったなどということがあるだろうか？　しかも夏休みの期間、自然保護地区で？　敷物を広げた場所が茂みで隠されていたとしても、この間人目につかなかったとは考えられない。それに臭いのこともある。

理解できなかった。だが、それ以上は考えることができなかった。見た光景があまりに圧倒的で、思考が停止してしまったのだ。夏至をいっしょに祝おうと昔の衣装を着けた若者たちを、いったいだれが殺せるのか？　考えられない凶行だ。これは事件の核心なのか、それともまだこれからなにかが起きるのか？　なにしろもうすでに一人殺された人間がいるのだ。

スヴェードベリ。彼はこの若者たちとどう関係があったのか？　彼の死とこの若者たちの死との関連は？

ヴァランダーは無力感に襲われた。現場はほんの数秒しか見なかったが、若者たちの額が銃弾で撃ち抜かれているのははっきりと見えた。銃の使いかたを熟知している射撃者にちがいなかった。

スヴェードベリはイースタ署一の射撃の名手だった。

鳥がいなくなった。風が木の葉をそよがせ、また静かになった。

スヴェードベリは射撃の名手だった。

ヴァランダーは無理にも考えを進めた。若者たちを殺したのはスヴェードベリか？　そうではないと言い切ることができるか？　確証があるか？

いや、それ以外の可能性はあるのか？

ヴァランダーは立ち上がり、小道を行ったり来たりして考えた。リードベリがいたら、と思った。電話で話すことができる距離にいたらよかったのに。だがリードベリはいない。あの若者たち同様もうこの世にいない。

この世界はどうなっているのだ？　まだ人生がほとんど始まってもいない若者たちをこんなふうに無残に殺す人間がいるとは。

ヴァランダーは足を止めた。いったいおれはこんな仕事をいつまで続けられるのだろう？もうじき三十年になる。若いころマルメでパトロールをしていたとき、酔っぱらった男に心臓のすぐそばをナイフで刺されたことがあった。それで彼の人生観は変わった。死ぬのも生きることのうち、というような達観に至ったのだ。胸の左側にはまだそのときの傷跡がある。生きてはきた。だが、あとどのくらい警察官でいることができるのだろう？　ウガンダにいるペール・オーケソンのことを思う。ときどき、もう帰ってこないのではないかという気がしてならなかった。

小道に立ち止まったまま、ヴァランダーは一瞬なにもかもいやになってしまった。警察官としてずっと、市民の安全を守ってきたつもりだった。だが、彼のまわりの世界は以前よりずっと悪くなっている。暴力は増え、しかも激しくなっている。スウェーデンは外部に対して閉ざされた国になってしまった。

鍵束のことをときどき思う。昔はこんなに鍵も暗証番号も多くなかった。ドアの鍵がどんどん増える。鍵の中には、内側にはどんなものがあるのか彼には見当もつかない世界への鍵もあるのだ。

気が重い。疲れている。仕事を続ける気力もない。悲しみと怒りの区別もつかなかった。だが意識の先頭にはむき出しの恐怖があった。

何者かが強引にこの平和な自然保護地区にずかずかと踏み入り、三人の若者を撃ち殺した。つい二日前には同僚のスヴェードベリが自宅で同じように撃ち殺されているのを発見したばかりだ。この二つの事件にはなんらかの関係がある。だが、その接点はまだ見つかっていない。

一瞬、この場から逃げ出したいという衝動に駆られた。これ以上のプレッシャーには耐えられないと思った。だれかほかの者が替わってくれればいい。マーティンソンかハンソンか。自分はもう燃え尽きてしまった。そのうえ糖尿病にかかっている。もう使いものにならない。

そのとき車の音が聞こえた。細い小道を縫って現場に向かってくる車の音だ。小枝が折れる音がする。ヴァランダーは気がつくと同僚たちに囲まれていた。もはやこの場から逃げ出すところか、指揮をとらざるを得なかった。いま彼を取り囲んでいる者たちはすべて旧知の間柄だった。その多くは十年も二十年もいっしょに働いてきた仲間だった。ホルゲソン署長は真っ青だった。自分はどんな顔をしているのだろうか、とヴァランダーは思った。

「あそこだ」と言って、指さした。「銃で撃たれている。まだ身元は確認されていないが、ミッドサマー以来姿を消していた三人の若者に間違いないと思う。ヨーロッパ旅行に行っていると、少なくともそうであればいいと願っていたのだが、残念ながらそうではなかった」

少し間をおいて、話を続けた。

「ミッドサマー以来、死体はここにあったと思われる。どんな状態かはみんなの想像にまかせる。マスクをつけるほうがいい」

ホルゲソン署長を見た。見に行くかと目で尋ねると、彼女はうなずいた。

ヴァランダーが先に立って歩いた。聞こえるのは茂みの枝が折れる音と葉の擦れ合う音だけだった。死体からの臭いがただよってくると、後ろで低くうなる声がした。ホルゲソン署長はヴァランダーの腕をつかんだ。現場に着いた。壮絶な殺人現場に立ち会うときは、複数のほうが少しは楽であるのをヴァランダーは経験から知っていた。若い警官の一人が後ろに下がって吐いた。

「とても親たちには見せられないわ」ホルゲソン署長が震える声で言った。「ひどすぎる」

ヴァランダーは一斉出動してきた中に医師がいるのに目を留めた。彼もまた真っ青だった。

「ここでの検査はすみやかにおこなってほしい。遺体をここから動かし、なんとか見られる状態まで修復したい。親たちに見せる前に」

医師は首を振った。

「私は触れたくない。ルンドの担当者に電話する」

そう言うと医師はマーティンソンから電話を借りた。

「一つだけ、はっきりさせなければならないことがあります」ヴァランダーが署長に言った。「すでに一人、殺されている者がいる。スヴェードベリです。さらにいま三人の遺体が見つかった。ということは、われわれは四人を殺した犯人を捜さなければならないということです。市民が大騒ぎするでしょう。すぐにも解決しろというプレッシャーがかかるはずです。さらに考えなければならないのは、この二件にはなんらかの関係があるということ。これにはとんでもない可能性があることに気がついていますか？」

「三人を撃ったのはスヴェードベリではないかとの疑いが出てくるということ？」

「はい」

「スヴェードベリだと思うのですか、あなたは？」

問いは思いがけないすばやさできた。

「わかりません。動機と思われるものはいまのところなにも見つかっていません。スヴェードベリ自身殺されているわけですが、彼が三人の若者を殺したという証拠はなにもありません。しかしどこかに接点があるにちがいない。決定的なつながりが見つかっていないのです、それがなんであれ」

「つまり、報道陣に対してどこまで情報を出すかということね？」

「いや、それは気にしなくていいと思います。どっちみちいろいろな憶測が飛び交うでしょうから」

フーグルンドがすぐそばに立っていた。震えている。

「もう一つ重要なことがあります」フーグルンドが言った。「アストリッド・ヒルストルムの母親はわたしたちを激しく非難するでしょう。なにもしなかったと。いたずらに時を過ごしたと言って」

「そうするかもしれない。だがそのときは批判をあえて受けるだけだ。われわれは間違った判断をしたと。おれがその責任を取る」

「どうしてあなただけが？」

ホルゲソン署長が訊いた。

「だれかが責任を取らなければならない。それがだれかは問題ではないんです」

ニーベリがビニールの手袋を渡した。彼らはいつもの手順どおりに現場検証を進めた。ニーベリが写真を撮っている鑑識課の警官に注意しているのを見て、ヴァランダーは近寄った。

「ビデオでこれを撮ってくれないか。至近距離のと離れたところからのと」

「わかった」

「できれば、手が震えないように気をつけてもらいたい」

「レンズを通して見るほうがいつも少しは楽なんだ。直接に見るよりはな。だが、念のため三脚を使うことにする」

ヴァランダーはもっとも近しい同僚たちをそばに呼んだ。マーティンソン、ハンソン、フーグルンドだ。

「扮装しているな。カツラも着けている」ハンソンが言った。

「十八世紀ですね。今回は確信があります」フーグルンドが続いた。

「ということは、殺されたのはミッドサマー・イヴですね。もうじき二ヵ月になる」マーティンソンが言った。

「いや、それはわからない。それに、ここが殺害現場かどうかもわからない」

そう言いながらもヴァランダーは自分の言葉に自信がなかった。なによりおかしいのは、いままでだれも死体に気がつかなかったことだ。二ヵ月近くも。

ヴァランダーは敷物のまわりを歩いた。なにが起きたのか、想像してみた。頭の中にゆっくりと光景が浮かんだ。

彼らはパーティーをするために集まった。最初は四人のはずだったが、一人が調子が悪くなった。三人は食べ物と飲み物、そしてラジオなどをバスケットに入れてここに来た。

そこまで想像して彼は立ち止まった。ハンソンに訊きたいことがあった。電話中のハンソンのそばまで行って待った。

「車のことなんだ。おれたちは彼らが車でヨーロッパに出かけたと思ったが、こうなると彼らの車はどこにあるんだ？　この自然保護地区までは車で来たはずだ」

ハンソンが調べることになった。ヴァランダーはふたたび死者が横たわっている敷物のまわりに戻り、想像を続けた。食べ物をバスケットから出して用意し、食べたり飲んだりしはじめる。ヴァランダーはしゃがみ込んだ。バスケットの一つに空っぽのワインボトルが入っている。そばの草の上にあと二つ、空のボトルがあった。空のボトルが三本。

死が忍び寄ったとき、若者たちは三本のワインを飲み干していた。ということはみんなかなり酔っぱらっていたはずだ。

ヴァランダーは考えながらゆっくり立ち上がった。ニーベリがすぐそばにいた。敷物にこぼれたワインのあとを指さして言った。

「これはワインがこぼれたあとだ。血に見えるかもしれないが、これはちがう」

ヴァランダーは考え続けた。

若者たちは用意した食べ物を食べてはワインを飲んだ。そのうち酔っぱらった。音楽を聴いていた。何者かがやってきて若者たちを撃ち殺した。そのとき彼らは敷物の上に横になっていた。アストリッド・ヒルストルムはその形から見て、眠っていたにちがいない。時刻は夜中か、早朝か。

そこで考えが止まった。

バスケットのそばのワイングラスの脚に目が留まった。ふたたびしゃがみ込んだ。つぎにひざをついてよくよく見た。カメラを持っている鑑識官に手招きし、至近距離からその写真を撮るように頼んだ。グラスはバスケットに寄りかかっていた。グラスの脚の下に小さな石のかけらが差し込まれていた。ヴァランダーはあたりを見まわした。敷物の端を上げて下をのぞいた。地面のどこにも石は見当たらなかった。これはなにを意味するのか。ニーベリが通りかかったので呼び止めた。

「ワイングラスの脚の下に小石が差し込まれている。このあたりで似たような石を見かけたら教えてくれないか」

ニーベリはポケットからメモ帳を取り出して、いま言われたことを書きつけた。ヴァランダーはまた敷物のまわりに戻った。そのあと少し離れたところへ行って、全体を見渡した。若者たちは木の下に敷物を広げてパーティーを始めた。人目につかないところを選んだのだ。ヴァランダーは茂みを掻き分けて、立ち木の反対側に立った。

何者かがやってきた。が、若者たちのだれも逃げた痕跡がない。敷物の上に寝転がっていたのだ。中には眠りに落ちた者もいたようだ。だが、あとの二人はまだ起きていたはず。ヴァランダーはまた元の位置に戻り、若者たちをよくよくながめた。

なにかがおかしかった。

そして、わかった。

目の前にある構図は自然ではない。何者かがこのようにセットしたのだ。

13

八月十一日のその日、夕闇があたりを包むころ、そして投光器が悲惨な光景を照らしはじめたころ、ヴァランダーは思いがけない行動を取った。現場から突然姿を消したのである。アン＝ブリット・フーグルンドだけに耳打ちして、何台もの車の行き来ですっかり地面が荒れて土がむき出しになっている小道のほうにいっしょに行った。自分の車は自宅のあるマリアガータンの近くに停めてあるので、彼女の車を借りなければならなかった。行き先は言わなかった。なにか決定的なことがわかった場合には、携帯に連絡してくれと言い残して、小道の先に姿を消した。そのあとフーグルンドはなにごともなかったように捜査が続いている現場に戻った。遺体はすでに四時過ぎには運び出されていた。しばらくしてマーティンソンがヴァランダーのいないことに気づき、どこにいるのかとフーグルンドに訊いた。そのうちにハンソンもニーベリもヴァランダーを探しはじめた。彼女は正直に答えた。彼女の車を借りてどこかへ行ったと。

だが、ヴァランダーが現場から姿を消したことは、実際不思議でもなんでもなかった。夏至《ミッドサ》前夜《マー・イヴ》のパーティーで起きた凄まじい事件は、ヴァランダーにすっかり嫌気を起こさせたのである。それでも捜査を続けるには、どうしても一時現場を離れる必要があった。自分のほかにこれらの事件の指揮をとる人間がいないことは彼自身がいちばんよく知っていた。いや、もはや複数の事件ではない。ヴァランダーはすでに一つの事件と見なしていた。確信していることがあるとすれば、すべてが関連しているということだけだった。殺された若者たち、スヴェードベリ、動かされた天体望遠鏡などのすべてが。遺体が運び出されたとき、疲労も苦悩も限界を超えていて考えることさえできなかった。しかしその後、なんとか自制して、事件を初めから考えることにした。だから現場を抜け出すことにしたのだ。フーグルンドに車を貸してくれと言ったとき、どこへ行くかはすでに決まっていた。あてずっぽうに飛び出したわけではなかった。どんなに疲れていても、どんなに勇気がくじかれても、彼はめったに内心のコントロールを失うことはなかった。小道沿いに夕闇の中を歩きながら、ヴァランダーは焦っていた。いま鏡に映る自分の顔が見たかった。自然保護地区の入り口には報道関係者が数人待っていた。この公園の中でなにかが起きたという噂が早くも広がりはじめているにちがいない。

自分のほうに向かってくるジャーナリストたちに断るように手を振った。翌日には記者発表をする。いまはなにも話すことができなかった。捜査技術上の理由で、またはっきりとは言えない理由で話せないのだ。いや、二番目の理由は言おうと思えば言えないことはなかったが、説明する気がなかった。いま意味のあることは唯一、三人を殺した犯人を捕まえること。その際、もしスヴェードベリが関与していたことが判明するなら、しかたがない。自分の役割は真実に向けて捜査を進めることだ。明らかになった真実がどのようなものであろうとも、自分にはどうしようもないことだ。

イースタとマルメ方面へ車をしばらく走らせてから道端に車を寄せて、後ろからジャーナリストたちが追いかけてこないことを確かめた。

イースタに着くと、まっすぐスヴェードベリのアパートのあるリラ・ノレガータンへ行った。ミキサー車がまだそこに停まっていた。ニーベリから受け取って以来、鍵はまだポケットにあった。スヴェードベリのドアの前には立入禁止の紙がテープで貼られていた。ヴァランダーは貼り紙をはがし、鍵を鍵穴に差し込んで開けた。初めてマーティンソンといっしょにドアを破って中に入ったときと同じく、玄関で立ち止まって耳を澄ました。閉め切っていたため空気がよどんでいる。台所へ行って窓を開け、水を飲んだ。そのとき、翌日の月曜日、ユーランソン医師の予約をしていたのを思い出した。だが行くつもりはなかった。症状を診断されてから、なにも改善していない。いまも食事はいい加減だし、運動もほとんどしていない。事件が解決するまでは、自分の健康管理もおあずけだ。

外の明かりが左側から入ってくる。ヴァランダーは夕方の光の中に立ち尽くした。自然保護地区から抜け出したのは、できごとを外部から少し離れて見たいためだった。しかし、それ以外にも理由があった。今日の午前中初めて気づいたことだった。それまで彼らは若者たちとスヴェードベリ殺害の接点を捜していた。スヴェードベリがなんらかの形で関与しているのではないかと。考えることもできないような可能性、すなわち若者たちを殺害したのはスヴェードベリではないかという疑いさえもっていた。だが、その日の午前中、ヴァランダーは自分たちがもう一つの可能性に気づいていなかったと思った。そのほうが現実的であるとさえ思えた。スヴェードベリの関与は殺害ではなく、あくまで捜査だったということだ。一人で捜査に乗り出したのではないか。自分の行動を同僚にも告げずに。休暇のほとんどの時間を失踪した若者たちの追跡のために使っていた。もちろん、なにかを隠していたことは考えられる。しかしそれよりも、いやそれ以上に、スヴェードベリは手がかりをつかんでいたと見ることができるのではないか。なんらかの理由で、彼はボイエ、ノルマン、ヒルストルムがヨーロッパ旅行に出かけていないのではないかという疑いをもった。なにかが起きたのではないかという疑念をもった。そしてそれを追跡する途中で、見知らぬ人物と交差したのではないか。そしてある日自身が殺された、という仮説が成り立ちはしないか。

この仮説では、スヴェードベリがなぜ同僚になにも言わずに行動したか、その理由が明らかにされていない。ヴァランダーはそれを承知していた。その理由はおそらくまた別の場所に隠されているのではないか。

遺体のそばに転がっていたいすは、床にそのままになっていた。ヴァランダーは部屋の明かりもつけずにソファの端に腰を下ろした。今日のできごとがプロジェクターに映る写真のように彼の頭に浮かんでは消えた。三人の死体を見てから一時間もしないうちに、ヴァランダーは妙なことに気づいた。その不安はルンドからやってきた検視官が現場で初期段階の所見を述べたときに的中した。検視官は若者たちが銃殺されてからどのくらい時間が経っているか、判断できないと言った。だが、五十日近くも外気の中に放置されていたとは絶対に考えられないとも言った。それを聞いてヴァランダーは、二つの可能性が考えられると思った。まず、殺害はミッドサマーよりもかなりあとにおこなわれたということ。もう一つは、死体は外気に触れないところに保管されていたということ。発見の場所と殺人現場が同じとはかぎらない。しかし彼には、犯人が若者たちを銃殺したのちどこかほかの場所に死体を運んで保管し、そのあとふたたび元の位置に戻したなどということは考えられなかった。ハンソンは、若者たちはやはりヨーロッパに出かけたのではないか、しかし予定よりも早く帰国して、そのことを親にも友人にも言わなかったのではないかという意見だった。

ヴァランダーはそれもまたあり得ると思った。が、おそらくそうではないだろう。だが、除外はしなかった。ほかの者たちの意見に耳を傾けながら、永遠に続く濃い霧の向こうに引き込まれそうな気がしていた。

暖かい八月の日差しの中、彼らはいつもの手順で現場検証を進めた。ヴァランダーは同僚たちが重苦しい雰囲気で、黙々と任務を果たしているさまを見た。今日のような日は、一人ひとりの警官がこの職業に就いたことを内心後悔しているにちがいない。いつもより休憩を多くして、みんなが現場を離れられるようにした。小道に外用のいすや簡単なテーブルを出し、ふたが開けられるたびに冷えていく魔法瓶のコーヒーを代わる代わる飲んだ。だが、食べ物に手を出す者はいなかった。

なによりニーベリの忍耐強さに驚いた。持ち前の頑固さで、彼は敷物の上の腐って悪臭を発する食べ物を一つひとつ調べていった。写真を撮る者とビデオカメラで撮影する者たちに、一つひとつの物を透明ビニール袋に入れ、発見場所を彼が作成した詳しい図面に記入するように指示した。ニーベリがこんな不快なことをさせる犯人を激しく憎悪していることもヴァランダーは承知していた。またこの種の仕事でニーベリよりも正確な者はいないこともわかっていた。途中で一度、マーティンソンの疲れが限界に達していることに気がつき、そばに呼んで家に帰るように指示した。あるいは少なくとも鑑識の車の中で一休みするように言った。が、マーティンソンは首を振り、敷物のまわりの捜査に戻った。イースタから警察犬パトロール隊が駆けつけた。その中にはカルという名の犬を連れたエドムンソンもいた。犬たちは一斉に飛び出していき、一匹が茂みの中に人間の排泄物を見つけた。ほかの場所でビールの空き缶と紙くずが見つかった。それらはすべて集められ、ニーベリ作成の図面に印がつけられた。もう一つ、現場の隅のほうにある一本の立ち木の根元を、カルが何度も嗅いだ。が、なにも見つからなかった。ヴァランダーはじつはその日何度もその木の下に立った。だれにも見られずにパーティーの様子をうかがうには、その木の陰がいちばん適していたからだった。その場に立つと、冷気が忍び寄った。殺人者はこの場所に立ってなにを見たのだろうか？

昼の十二時過ぎ、ニーベリは敷物のそばに転がっているラジオを見てくれとヴァランダーに言った。バスケットの中にカセットテープが見つかった。曲名などは書かれていない。ラジオのカセットプレーヤーボタンを押したとたん、朗々と歌う男性歌手の声が響き、ヴァランダーとニーベリはのけぞった。それはスウェーデンではだれもが知っている音楽だった。十八世紀の詩人ベルマンの詩を歌うフレッド・オーケルストルムの声だった。曲目は〈フレードマンの歌〉だった。ヴァランダーはフーグルンドを目で探した。

彼女の言うとおり、扮装は十八世紀のベルマン時代のものだった。

表の通りを車が一台通り過ぎた。おそらくスヴェードベリの部屋の一階下からだろうか、テレビの音がする。ヴァランダーはまた台所へ行き、グラスで水を一杯飲んだ。台所のテーブルにつく。まだ電気はつけていない。

午後、ホルゲソン署長と二人きりで話をした。遺体がルンドへ移されたらすぐにも親たちに連絡をしなければならなかった。ヴァランダーはルンドへは自分が行くと言ったが、署長はその必要はないと言った。ここは一人で行動すると決心していることが見てとれたので、ヴァランダーはあえて主張はしなかった。しかし、病院のスタッフと警察所轄の牧師に同席してもらうように提言した。

「とんでもないことになると思う。署長が想像しているよりずっとひどいことになると思いますよ」とつけ加えるのを忘れなかった。

スヴェードベリのアパートで、彼は台所から書斎へ移った。立ったまま、あたりを見まわした。机に近づき、いすに腰かけた。このアパートで見つけた写真をいま捜査班が大きな手がかりにしていることを思った。さらに、エヴァ・ヒルストルムが最初から怪しんでいた外国からの三枚の絵はがき。あのときヴァランダーはヒルストルムの主張のほうを怪しんだ。それはほかの捜査官たちも同じだった。だれが偽りのはがきなどわざわざ外国まで行って出すだろうか？

だがいま、彼女の娘は間違いなく殺されている。はがきがほかのだれかによって書かれたのは間違いない。何者かがハンブルクから、パリから、そしてウィーンから偽のはがきを送ったのだ。目くらましの道を作ったのだ。なぜそんなことをしたのか？　たとえ三人が殺されたのがミッドサマー・イヴではなかったとしても、最後のはがきがウィーンから送られたころには間違いなく彼らはこの世にいなかったはず。なぜ、わざわざこんな小細工をしたのだろうか？

ヴァランダーは薄暗い部屋を見つめた。おれは怖いのだ、と思った。おれはもともと悪というものはないと信じてきた。もともとの悪人はいない、細胞の中に悪が組み込まれて生まれてくる人間はいないと信じてきた。あるのは悪い状況であると。だがいまおれはためらっている。脳の中の暗い部分から発せられる邪悪なものがあるのではないかという気がしてならないからだ。

スヴェードベリのことを思った。彼がヨーロッパに旅行してアストリッド・ヒルストルムやほかの者たちの字を真似てはがきを送ってきたということがあり得るか？　そんなことはあり得ないと断じることはできなかった。その時期彼は夏休みをとっていた。彼が確実にスウェーデンにいた日にちをチェックしなければならない。パリへ行って帰ってくるのにどのくらいの時間が必要なのだろう？　あるいはウィーンに？　あり得ないことなどないのだ。それになにより、スヴェードベリは射撃の腕がたしかだ。

そうなると問題は、彼の頭がおかしくなったのか、ということだ。

ヴァランダーはスヴェードベリの手帳を手に取り、めくって見た。繰り返し書き込まれている名前がある。〈アダムソン〉だ。あの写真の女だろうか？　スツーレ・ビュルクルンドが言っていたルイースという女は、アダムソンという名字なのだろうか？　ルイース・アダムソン。立ち上がるとまた台所へ行った。電話帳をめくって見る。ルイース・アダムソンという名前は登録されていなかった。だが、彼女がもし既婚者だとすると、夫の姓だけで電話が登録されているかもしれない。ふたたび書斎に戻った。マーティンソンに連絡して、スヴェードベリが〈アダムソン〉と手帳に記している日にどんな仕事をしたか、職務日誌にあたってもらおうと思った。

スヴェードベリのいすに座り、後ろに寄りかかった。座り心地のいいいすだった。職場のいすよりもはるかにいい。急に立ち上がった。こんなところでゆっくりしている場合ではない。寝室に入り、天井の明かりをつけた。それからクローゼットの扉を開けた。ハンガーにかかった服を見たが、とくに目を引くものはなかった。

明かりを消して居間に戻った。何者かがライフル銃を持ってここに進入したのだ。その銃でスヴェードベリの頭を正面から吹き飛ばし、そのままここに銃を放り出して消えた。これは事件の始まりなのか、それとも終わりなのか？　これからまだ続くのか？

考えがまとまらなかった。暗闇の中で何者かがこれからもこの無意味な殺人を続けようとしているのか？

わからない。はっきりしていることがなにもないのだ。どこにも足がかりがない。銃のあった場所に立ってみた。スヴェードベリがいすに座っている姿、あるいは立ち上がろうとしている姿を想像した。外からミキサー車の音が聞こえてくる。二発。スヴェードベリは床に倒れる前に死んでいただろう。話しかけることも、叫び声をあげるひまもなかったにちがいない。聞こえたのはライフル銃の乾いた音のみ。ヴァランダーは倒れているいすのほうにまわった。

スヴェードベリが部屋に入れたのは、既知の人間だったにちがいない。恐れる必要のない、よく知っている人間。あるいは鍵を持っている人間だったかもしれない。あるいはピッキングのプロ。それもバールなどの道具を使わないプロだ。ドアには道具を使った跡がない。彼はライフルを持ち込んだ。いや、男だろうか？　あるいは登録していないライフル銃をスヴェードベリが所有していたのかもしれない。それも銃弾を装塡していた銃だ。スヴェードベリが中に通した人物、あるいは侵入者は銃の存在を知っていたのだろうか？　あとからあとから問いが出てくる。しかし最終的には二つの疑問しかない。だれが、なんの理由で？

台所に戻り、病院に電話をかけた。運よく前回と同じ医師とすぐに話すことができた。

「イーサ・エーデングレンは順調に回復していますよ。明日か明後日には退院できるかもしれません」

「なにかしゃべりましたか？」

「いや、ほとんど話しませんが、助けられてよかったと思っているようですよ」

「助けたのは私だということを、知っているのですか？」

「話すべきではありませんでしたか？」

「どう反応しましたか？」

「質問の意味がよくわかりませんが？」

「訊きたいことがあって、警察が彼女の家に行ったこと、そして発見したのだということを」

「それは知りません」

「できればすぐにも彼女と話したいのですが」

「明日ならだいじょうぶですよ」

「いや、できれば今晩。ご同席願いたい」

「急を要することでもあるのですか？」

「そうなのです」

「私はいま帰るところですから、明日にしてもらいたいのですが」

「私としても、できることなら、こんなことはしたくないのですが、どうかそのまま残っていていただきたい。十分以内にそちらに行きますから」

「なにか起きたのですか？」

「そうです。想像もできないようなことが」

ヴァランダーはもう一杯水を飲んでスヴェードベリのアパートを出、病院へ車を走らせた。暖かい晩で、風もほとんどなかった。

イーサ・エーデングレンが入院している病棟に入ると、医師は廊下で待っていた。医師にだれもいない事務室に通されると、ヴァランダーは中に入ってドアを閉めた。車の中で事件の内容を話すことに決めていたので、単刀直入に説明した。自然保護地区で死体が三体発見されたこと。銃殺されており、イーサの友人たちであること。イーサも本来なら行動を共にするはずだったこと。衣装とカツラについてはなにも言わなかった。医師は眉を寄せて話を聞いた。

「検視官になろうかと思ったことがありました。しかしいまの話を聞くと、ならなくてよかったと思いますよ」

「そのとおり。ひどい光景でした」ヴァランダーがうなずいて言った。

医師は立ち上がった。

「いますぐ彼女に会いたいのでしょう?」

「ええ。ただ一つだけ注意したいことが。いま話したことは口外しないでいただきたい」

「医師には守秘義務があります」

「警察も同様です。それでも驚くほど情報が漏れるのです」

廊下に出て、医師は一つのドアの前で立ち止まった。

「目を覚ましているかどうか、見てきます」

ヴァランダーは待った。彼は病院嫌いだった。一分でも早く退散したかった。

そのときある考えがひらめいた。糖尿病と診断したユーランソン医師が血糖値を測る簡単な方法があると言っていた。そのとき、医師が部屋から出てきた。

「だいじょうぶ、起きています」

「すみません、まったく別件なのですが」ヴァランダーは気まずそうに言った。「私の血糖値を測ってもらえますか?」

医師は驚いた様子だった。

「あなたの？　なぜです？」

「じつは明日病院で測ることになっているのですが、この分では時間がなさそうなので」

「糖尿病なのですか？」

「いいえ、血糖値が高いだけです」

「それを糖尿病というのですよ」

「私はただ血糖値を測ってもらえるかどうか、知りたいんです。診察券は持ってきていません。が、それはあとでもいいでしょう？」

そのとき看護師が通りかかった。医師が呼び止めた。

「血糖値測定器がここにあるかね？」

「もちろんありますよ」

胸の名札にブルンディンとある。

「こちらの警察官ヴァランダー氏の血糖値を測ってくれないか？　そのあとエーデングレンに会うことになっている」

看護師はうなずいた。ヴァランダーは医師に礼を言った。看護師はヴァランダーの指に針を刺して血を採取し、小さな測定器にかけた。

「ちょっと高すぎますね。三〇二です」

「本当に高すぎる。それを知りたかったんです」

看護師は見透かすようにヴァランダーを見た。が、その顔は決して不親切そうではなかった。
「ちょっと肥りすぎのようですね」
ヴァランダーはうなずいた。急に恥ずかしくなった。隠しごとを見つけられた子どものように。

エーデングレンの部屋に入った。ベッドに横たわっているとばかり思ったのだが、彼女は毛布をひざにいすに座っていた。その毛布をのど元まで引き上げていた。ベッドサイドのランプだけがついていた。ヴァランダーのほうからは彼女の顔がよく見えなかった。近寄って初めてその目が見えた。怖そうに彼を見ている。ヴァランダーは手を差し出して名を名乗り、すぐそばのスツールに腰かけた。

この子はまだなにも知らないのだ、と彼は心の中でつぶやいた。親しい友だち三人がもはやこの世にいないことを。いや、もしかして彼女は知っていたのだろうか？　それが知れわたるのをずっと待っていたのだろうか？　それでしまいにはもう耐えられなくなったのだろうか？

スツールを彼女のほうに引き寄せた。この間イーサはずっと彼から目を離さなかった。部屋に入ったとき、娘のリンダに似ていると思った。リンダも、十五歳のときに自殺を試みた。あとになってわかったのだが、モナが彼と別れたいと思うに至った理由の一つがこのことだった。この事件は彼が人生でいまでも理解できないことの一つだった。だいぶ時が経ってから、リンダと直接に話す機会が何度もあったにもかかわらず、どうしても彼には理解できなかった。そこには決して彼にはわからないなにかがあった。いま、隣に座っている娘がなぜ自殺しようとしたのか、自分に理解できるだろうかと彼は不安になった。

「きみを見つけたのは私だ。もう知っているね？　だが、なぜ私がスコルビーに行ったのかは知らないだろう？　家には鍵がかかっていたので、庭にまわり、東屋の中にきみを見つけた。きみは眠っていた」

イーサがなにか言うかもしれないと思い、ここでいったん言葉を切った。が、彼女はただ大きな目で見つめているばかりだった。

「きみはミッドサマー・イヴのパーティーに行くはずだった」彼は言葉を続けた。「マーティン、アストリッド、そしてレーナもいっしょだった。が、きみは体の調子が悪くなった。だから行かなかった。そうだよね？」

イーサは相変わらずなんの反応もしない。ヴァランダーはどう続けたらいいのかわからなくなった。三人のことをどう彼女に説明したらいいのだろう？　だが、明日には新聞に出てしまう。どうしたって、彼女がショックを受けるのは免れないことだ。アン＝ブリットといっしょに来ればよかった。彼女ならこの状況をうまく切り抜けることができるだろう。

「そのあと、アストリッドのママにはがきが来た。三人の名前で送られてきたものもあれば、アストリッドの名前だけのものもあった。ハンブルク、パリ、ウィーンからだ。きみたちはパーティーのあと、ヨーロッパ旅行に出かける計画だったのかね？　だれにも言わずに？」

イーサが口を開けてなにか言った。低い声だったので、ヴァランダーは体を乗り出して耳を澄まさなければならなかった。

「いいえ、なにも決まってなかった」

ヴァランダーはのどが詰まった。その声はか細く、すぐにも泣きだしそうだった。こんなに弱っている彼女に、これから三人のことを知らせなければならないのだ。腹痛が彼女の命を救ったのだと。

さっきまでここにいた医者に電話をかけて、どうしたらいいのか訊きたかった。どう話したらいい？　しかし、彼の口をついて出たのはまったく別の言葉だった。

「ミッドサマー・イヴのパーティーのことを話してくれないか？」

「どうして？」

こんなに弱っていても、そこに強い意志があるとわかった。しかし、その問いは彼を拒絶するものではなく、なぜそんなことを知りたがるのかというものだった。

「知りたいからだ。アストリッドのママはとても心配している」

「ふつうのパーティーよ」

「しかし、きみたちは衣装を着けることになっていた。ベルマン時代の人々の扮装を」

彼女はこれを彼が知っていると知らないはず。質問するのは危ないかもしれない。彼女が心を閉じてしまう可能性がある。だが、三人のことを話したら、どっちみちそうなるかもしれないのだ。

「ときどきそうしたの。昔の衣装を着けて」

「なぜ？」

「ちがう雰囲気になるから」

「一つの時代から抜け出して、別の時代に入ると？」

「そう」

「いつもベルマン時代の衣装で？」

イーサの口調がばかにしたようなものになった。

「ぜんぶ一回きり。絶対に繰り返さなかったわ」

「なぜ？」

イーサはその問いには答えなかった。なにかある、とヴァランダーは思った。一歩下がって、別の角度から質問した。

「たとえば十二世紀に、人々がどんな衣装を着けていたかなど、本当にわかるものかな？」

「わかるわ。でも十二世紀はあたしたち、やったことないけど」

「どうやって時代を選んだのかな？」

これにも答えがこなかった。イーサはある種の問いには答えないとみえる。

「ミッドサマー・イヴのことを話してくれないか」

「あたし、病気になったんです」

「急だったようだね？」

「下痢って、いつも急に始まるものだから」

「それで？」

「マーティンが迎えに来たんだけど、あたし、行けないって言ったんです」

「彼はそれを聞いてどう反応した?」

「当然の態度」

「当然とは?」

「本当か、って訊いたわ。当然そうするはず」

ヴァランダーは理解できなかった。

「当然とは?」

「本当のことを言っているのか、そうではないか、ということ。本当のことを言わない人は、追い出されるから」

ヴァランダーは考えた。なぜ繰り返さないのかという問いに、彼女は答えなかった。どうやって時代を選ぶのか、にも答えなかった。そしていま、本当のことを言わないと、追い出されると言った。追い出される? なにから?

「きみたちは真剣に友だちづきあいをしていたようだね。決してうそを言ってはいけない。もしうそを言ったら、追い出されるということか?」

イーサは正直に驚きを表した。

「そうしないなら、友だちってなんなの?」

彼はうなずいた。

「もちろん、友情は信頼のうえに成り立つものだ」

「それ以外になにがあるというの？」

「わからない。愛情かな？」

イーサは毛布をあごまで引き上げた。

「あとの三人が、きみになにも言わずにヨーロッパ旅行に出かけたと知って、きみはどう思った？」

かなり長い時間、黙って彼の顔を見てから、イーサは答えた。

「その問いにはもう答えました」

イーサの言っていることの意味がわかるのに、少し時間がかかった。

「この夏きみのところに来た警官が同じ質問をしたんだね？」

「それ以外にないでしょう？」

「彼がやってきた日付を覚えている？」

「七月一日か二日」

「ほかに彼はなにを訊いた？」

突然イーサは体を近づけた。あまり急だったので彼は思わず体を引いた。

「あの人、死んだということ、知っているわ。スヴェードベリという名前だった。彼が死んだということを知らせるためにあなたが来たのですか？」

「いや、そうじゃない。しかし、スヴェードベリがきみになにを訊いたのか、知りたいのだ」

「なにも」

ヴァランダーは眉を寄せた。

「彼がそれだけしか訊かなかったはずはないと思うが？」

「でも、本当よ。彼はほかにはなにも訊かなかったわ。あたし、テープに録ったの」

ヴァランダーはいぶかった。

「きみは、スヴェードベリとの会話をテープに録音したのか？」

「ええ、隠れて。ときどきそうすることがあるの。相手に気づかれないように、話を録音するのよ」

「きみは、スヴェードベリが来たときに、そうしたんだね？」

「ええ」

「そのテープはどこにある？」

「東屋にあるわ。あたしが眠っていたところに。カセットテープの箱に青い天使が貼り付けてある」

「青い天使？」

「あたし、自分でテープのデコレーションをするのが好きなの」

ヴァランダーはうなずいた。

「それを持ってきてもいいかな？」

「反対する理由はないわ」

ヴァランダーはイースタ署に電話をかけ、パトロール警官にエーデングレン家の住所を言い、東屋から青い天使がついているカセットテープを持ってくるように頼んだ。テープのそばにあるテープレコーダーも忘れないようにとつけ加えた。

「青い天使？」電話の向こうで警官が訊き返した。

「ああ、箱に青い天使が貼ってある。急いで持ってきてくれ」

二十九分後テープが届いた。待っている間の少なくとも十五分は、イーサはトイレに行ったままだった。戻ってきたとき濡れた髪を見て、ヴァランダーは驚いた。髪の毛を洗っていたのか？　それよりこの間、もう一度彼女が自殺しようとしているのではないかと心配するべきだったかもしれなかった。

警官は病室に入ってくると、カセットテープとテープレコーダーをヴァランダーに手渡した。イーサがそれを見て、間違いなくそのカセットだとうなずいた。彼女はイヤホンをつけて、問題の箇所までテープを進めた。

「ここよ」と言って、ヴァランダーにイヤホンを差し出した。

スヴェードベリの声がヴァランダーの耳に飛び込んできた。まるで蜂にでも刺されたかのように、ヴァランダーは跳び上がった。スヴェードベリは咳払いして質問した。イーサの返事は遠くから聞こえるような雑音に混じって、あまりはっきり聞こえなかった。ヴァランダーはテープを巻き戻し、もう一度その箇所を聞いた。

間違いなかった。

イーサが言ったのは正しくもあり、間違いでもあった。スヴェードベリはたしかに自分と同じ質問をしていた。が、すっかり同じではなかった。決定的なちがいがあった。ヴァランダーは、あとの三人が、きみになにも言わずにヨーロッパ旅行に出かけたと知って、きみはどう思った？と訊いたのだが、スヴェードベリの質問は、同じことをまったくちがう文章で訊いていた。

ヴァランダーはその後何度も聞くことになるスヴェードベリの言葉をもう一度聞き直した。

「きみは彼らが本当にヨーロッパ旅行に出かけたと思うか？」

もう一度巻き戻して聞いた。テープでは、イーサはスヴェードベリの質問に答えていない。

ヴァランダーはイヤホンをゆっくり外した。

スヴェードベリは知っていたのだ。

七月の一日か、二日という早い時点で。

若者たちが旅行になど出かけていないということを。

14

テープを聞いたあと、テープレコーダーと青い天使の絵を貼り付けたテープをすぐそばに置いて、ヴァランダーはイーサとそのまま話を続けた。テープから聞こえた、いまとなっては最後のものとなってしまったスヴェードベリの声が忘れられなかった。気持ちを集中させるのがむずかしかったが、それでもなんとか質問を続けた。頭の中には、いますぐにも腹を決めなければならないという苛立ちがあった。イーサ・エーデングレンに三人の友人の死をだれが伝えるのか？　おれの仕事か？　いつ話すべきか？　ヴァランダーはすでに話すときを逸してしまったのではないかという不安を覚えていた。この部屋に入ってきたときすぐに話すべきではなかったか？　すでに時刻は夜の九時をまわっている。話もおおかた終わり、もはやそのことだけが残っている。コーヒーを取りに行ってくると言い訳をして部屋を出た。廊下でマーティンソンに電話をかけた。自然保護地区にいた捜査班は署に引き揚げはじめていた。もうじき現場には鑑識課と現場の見張りだけが残ることになる。ニーベリたちは夜どおし働くことになるだろう。ヴァランダーは自分の居場所を伝え、フーグルンドを呼んでくれと頼んだ。電話に出たフーグルンドに、手伝ってもらえないかと率直に訊いた。

「親たちだけでなく、もう一人いるんだ、彼らの死を伝えなければならない人間が。イーサ・

エーデングレンだ。知らせを聞いたら彼女がどう反応するか、心配なんだ」

「でも、なにが起きても、すでに彼女は病院にいるわけですから、だいじょうぶでしょう？」

その答えにヴァランダーは驚いた。ずいぶん冷淡に聞こえる。だがすぐに、これは保身からきている反応だと思った。フーグルンドは今日一日三人の若者の腐乱死体が発見された現場にいた。悲惨で不愉快きわまりない現場だ。これ以上不快な思いをしたくないのだ。

「それでも、きみに来てもらいたい。一人で彼女に伝えるのはいやなのだ。なんといっても、彼女はつい先日自殺しようとしたのだからな」

電話を切ってから、彼はさっきの看護師を探し出して、さっきまでここにいた担当医師の名前と自宅の電話番号を訊き出した。ついでに看護師にはイーサ・エーデングレンの状態がどうかも訊いた。

「自殺しようとする人たちの多くはとても強い人たちですよ。もちろんその逆の人もいますけど。でも、わたしの印象では、エーデングレンは前者のようです」

コーヒーを飲みたいのだが、と言うと、入り口ホールにコーヒーの自動販売機があると教えてくれた。

医師の自宅に電話した。最初子どもが電話に出て、つぎに女性の声がし、最後に医師が出た。

「すみません、これからイーサ・エーデングレンに三人の若者が殺害されたことを伝えなければならないのです。いましないと明朝の新聞で知ることになってしまうでしょう。そのとき彼女がどう反応しても、われわれには抑えることができない。それが心配なのです」

医師は理解し、すぐに戻ると言ってくれた。ヴァランダーはコーヒーの自動販売機を探しに入り口ホールへ行った。見つけるには見つけたが、今度は手持ちのコインがなかった。そのとき、年配の男が歩行器を押して通りかかった。ヴァランダーが男に両替してもらえないかと札を出すと、男は首を振り、黙ってヴァランダーにコインを渡した。ヴァランダーはコインを受け取って呆然とした。

「わしはもうじき死ぬのだ。そうさな、あと三週間ほどで。金を持っていてなんになる?」

老人はそのまま行ってしまった。上機嫌であることがうかがえた。ヴァランダーは驚いたままその後ろ姿を見送った。それから自動販売機にコインを入れてボタンを押したが、間違ったボタンを押したため、ミルク入りのコーヒーが出てきてしまった。ミルク入りのコーヒーなど、めったに飲まないのに。紙コップを手にイーサの病室の前に戻った。廊下にアン＝ブリット・フーグルンドがすでに到着していた。顔色が悪く、目が落ちくぼんでいる。捜査を展開させる新しい手がかりはなにも発見していないようだ。声にも疲れがにじんでいる。みんなが疲れているのだ、とヴァランダーは思った。いま遭遇している悪夢と真剣に取り組む前に、すでに疲れてしまっている。

イーサ・エーデングレンとの話を手短に説明した。テープにおさめられたスヴェードベリの声を聞いたと言うと、フーグルンドは驚きの声をあげた。ヴァランダーは隠さずに、スヴェードベリは三人の若者が旅行に出かけていないと知っていた、少なくとも疑いをもっていたはずだと言った。

「どうして知っていたのでしょう？　ことの成り行きをごく間近で見ていたのでなければ、知るはずがないですよね？」

「そうなのだ。少なくとも一つのことははっきりしている」ヴァランダーが答えた。「スヴェードベリはことの成り行きのごく近くにいたということだ。だが、すべてを知っていたわけではない。もし知っていたら、イーサに質問したりしなかったはずだ」

「もしそうなら、あの三人を殺したのはスヴェードベリではないことになりますね。もちろん、本気でそんな仮説を信じていた人はいなかったと思いますが」

「その仮説はおれの頭にもあった。正直に認めなければならない。だが、いまはちがう。それどころか一歩先に進むことができると思う。ミッドサマー・イヴの数日後に、彼は訊き込みを始めている。ということは、彼はその時点で早くもなにかを知っていたということだ。いったいなにを知っていたのだろう？」

「若者たちが死んでいるということ？」

「いや、そうとはかぎらない。死者が見つかるまでは、われわれ同様、彼も彼らが死んでいると確実に知ってはいなかっただろう」

「でもなにかを恐れていた？」

「そうだ。ここにもっとも大切な問いが出てくる。スヴェードベリの不安はなにに起因するものだったか？　恐れと言ってもいい。あるいは疑念か？」

「彼はわたしたちが知らないなにかを知っていた？」

「なにかの理由で、スヴェードベリは疑念をもったのだと思う。疑念というほどではなく、不安という程度だったかもしれないが。われわれの知らないところだ。なにも言ってくれなかったからな。その疑念を自分一人で調べようとした。夏休みをとって、一人捜査を開始したわけだ。熱心で几帳面な性格だからな、彼は」

「問題は彼がなにを知っていたかですね」

「それこそがわれわれの捜査の出発点だ。彼がなにを知っていたか」

「でも、それはなぜ彼が殺されたのかを説明するものではありませんよね？」

「そうだ。またそれは、なぜ彼が単独捜査をわれわれに隠していたかを説明するものでもない」

フーグルンドは眉を寄せた。

「そもそも人はなぜ隠しごとをするのでしょうか？」

「知られたくないから。または発見されたくないから」

「仲介者がいるかもしれませんね」

「そうだ。おれもそれを考えていた。スヴェードベリとこの若者たちを結びつける第三者がいるのではないか」

「たとえばルイースという名の女？」

「もしかすると」

廊下の端のドアが開き、医師がやってきた。いよいよイーサ・エーデングレンに話すときだ。部屋に入ると、イーサはいすに腰かけていた。

「話さなければならないことがある」彼女の隣に座りながら、ヴァランダーは言った。「きみにとっては、つらい話だ。そこで、きみの担当医と、私の同僚のアン＝ブリットに同席してもらうことにしたのだ」

イーサが硬くなった。が、ヴァランダーとしてはもう引き返せない。ほかの二人が入室してから事実を述べた。三人の友人が見つかった。死んでいた。何者かが彼らの命を奪った、と。

イーサの反応はすぐ来るかもしれない。が、時間がかかるかもしれない。

「今日のうちにきみに知らせるほうがいいと思ったのだ。明日にはきっと新聞が書き立てるだろうから」

反応はなかった。

「ショックだということはわかっている。それでも訊かなければならない。きみは犯人に心当たりがあるか？」

「いいえ」

その声は細かったがはっきりしていた。ヴァランダーは続けて訊いた。

「きみたちがどこでパーティーを開くか、知っている者はほかにいたか？」

「いいえ。あたしたち、部外者には決して話しませんでしたから」

まるでなにか規則でもあったような口ぶりだ、と思った。もしかすると本当に規則があったのかもしれない。

「行かなかった者で、きみ以外に、パーティーのことを知っている者はいなかったということ？」

「はい」

「きみは病気になって行かなかったわけだが、パーティーがおこなわれる場所は知っていた。そうだね？」

「はい。自然保護地区です」

「きみたちは扮装することになっていた？」

「はい」

「そのことはだれも知らなかったのだね？　準備は秘密のうちに進められた？」

「はい」

「なぜ秘密にしたのかね？」

彼女は答えなかった。また聖域に足を踏み入れたらしい、とヴァランダーは思った。そこに入ると彼女はかならず口を閉ざす。だが、彼女の言うとおりなのだ。パーティーがどこで開かれるか、だれも知らなかったはずだ。

ほかに訊くことはなかった。

「今日はここまでだ。もし私に伝えたいことを思い出したら、病院の人に私に連絡したいと言ってくれ。もう一つ、きみのお母さんにも連絡したことを言っておこう」

イーサはぎくっと体を震わせた。

「なぜ？　母には関係ないでしょう？」

声が急にしゃがれた。ヴァランダーは不快な気分になった。

「そうせざるを得なかった。見つけたとき、きみは意識不明だったからね。こういう場合は家族に知らせなければならないのだ」

イーサはなにか言いかけた。抗議の声をあげそうだったが、そのまま口を閉じた。そして静かに泣きはじめた。医師がヴァランダーとフーグルンドに部屋を出るように合図した。廊下に出て、ドアが閉まったとき、ヴァランダーは全身に汗をかいていることに気がついた。

「悪い知らせを伝えるのは、おれにはもう無理だ。毎回ひどいことになる。それもますます悪くなるばかりだ」

二人は病院をあとにした。外は暖かかった。ヴァランダーは車の鍵をフーグルンドに返した。

「なにか食べましたか」フーグルンドが訊いた。

ヴァランダーは首を振った。

マルメへの道沿いにあるソーセージスタンドへ行った。そこは前の日に食べたところだった。ヴァードステーナから来たというスポーツ選手たちのグループが注文し終わるのを辛抱強く待ってから、注文したものを車に持っていって食べた。腹は空いていたが、食欲がなかった。食べ終わり、二人は車の中で話をした。

「明日は事件のことが新聞に出ます。どう展開するでしょう?」

「うまくいけば一般からの通報が入ってくる。中には役に立つものもあるかもしれない。最悪は、警察がなにもしなかったことに対する非難の声があがることだろう」

「エヴァ・ヒルストルムのことですか？」

「いや、彼女だけじゃない。なにしろ四人も殺されているのだからな」

「犯人はどういう人間でしょう？　なにか、見えますか？」

ヴァランダーは考えた。

「人を殺すことはいつでもある種の狂気であることは間違いない。抑制がきかなくなるのだ。だが、今回の事件にはどこか冷静に計算されたようなところがある。警官殺しはほかの犯罪よりも罪が重い。よくよく考えるはずだ。また、イーサ・エーデングレンが言っていたように彼らのほかにパーティーの場所を知っている者はいなかったはずなのだ。だが、実際には、知っていた者がいた。おれには偶然の重なりによる殺人とは思えない」

「ということは、あの若者たちが秘密のうちにパーティーを開くことを知っていたその何者かを見つけ出すということですね？」

「それはつまり、スヴェードベリが疑いをもっていた人物でもあるはずだ」

話はそこで終わった。どう考えてもおかしい、とヴァランダーは思った。なにか、われわれが見過ごしていることがあるはずだ。なにか、おれが見逃していることが。

「明日は月曜です。たしか、ルイースの写真が公開されるはずです。また、ルンドの検視官からも結果が報告されてくるはずです。それに一般からの通報も期待できます」

「おれは気が短い。それでよく失敗するんだ。しかもこの短気は、毎年毎年ひどくなっていく」

十時半近く、彼らはイースタ署に着いた。報道関係者が一人もいないことにヴァランダーは驚いた。自然保護地区で三人の若者の遺体が見つかったということはとっくに漏れているとばかり思っていた。ヴァランダーは自室まで行って上着を掛け、それから食堂へ行った。疲れて黙りこくった警官たちが、食べかけのピザとコーヒーを前に座っていた。なにか元気づけるようなことを言うべきなのだろうと思ったが、夏の森でパーティーをしている最中に射殺された、三人の若者の始末をしたあとの警官たちにかける言葉が、そう簡単に見つかるはずもなかった。しかもつい何日か前に同僚が同じように殺されたばかりなのだ。

ヴァランダーはなにも言わず、ただうなずいて席についた。

ハンソンがいた。げっそり疲れている。

「会議は何時に始める?」

ヴァランダーは腕時計を見た。

「十時半のつもりだ。マーティンソンはいるか?」

「いまこっちに向かっている」

「署長は?」

「部屋にいる。ルンドではずいぶん大変だったようだ。家族ごとに子どもの確認をしたそうだ。エヴァ・ヒルストルムだけは一人で来たようだが」

ヴァランダーはなにも言わずにハンソンの言葉を聞き、話が終わるとすぐに立ち上がって、まっすぐリーサ・ホルゲソン署長の部屋に行った。ドアが少し開いていた。署長は身じろぎもせずに机に向かって座っていた。目には涙を浮かべていた。ヴァランダーはノックして、そっとドアを押した。署長は入るようにという合図をした。

「ルンドへ行ったことを後悔していないといいのですが？」

「後悔などしません。でも、あなたが言ったとおり、本当にひどいことになりましたよ。とても言葉では言い尽くせません。突然死んだ子どもの身元確認に呼び出された親には、どんな慰めの言葉も届かないのです」

「エヴァ・ヒルストルムは一人で来たとハンソンが言ってましたが？」

「そう。でも、彼女がいちばん冷静でしたよ。わかっていたからかもしれませんね」

「ヒルストルム夫人は警察を訴えるでしょう。われわれがなにもしなかったと。訴えられてもしかたがないところもありますが」

「本当にそう思うのですか？」署長が訊いた。

「いや、かならずしもそうではないのですが、この際、私の考えなどどうでもいいのです。もう少し人員が多かったら、対処できたはずです。またこれが夏休み時期と重なっていなかったら、とも思います。言い訳はいくらでもできます。しかし今回の場合、なんといっても一人の母親がかなり早くからおかしいと言い続けていたことが、結果的に正しかったわけですから」

「人員強化のことはあなたと話したいと思っていました。外からの補強をできるだけ早く受けようと思います」

反対するには疲れすぎていたが心中は、賛成ではなかった。人員を増やせば早く解決できると思われがちだが、彼自身の経験ではかならずしもそうではなかった。気心の知れた小人数の仲間が最高の効果を発揮することが多いのだ。

「どう思いますか？」

ヴァランダーは肩をすぼめた。

「私の意見はご存じでしょう。しかし、どうしても外部から応援を頼むというのなら、反対はしません」

「今晩にも会議にかけようと思います」

彼はそれは勧めないと言った。

「みんな疲れすぎています。ろくな意見が得られないでしょう。明日まで待つほうがいいと思いますよ」

すでに十時四十五分をまわっていた。ヴァランダーは立ち上がり、署長といっしょに会議室へ行った。マーティンソンが廊下を渡ってきた。泥がズボンの上まで跳ね上がっている。

「どうした？」

「近道を行こうと思ったのです」不機嫌にマーティンソンが答えた。「自然保護地区の中を。ひどい道だった。部屋に替えズボンがあるので、着替えてから会議室へ行きます」

ヴァランダーはトイレに寄り、水を飲んだ。鏡に映った自分の顔を見て、目をそらした。

十時五十分、会議室のドアが閉められた。スヴェードベリの定席には依然として座る者はいない。ニーベリが現場から駆けつけた。ヴァランダーの視線に彼は首を振って答えた。なにも発見物はない。

ヴァランダーはイーサ・エーデングレンを病院に訪ねた話から始めた。テープレコーダーとカセットテープも机の上に出した。スヴェードベリの声が流れると、部屋にはなんとも言えないいやな雰囲気が広がった。だが、そのあとヴァランダーが自分の意見を述べると、雰囲気は少し和らいだ。スヴェードベリはなにかを知っていた。おそらくはそのために殺されたのではないかという仮説だった。

テープレコーダーを脇に押しやると、ヴァランダーは両手をテーブルの上に置いた。話しはじめたときはまだ考えがまとまっていなかった。ゆっくりと話の切り出し口を探し、見つけて、話しだした。

会議は夜中の十二時を過ぎても続けられ、その間に疲れも不快さも吹き飛んでしまった。

「徹底捜査、ローラー作戦だ。外でだけでなく、会議室でもそれができるのだ。いまわれわれがやっているのはまさにしらみつぶしの捜査だ。濃い藪《やぶ》の中ではなく、われわれの観察したことを徹底的に検証するのだ。文字どおり徹底捜査だ」

十二時をまわってから、一度休憩した。部屋に戻ったとき、マーティンソンが間違ってスヴェードベリの席に座った。だが、すぐにそれに気づいて、彼は席を移った。ヴァランダーはトイレに行き、水を飲んだ。口の中がからからだった。頭痛もする。しかし我慢して部屋に戻り会議を続けた。休憩のとき、イーサの様子を訊くために病院に電話をかけた。長い時間待たされたが、担当の看護師が電話口に出た。彼の指に針を刺したあの看護師だった。

「眠っています。睡眠薬がほしいと言われたのですけど、もちろん、そんなものをあげることはできません。でも、とにかく眠りに落ちたようです」

「親たちは電話してきましたか?」

「近所の者だという男の人が電話してきただけです」

「ルンドベリ?」

「たしかそんな名前でした」

「今日のショックに対する反応はたぶん明日表れるでしょう」

「いったいなにが起きたのですか?」

説明しない理由が見つからなかったので、ヴァランダーは手短に説明した。聞いたあと看護師はしばらく沈黙していた。

「本当だとはとても思えませんね。そんなことが本当に起きるなんて」

「わかりません。正直言って、私も本当にわからない」

それから会議室に戻った。まとめをする段階だった。

「なぜこんなことが起きたのか、わからない」と彼は話しだした。「ここにいるみんなと同様に、おれにもだれが夏至を祝ってパーティーをしている若者たちを冷酷にも撃ち殺すなんてことができるのか、わからない。動機もわからないし、当然犯人の目星もつかない。見えるのは、みんなと同じように、事件の経過だけだ。すべてがはっきりわかっているわけではないし、空白はたくさんある。だがいまおれの目に見えるものがある。もう一度、それを検証したい。間違っていたら正してほしい。忘れたことがあったら、つけ加えてくれ」

ここで水の瓶に手を伸ばして、グラスに一杯注いだ。

「六月二十一日ミッドサマー・イヴの午後、三人の若者がハーゲスタ自然保護地区にやってきた。二台の車で来たはずだ。二台ともまだ見つかっていない。いま早急に車の在りかを確かめたい。すぐにもやらなければならないことの一つだ。イーサ・エーデングレンによれば、彼女は腹痛でこのパーティーに参加しなかった、そのために彼女は命拾いしたのだが、場所はあらかじめ四人の間では決まっていたという。四人はマスカレード、昔の衣装で仮装してパーティーをすることに決めていた。これが初めてではなかった。彼らがなぜ仮装していたのかはまったくわからない。これもまた捜査の対象になる。四人はなにか非常に強い絆で結ばれていたようだ。それがなにかはわからない。

今回のパーティーは十八世紀の国民的詩人ベルマンの時代がテーマだ。その時代の服装をして、カツラまでかぶっている。音楽はベルマンの〈フレードマンの歌〉だ。いまのところ、その日、あるいはその晩、自然保護地区で彼らを見た者がいるかどうかわからない。パーティーの場所は人の目につかないところが選ばれている。そして突然ことが起きる。殺人者が現れて、彼らを銃で撃ち殺す。三人とも一発で眉間を射ちぬかれて殺されている。銃器の種類についてはまだわからない。犯人は意識的に行動していて、迷わなかったことは明らかだ。五十一日後、三人の遺体が見つかった。これがわれわれにわかっている事件の経過だ。しかし、殺されてから何日経っているのかはっきりしていないいま、これ以外の経過の可能性も見過ごしてはならない。彼らが殺されたのは、ミッドサマー・イヴとはかぎらない。それ以後かもしれないということだ。それはまだわからない。

いつ殺人がおこなわれたかとは関係なく言えることがある。それは犯人は情報を入手していたということだ。三人の若者殺しが偶発的におこなわれたということは、この際あり得ない。もちろん、頭のおかしくなった人間のしわざという可能性も否定はできない。その意味では、どんな可能性も除外視してはならないのだ。なかんずく、この若者たちが周到に立てられた計画のもとで殺されたという可能性は間違いなく高い。だが、その計画とはなんなのか、それがわからない。パーティーを楽しんでいる若者たちを殺したいと思うのはだれなんだ？　動機などあり得るのだろうか？　こんな事件がいままでにあったかどうか、おれには思い出せない」

ここでいったん話を止めた。まだ最後まで話していなかったが、みんなの反応を見たかったのだ。質問はなかった。彼はまた話を続けた。

「話の続きがある。それがことの始まりなのか、終わりなのか、またはミッドサマー・イヴの若者たちの行動と関係あるのか、それともそれと並行して起きたことなのかはわからない。とにかくスヴェードベリが殺されている。彼のアパートで写真が見つかった。今回殺された若者たちの一人が写っているスナップ写真だ。彼らがパーティーをしているときのものだ。われわれはスヴェードベリが一人で捜査をしていたことを知っている。彼はアストリッドの母親のエヴァ・ヒルストルムとほかの親たちが、旅行に出かけたらしい子どもたちの消息が不明だといって警察に来た直後から一人で動きはじめた。なぜだれにも言わず一人で行動したのかはわからない。しかし、ここに若者たちとスヴェードベリの接点があることはたしかだ。捜査はそこから始めなければならない。同時にほかの無数の可能性も視野に入れながらやるのだ」

鉛筆を机に投げ出した。いすにあずけた背中が痛んだ。ニーベリのほうを見ながら話を続けた。

「これは単なる推測かもしれないのだが、ニーベリもおれも自然保護地区の現場はあとで用意されたものではないかという気がしてならないのだ」

「おれにはどうしても三人の遺体が五十一日もの間あの場にあって人目につかなかったということが信じられない。夏場の公園には人がたくさん来るというのに」ハンソンが首を振る。

「それはおれも同感だ。三つの可能性が考えられる。まず、われわれは若者たちが殺された時期を間違えている。ミッドサマー・イヴのことではなく、それから大部経ってからの、夏至祭パーティーではなくほかのパーティーのときだということ。つぎに殺害場所と発見場所が同じではないという可能性。三番目が殺害場所と発見場所は同じだが、死体が一時移され、そのあともう一度戻されたというもの」

「だれがそんな面倒なことをするでしょう？　どんな理由で？」

「そのとおり。そんな面倒なことをだれがするか？　それでも、おれもこの推測に同意する」

ニーベリが口を開いた。

部屋にいる全員がニーベリに注目した。ニーベリが捜査の初期段階でなにか確信をもったことを言うことはめったにないからだ。

「おれはクルトと同じものを見た。そしてこれは仕掛けられた現場だと思った。写真を撮る前に、対象をセットするのと同じように、用意されたものだと思う。ほかにもおかしいと思うものをいくつか発見した」

ヴァランダーは緊張して話の続きを待った。だがニーベリはここで口をつぐんでしまい、まるで話の糸口が見つからないというような様子になった。

「続きを」ヴァランダーがうながした。

ニーベリは首を横に振った。

「どう考えても、おかしい。殺した相手をいったんその場から動かしておいて、それからまた元の場所に戻す？　なぜそんなことをするんだ？」

「その理由はいくつか考えられる」ヴァランダーが言った。「発見を遅らせるため。逃亡の時間稼ぎをするため」

「絵はがきを数枚送る時間を稼ぐため」マーティンソンが口をはさんだ。

ヴァランダーがうなずいた。

「一歩ずつ固めていこう。どんな考えも一考に値する。全面展開でいこう」

「グラスのことだが」やっとニーベリが話しはじめた。「二つのグラスにワインが残っていた。片方には底にかすが、もう一つには液体が少し残っていた。五十一日も前のワインなら、とっくに蒸発してしまっていたはずなのだ。だが、おれがいちばん驚いたのは、小さな羽虫や這う虫がグラスに入っていなかったことだ。虫類がいるはずなのだ。外でワインを飲んでそのまま一晩グラスをテーブルに残したままでいたら、どうなるかはだれもが経験していることだ。朝になったら死んだ虫がかならず入っている。だが、この二つのグラスには虫がまったく入っていなかった」

「どう解釈したらいいんだ？」ヴァランダーが訊いた。

「レーマンが死体を見つけたとき、グラスはまだそれほど長い間そこにはなかったということだ」

「何時間だ？」

「正確には言えないが」

「しかし、食べ物の残りはちがいますよね」マーティンソンが言った。「腐った鶏肉料理、カビの生えたサラダ、酸化したバター、乾き切って固くなったパン。食べ物は数時間ではこんなに腐りませんよ」

ニーベリはマーティンソンをにらみつけた。

「いまおれたちはまさにそのことを話し合っているのではないのかね？　レーマン夫妻があそこで見つけたのは、だれかが用意したものではなかったか？　グラスを置いて、ワインを少し注ぐ。腐った食べ物をどこか別の場所で用意しておいて、皿の上に広げる。そういう仕掛けではなかったかと？」

ニーベリの口調が始めと同じようにしっかりしたものになった。

「鑑識課としてはこれらぜんぶを立証できると思う。たとえばワインがどのくらいの時間外気にさらされていたか検証し、確定できる。しかし、自分としてはそれらを待たなくとも、レーマン夫妻がもしおとといの朝自然公園を散歩していたら、死体発見者にはならなかっただろうと確信している」

部屋が静まり返った。ニーベリは自分よりずっと先まで見通しているとヴァランダーは思った。彼としては遺体が二十四時間以上外気にさらされてはいないとまでは推測していなかった。ということは、犯人はすぐ近くで動いていたことになる。いまニーベリが言ったことは、スヴェードベリと事件とのかかわりを決定的に変えたといえる。スヴェードベリは若者たちを殺すことも動かすこともできたかもしれないが、元に戻すことはできなかったはずだ。なぜなら二十四時間前にはすでに死んでいたからだ。

「確信があるんだな。あんたの推量がまったく見当外れだったという可能性はないか?」

「ない。時刻とどのくらいの長さ外気にさらされていたかについて多少の差はあるかもしれないが、根本的なところはいまおれが話したとおりだろうと思う」

「一つだけ、あんたが答えなかったことがある。犯行現場と発見場所が同じかどうかだ」

「まだ鑑識の仕事が終わっていない。が、敷物から地面に血がしみ込んでいると思われる」

「ということは、彼らはあの場所で撃たれたということか? そして動かされたというのか?」

「そのとおり」

「どこへ動かしたかが問題だな」

部屋にいる全員がその点に注目した。犯人の行動を明らかにする必要があった。犯人の動きは見えなくとも、彼が近くで動いているということはわかる。それだけでも大きな前進だった。

「単独犯だと思う」ヴァランダーが言った。「もちろん複数犯ということも除外視してはならないが。とくに三人の遺体を動かしたという点で、複数犯という可能性はおおいにある」

「もしかすると、間違った言葉を使っているのではないでしょうか？　動かした、ではなく、隠した、では？」フーグルンドが言った。

ヴァランダーはまったく同じことを言おうとしていた。

「とすると隠した場所は自然保護地区の奥のほうではないだろう。車を乗り入れることもできるが、禁じられている。あえて車で行けば人目を引く。ほかにどんな手があるか？　遺体は自然保護地区のどこかに隠されていたにちがいない。殺害現場のすぐ近くとか？」

「犬はなにも見つけなかったが、もちろんだからといってそれがすべてじゃない」ハンソンが言った。

ヴァランダーは決断した。

「鑑識の結果を待っている時間はない。夜が明け次第すぐに現場の捜索を始めよう。短期間か長期間かわからないが、とにかく遺体が一定期間隠されていた場所を捜すんだ。われわれの仮説が正しければ、それは殺害現場のすぐ近くにあるはずだ」

夜中の一時をまわっていた。全員が疲れ切っていた。少しでも眠らなければならない。すぐにまた現場捜査が始まる。

ヴァランダーは会議室を出た最後の人間だった。書類は自室の机の引き出しに入れた。上着を着て署を出た。風のない静かな晩だった。依然として暖かい。空気を肺いっぱいに吸い込んだ。明日はユーランソン医師の予約がある日だが、行くつもりはなかった。血糖値があまりにも高かった。三〇二。だがいま血糖値を心配している時間はなかった。

ゆっくりとひとけのないイースタの町を歩きだした。

今日の長い会議で、彼らが一度も取り上げなかった問題があった。だがヴァランダーはそれに気づいているのは自分一人ではないだろうと思った。不安が胸にうずく。

犯人の行動を憶測することはできる。だが、犯人の考えが読めない。なにが彼を駆り立てているのか。

なにより、犯人がつぎの行動を起こすかどうか、それがわからないのだ。

15

ヴァランダーは結局その晩一睡もしなかった。マリアガータンまで来てポケットに鍵を探したとき、不安が一気に彼を襲った。狙いを定めて一気に若者たちを撃ち殺した男が暗闇のどこかにひそんでいる。なにが男を駆り立てたのか？　ふたたび姿を現すのか？　ヴァランダーは鍵を手に持ったまま動けなくなった。意を決して鍵をポケットにおさめ、車に戻った。ひとけのない町から抜け出したとき、オペラのカセットを押し込んだ。が、つぎの瞬間それを止めた。夜は静まり返っていた。いま必要なのは静けさだった。サイドウィンドーを下げて、夜の風を中に入れた。不安が高まっては静まる。犯人がふたたび動きだすことのないようにと心の中で祈るような気持ちだった。だが、どうしても不安は消えなかった。犯人は暗闇の中に身をひそめている。捕まえるまでそうしているだろう。どうしても捕まえなければならない。捕まえられなかったために何年経っても夢の中に現れる犯人の一人にしてはならない。

一九八〇年代の初め、彼が妻のモナとまだ幼なかったリンダとともにマルメからイースタへ移ったころのこと。ある晩リードベリが電話で、少女がボリエの近くの畑で殺されていると知らせてきた。額に大きな傷があり、明らかに殺害されたらしいという。リードベリとヴァランダーは雪の降る十一月の夜中に現場に駆けつけた。殺しに間違いなかった。少女は映画を見てイースタからバスで帰り、停留所で降りたあと、家まで畑を横切る近道を行った。予定の時刻に帰ってこない娘を心配した父親が、懐中電灯を手に畑を通って道路に向かう途中、変わり果てた姿を発見したのだった。警察は何年にもわたって捜査した。捜査資料は何冊もの分厚いファイルになった。しかし犯人を捕まえることはできなかった。動機さえも不明のままだった。唯一の物証は壊れた洗濯ばさみだった。少女の体のすぐそばにあって、血痕が付着していた。だが、ほかになにも見つからず、この事件は未解決のままになった。その後何年もリードベリはヴァランダーの部屋に来てはこの未解決事件の話をした。新しい推理が浮かべばすぐにヴァランダーに話した。ヴァランダーはリードベリが休みのときでも時間があれば事件の資料を読み直しているのを知っていた。最後の最後までリードベリはこの事件を解決したがった。最期にがんの病床でリードベリが話したのも、そのときの少女のことだった。ヴァランダーはこの事件のことを忘れるなとのリードベリの遺言として受け止めた。ヴァランダーにこの事件の解決をゆだねたのだ。しかし、その後ヴァランダーは資料室へ行って、この事件の資料に一度も目を通したことがない。少女のこともめったに思い出すことはない。だが、少女のことは忘れてはいなかった。いまでも夢に見ることがある。いつも同じ夢だ。リードベリは背後にいて、ヴァランダーが横たわる少女をのぞき込んでいる。少女はかっと目を開いているが、金縛りにあっているようで声が出ないのだ。

幹線道路から下りた。三人の若者まで夢に出てきてはたまらない。それにスヴェードベリが加わるのはごめんだ。なんとしてでもこれを未解決事件にしてはならない。

自然保護地区に入る前に車を停めた。パトカーが一台停まっている。驚いたことに、車を降りてヴァランダーにあいさつした警官は警察犬係のエドムンソンだった。

「犬はどこだ？」

「家です。連れてきて車の中で寝かせることはできませんから」

ヴァランダーはうなずいた。

「変わったことはないか？」

「ニーベリと鑑識課の警官たちだけです」

「ここに来てるのか？」

「はい、ちょっと前に」

ニーベリも不安なのだ、とヴァランダーは思った。考えてみれば、当然のことだった。

「八月にしては暖かいですね」エドムンソンが言った。

「それでも秋はやってくる。それも急に」

懐中電灯をつけて、立入禁止のテープをまたぎ、保護地区の中に入っていった。


彼は長い時間暗闇の中にひそんでいた。あたりがすっかり暗くなったのを見計らってやってきた。人に見られずに保護地区に入るために、海岸のほうから来た。海岸に沿って歩き、岩を越えて藪《やぶ》と森の中に入った。警官と犬が見張っているのを恐れて、ぐるりと遠回りして、森の中の小道に通じる道幅の広い道まで来た。もし犬がほえたり騒ぎ立てたりしても、ここからならすぐに逃げることができる。だが、不安はなかった。警察に自分がここにいることがわかるはずがないからだ。

暗闇を通して、警官が行き来する姿が見える。車も数台通った。女の警官も二人いた。夜十時を過ぎると、ほとんどの警官が引き揚げた。彼は魔法瓶に入れてきた紅茶を飲んだ。上海に注文した紅茶はすでに到着しているという知らせがあった。翌朝早く小包みを引き取りに行くつもりだった。紅茶を飲み終わり魔法瓶をリュックサックに戻してから、ゆっくりと若者たちを殺した場所に近づいた。近くに犬はいないという確信があった。遠くに現場を照らす投光器のまぶしい光が見えた。まるで自分が一般公開されていない特別の芝居の上演にこっそりと入り込んでいるようだ、と思った。警察官たちの言葉が聞こえるところまで近づきたいという誘惑はあった。彼らの顔を見たい。しかしすぐに抑制した。自分にはそれができる。自己抑制ができなければ、自分を守ることはできない。確実に逃げおおせられない。

投光器の光をさえぎる影が見えた。

警察官たちの影が巨人のように大きく映っている。もちろん現実のサイズではないと彼にはわかっている。彼らは理解できない世界をうろうろしているだけだ。それは彼が作り上げた世界だ。一瞬彼は満足を覚えた。だが自信過剰は危険だということも知っている。隙を作ってしまうからだ。

ふたたび森の中の大きな道に戻った。そろそろ帰ろうと思っているときに、向こうから男が一人やってくるのが見えた。懐中電灯で足下を照らしている。一瞬、その顔が見えた。見覚えのある顔だった。新聞で見たことのある男だ。ニーベリという名前の鑑識官だ。暗闇の中を一人歩いてくる。いま目の前の暗闇にひそんでいる者がいるなどとは思ってもいないだろう。さまざまなピースを組み合わせて像を浮かび上がらせることはできるかもしれないが、隠れているものはわからないはずだ。

しばらく経って、リュックサックを背負ってまさに道を横切ろうとしたとき、もう一人近づいてくる者が目に入った。懐中電灯の光が見える。男はふたたび暗闇に身をひそめた。目の前を通り過ぎたのは大きな男で、疲れた足取りだった。ふたたび男の前に姿を現したいという誘惑に駆られた。男の前を野生動物のようにさっと横切って、闇の中に消えたいという衝動をじっと抑えた。

大きな男が急に足を止めた。懐中電灯でそばの茂みを照らしはじめた。一瞬彼は見つかると思った。逃げ道はない。が、光は通り過ぎ、大男はまた歩きだした。だが、ふたたび立ち止まり後ろを照らした。急に光を消し、音もなく暗闇に立って様子をうかがっている。しばらくそうしてからまた懐中電灯をつけて大きな男はいなくなった。

茂みの中で彼はその場から長い間動けなかった。激しい鼓動がおさまらない。あの男はなぜ立ち止まったのだろう？　音を聞いたはずはなかった。なにかあったのだろうか？

何時間そのままそこに横たわっていたか、彼にはわからなかった。初めて体内時計が狂った。一時間程度か、それともそれ以上か？　ようやく立ち上がり、道を横切って海辺に出て姿を消した。

明るくなりはじめていた。

ヴァランダーは遠くに明かりを見た。投光器が森の木々を照らしている。ニーベリの疲れて苛立った声がここからでも聞こえる。警官が一人小道の端でタバコを吸っているのが見える。

ヴァランダーは足を止めて耳を澄ました。なぜそうしたのかわからなかった。犯人は闇の中にいて、だれからも見えないと、車の中で考えていたためだろうか？　突然、音がしたような気がして、足を止めた。恐怖に心臓をわしづかみにされる。しばらくして、やはり気のせいだと思った。もう一度足を止めて耳を澄ます。だが、聞こえてくるのは海岸に打ち寄せる波の音だけだった。

タバコを吸っている警官に近づいて声をかけた。ヴァランダーを見ると警官はタバコを消そうとしたが、ヴァランダーはかまわないというように手を振った。そこはちょうど投光器の光の輪の外になる場所だった。若い警官で、イースタ署に配属されてからまだ半年も経っていない。ベーント・スヴェンソンといい、背が高く赤毛だった。ヴァランダーはそれまでほとんど彼と話したことがなかった。しかし彼のほうは数年前にヴァランダーがストックホルムの警察学校で講演をしたときにあいさつをしたことがあると言った。

「どうだ、変わったことはないか？」

「近くにキツネがいると思います」警官が言った。

「なぜだ？」

「ちらりと影が見えましたから。猫よりも大きかったです」

「スコーネにキツネはいないよ。動物の疫病が流行ったときに絶滅した」

「でも、あれはキツネだと思います」

ヴァランダーはうなずいた。

「それじゃそういうことにしよう。きっとキツネだ。キツネ以外のものじゃないさ」

投光器の光の中に入り、斜面を下りはじめた。ニーベリは三人の遺体が横たわっていたそばの木の根元を見ていた。青い敷物はもう取り払われている。ヴァランダーを見て、ニーベリは顔をしかめた。

「なぜここにいるんだ？　眠っているはずのあんたが。一人でも元気な者がいなくてはならないときに」

「わかっている。だが眠れないこともあるさ」

「だれにでも眠りは必要だ」ニーベリの声は疲れでかすれていた。最悪の機嫌だ。

「だれにでも眠りは必要だ」ニーベリは繰り返した。「こんなことはあってはならないんだ」

二人はその場に立って、一人の警官がおもちゃのような小さいシャベルで立木の根元を掘り起こそうとしているのをながめた。

「おれは警察官を四十年務めた」唐突にニーベリが言った。「あと二年で定年退職だ」

「そしたらなにをするつもりだ？」

「退屈で退屈でしかたがなくなるだろうさ。だが、森の中で腐りかけた若者たちはもう見なくてもすむ」

ヴァランダーは元銀行理事のスンデリウスの言葉を思い出した。以前は仕事をしていた。いまは毎日ひまを持て余している。

「きっとなにか見つけるさ」ヴァランダーは慰めを言った。

ニーベリは口の中でぶつぶつつぶやいた。ヴァランダーはあくびをし、疲れを追い出すかのように体をぶるっと震わせた。

「もともとここに来たのは、これから起きることを推測するためなんだ」

「掘り起こしのことか？」

「おれたちの推測が正しければ、犯人が死体をどこに隠したかの見当もつくんじゃないかと思う」

「犯人は単独犯かどうかが問題だ」ニーベリが言った。

「おれは単独犯だと思う。このような殺害を二人でやるのはまず無理だ。もう一つ、犯人は男だと思う。女が真っ正面から顔を撃つとは考えられないという単純な理由からだが。相手が若者ならとくにだ」

「一昨年の事件を忘れているな」

ニーベリは二年ほど前の事件のことを言っていた。連続殺人事件だったが、犯人は女で、追いつめてようやく捕まえた。しかし、それでも今回ヴァランダーの理由づけは変わらなかった。

「おれたちが追っているのはだれなんだ？　見捨てられた変人か？」

「そうかもしれない。だが、そうとはかぎらない」

「とにかく相手は一人だというところから始めるんだな」

「そうだ。単独犯だ。だとしたら死体を三体隠さなければならないとき、なにを考える？　どう行動する？」

「まず移動距離を縮める。実際的な理由からだ。おそらく担いで運ばなければならないだろう。台車でも持ってこないかぎり。しかしそんなものを持ってきたら目立つ。この犯人は用心深いタイプのようだから、それはしないだろう」

「縮めなければならないのは移動距離だけではない。時間のこともある。場所はなんといっても皆が散歩する自然保護地区だ。しかも夏。夜でも明るいから人に見られる可能性がある」

「つまり、近くに埋めたということか？」

「埋めたとしたら、だ。ほかの可能性は？」

「ロープと滑車で木の上に上げることはできるが、その場合死体の腐乱はもっと激しくなったはずだ」

　ヴァランダーは一つのことを思いついた。

「遺体が生き物に食われたあとはあったか？　鳥のくちばしについばまれたとか？」

「いや。しかしそれは検視官のほうの仕事だ」

「ということは、遺体はおそらくまったく人の手の届かないところに隠されていたということだ。だが、動物は土を掘る。それでわかるのは、遺体は隠されていただけでなく、包まれていたか、なにかの中に入れられていたのではないか？　箱とか厚いビニール袋とか」

「おれはその分野に詳しくないが、温度によって腐敗の程度がちがうはずだ。詳しくはわからなくとも、密閉した空間にあった死体と外の地面に放置されていた死体とでは腐敗の速度がちがうことはたしかだ。ということは、あの死体はおれたちが思っていたよりも長い時間外にさらされていたのかもしれない」

　決定的な意味に近づいたような気がした。

「ということは？」

　ニーベリは片手を上げた。

「犯人は斜面を登るのはいやだっただろう」と言って、目の前の斜面を指さした。

「小道を横切ることも」

　斜面に背を向けて立った。暗闇を見る。投光器の反射レンズの熱に引き寄せられた虫が踊っている。

「左には下への斜面がある」ニーベリが言った。「が、すぐに上向きの坂になる。あそこではないと思う。上りの斜面が近すぎる」

「正面はどうだ？」

「平らだ。深い茂みがあるし濃い藪がある」

「右はどうだろう？」

「最初に藪がある。だがそれほど濃くはない。その先は冬になったら雪がたまりそうな湿地だ。

その先はまた藪だ」

「それじゃ正面か右だな」ヴァランダーが言った。

「右だとおれは思う」ニーベリが答えた。「一つ忘れたことがある。正面をまっすぐ行ったら、小道に出る。だからといって無視する必要はないが」

ニーベリは木の根元を掘っていた警官を呼んだ。

「正面に進んで、なにが見えたか、話してくれ」

「キノコがたくさん生えていました」

警官が言った。

「キノコの生えるところは人が来るから、おそらく避けるだろうな。たとえまだ夏でも」

ニーベリがうなずいた。

「おれはキノコ狩りによく出かける。シーズンオフでもその場所へときどき行ってみるんだ」

つなぎの作業着を着た警官は元の場所に戻った。

「それじゃ右側から始めるか。明るくなり次第すぐに。目印は地面に掘られたあとがあるところだ」

「われわれの推測が正しければ、そこに死体が埋められていたということになるが、もしかするとまったく見当違いかもしれない。そのリスクもある」ニーベリが言った。

ヴァランダーは疲れすぎていて返事もできなかった。車に戻って、二、三時間眠ることにした。ニーベリが途中までいっしょに来た。

「ここに来る途中、近くで人の気配がしたような気がした。スヴェンソンはキツネが動く影を見たと言っている」

「一般人は眠っているときに悪夢を見る。が、おれたちは悪夢のような現実の中にいるんだ」

「おれは心配でならない。やつはまたやるんじゃないか」

ニーベリはしばらく考えてから言った。

「たしかなのは、やつもこれが初めてだということだ。このような殺人は、いや私刑と言うべきか、とにかくこれは我が国では初めてのことだ。もしいままでにもあったのなら、おれたちが知らないはずはないし、とっくに気がついているはずだ」

「マーティンソンに全国にこの事件を知らせてもらおう。ほかの地方でこんなことがいままで起きているのかどうか知りたい」

「繰り返されるのが心配なのか？」ニーベリが訊いた。

「あんたは心配じゃないのか？」

「おれはいつだって心配だ。だがおれはここで起きたことは一回きりだという気がしている」

「あんたが正しいことを望むよ」ヴァランダーが言った。「おれは二、三時間したら戻る」

自然保護地区の入り口まで戻ったが、今度はまったく暗闇に人の気配を感じなかった。車の後部座席に体を丸めると、すぐに眠りに落ちた。


目を覚ましたときはもう明るくなっていた。窓ガラスを叩く音で目が覚めた。アン＝ブリット・フーグルンドがのぞき込んでいる。ぼーっとしたまま車の外に出た。体のふしぶしが痛んだ。

「何時だ？」

「七時を過ぎたところです」

「寝すぎたな。鑑識は掘り起こすところを探しはじめているにちがいない」

「はい、始まっています」フーグルンドが言った。「それで呼びに来たのです。ハンソンがいまこっちに向かっています」

二人は小道を急いだ。

「車で寝るのは好きじゃない。目を覚ましても顔も洗えないし体中が痛む。おれはこんなことをするには年を取りすぎた。朝のコーヒー一杯も飲まずにいい考えが浮かぶはずもない」

「コーヒーならありますよ」フーグルンドが言った。「署のほうから魔法瓶が届いていなければ、わたしのをお分けします。よかったらサンドウィッチもいかがですか？」

ヴァランダーは歩く速度を上げた。それでもフーグルンドのほうが彼より早かった。それに気がついて彼は少し不機嫌になった。数時間前に暗闇にひそんでいる者がいるのではないかと思った木のそばまで来たとき、ヴァランダーは立ち止まりあたりを見まわした。突然、この道を通る人間をチェックしたかったら、ここは最適の場所であることに気がついた。フーグルンドがいぶかしげに彼を見た。ヴァランダーはいまは説明する気になれなかった。あたりをすっかり観察してから決心した。

「頼みたいことがある。エドムンソンに犬をここに連れてきて、この木のまわりを調べるように言ってくれないか。道の両側半径二十メートルの範囲だ」

「どうしてですか？」

「必要だとおれが思うからだ。とりあえずそれを理由にしてくれ」

「でも、犬になにを探させるのですか？」

「わからない。ここにあってはならないもの、ここにあったら不自然なもの、なんでもいい」

フーグルンドはそれ以上訊かなかった。詳しく説明するべきだったという気がした。が、もう遅すぎる。彼らはそのまま歩き続けた。彼女は新聞をヴァランダーに手渡した。第一面に彼らがルイースと推測する女の写真が載っていた。歩きながら、彼は新聞に目を通した。

「この件の担当者は？」

「マーティンソンがこれに関する通報を受け持っています」

「抜かりなくやらねばならない」

「マーティンソンはいつも抜かりなく仕事をします」

「そうとばかりはかぎらない」

自分でもずいぶん苛立った、相手の言葉を否定する言いかただと思った。疲れているからといって、彼女に八つ当たりすることはない。だが差し当たりほかに人がいなかった。あとで、この事件が落ち着いたら、彼女とゆっくり話をしよう。

そのとき、ジョギングしている男がこっちに向かってくるのが目に入った。彼はすぐに見咎めた。

「ここは立入禁止になっていないのか？　警察以外の人間が入ってはならないのに」

ヴァランダーは森の中の道の真ん中に立った。男は三十歳ほどだろうか。イヤホンをつけて走っている。ヴァランダーはそばを走りすぎようとした男の前に腕を伸ばして行く手をさえぎった。あっという間のできごとだった。けんかを売られたと思ったジョギング男は振り返ってヴァランダーをこぶしで殴り倒した。強いパンチでまったく予期せぬことだった。ヴァランダーは道に倒れ、一瞬気が遠くなった。数秒後目を開けると、アン＝ブリット・フーグルンドが男を取り押さえ、両腕を背中にまわしているところだった。イヤホンが外れたテープレコーダーは足下に転がっている。驚いたことにオペラの曲が急に流れ出した。そのとき、制服姿の警官が小道の向こうから走ってきた。フーグルンドが応援を頼んだのだ。警官たちは男に手錠をかけた。その間にヴァランダーは立ち上がろうとした。あごが痛む。口の中が切れているようだった。だが歯は折れていない。自分を倒した男に向かって言った。

「ここは立入禁止になっている。わからなかったはずはないだろう」

「立入禁止？」男は驚いたように訊いた。本当に知らなかったようだ。

「この男の名前を書き控えるんだ」ヴァランダーが警官たちに言った。「立入禁止が確実に実行されるように注意しろ。そのうえで帰ってもらっていい」

「訴えてやる」ジョギング男は怒りの声をあげた。

ヴァランダーは男に背を向けて、口の中を指で触ってみた。それからゆっくりと振り返った。

「名前は？」

「ハグロート」

「ファーストネームは？」

「ニルス」

「なにを訴えるんだ？」

「警察による過剰暴力だ。ジョギングでだれかに迷惑をかけたわけでもないのに殴られた」

「間違いだ。殴られたのはこっちであんたじゃない。私は警察官で、あんたが立入禁止区域を走っているので止めただけだ」

ジョギング男は抗議しようとしたが、ヴァランダーがさえぎった。

「一年の刑もあり得るんだぞ。警官の公務執行を妨害した罪で。重大なことなのだ。市民は警察の指示に従う義務がある。あんたは立入禁止区域に入っていた。それは一年以上の刑だ。三年か。執行猶予がつくなどと思うな。前科があるのか？」

「もちろんない」

「それじゃ三年だ。だが、今回のことを忘れて、これからここに立ち入らなければ、こっちもそれなりに対応しよう」

ジョギング男はさらに抗おうとした。ヴァランダーの手がふたたび上がった。

「十秒以内に態度を決めるんだ」

男はうなずいた。

「手錠を外して、自然保護地区の外に出してやれ。住所を訊くのを忘れるな」ヴァランダーが警官たちに言った。

ヴァランダーは森の中の道をふたたび歩きはじめた。頬に鈍い痛みを感じた。だがパンチを受けたことで疲れは吹き飛んだ。

「三年ということはないと思いますよ」アン゠ブリット・フーグルンドがそばでささやいた。

「だが彼は知らない。おれが言ったことを調べたりはしないだろうよ」

「警察本庁の長官が避けるべきだと言うのは、こういう衝突だと思いますよ」フーグルンドが皮肉な口調で言った。「市民の警察に対する信頼に傷がつく、と」

「これは、おれたちがヒルストルム、ボイエ、ノルマンを殺した犯人を挙げられないことに比べたら、ささいなことだ。スヴェードベリ殺しの犯人検挙だってできていないのだから」

犯行現場まで来ると、ヴァランダーは使い捨てのコップにコーヒーを注ぎ、死体が隠されていた場所を捜す準備をしていたニーベリのほうへ行った。ニーベリの髪の毛は乱れ、目は充血していて、怒っていた。

「この準備作業は本来おれの仕事じゃないんだ」ヴァランダーを見て彼は怒鳴った。「ほかの者たちはどこにいる？　なんだその顔は？　血が流れてるぞ」

ヴァランダーは口元に手を当てた。血が流れ出していた。

「ジョギングしていた男とけんかになった」と言った。「ハンソンはいまこっちに向かっている」

「ジョギング男とけんか？」

「いまは話したくない」ヴァランダーが言った。

それからニーベリと夜中に話したことをアン＝ブリット・フーグルンドに説明した。

「きみにこれを担当してもらいたい。三死体を埋めて隠しておいた場所をこれから捜すんだ。おれたちは夜中にたぶんこのあたりではないかという見当をつけた」

七時半。空はすっかり晴れ上がっていた。とにかく雨が降らないだけでもありがたかった。痕跡が雨でわからなくなるのを恐れるからだ。

ハンソンが斜面を急いで下りてきた。彼もまたほかの者たち同様に疲れて見えた。

「天気予報を聞いたか？」

ハンソンは車の中で予報を聞いていた。

「晴天だ。今日も明日も」

ヴァランダーはすばやく判断した。アン＝ブリットとハンソンが現場にいてくれれば、自分はいなくてもいい。そしてマーティンソンが署で指揮をとってくれれば、ヴァランダーは早急にしなければならないことに対応できる。

「頬に血がついているぞ」ハンソンが言った。

ヴァランダーはそれには応えず、携帯でマーティンソンに電話をかけた。

「そっちに行く。ここはハンソンとアン＝ブリットに残ってもらう」

「なにかわかりましたか？」

「まだ早すぎる。ルンドの検視官には連絡がつくか？」

「こっちから電話してみましょうか?」

「頼む。急いでいると言ってくれ。とにかく殺害時間を早く知りたい。それと、いちばん先に殺されたのがだれか、知りたいのだ」

「なぜそれが重要なんですか?」

「重要かどうかはわからないが、犯人が追っていたのはこの中の一人かもしれないということだ」

マーティンソンは承知し、すぐにルンドへ電話すると言った。ヴァランダーは電話をポケットに入れた。

「おれはイースタへ戻る。なにかあったらすぐに知らせてくれ」

車に戻る途中、犬を連れたエドムンソンに会った。フーグルンドはヴァランダーが気づかぬうちにすぐに電話をしたにちがいない。エドムンソンも連絡を受けてすぐにこっちに来たのだ。

「犬をどうやってこっちに運んだんだ?」

「いや、同僚が連れてきてくれたんです。なにを捜させたいんですか?」

ヴァランダーはあたりを指さして説明した。

「それじゃ、なにかを捜し出すということじゃないんですね?」エドムンソンが訊いた。

「ここにあっては不自然なものを見つけてほしい。なんでもいい。なにか見つけたらニーベリに知らせてくれ。ここが終わったら、向こうの連中の手伝いをしてくれ。死体の隠し場所を捜している」

エドムンソンは真っ青になった。

「まだ死体があるんですか？」

ぎくっとした。ヴァランダーはそこまで考えていたわけではなかった。が、すぐにそんなことはあり得ないと打ち消した。

「いや、そうじゃない。あの三体が埋められていたところを捜すのだ」

「それがわかったら？」

ヴァランダーは答えず小道を戻っていった。エドムンソンの問いはもっともだ。それがわかったら？　それがわかったらなにがわかる？　死体を隠すことが、なぜ犯人にとって重要だったのだろうか？　しかも、そのあと取り出しているのだ。おれたちはこの問いをないがしろにしていた。答えだけを求めていた。だがこの問いはもしかすると重大な鍵かもしれない。

ヴァランダーは車に乗り込んだ。あごが痛む。エンジンをかけようとしたとき、電話が鳴った。マーティンソンだった。

ルンドから結果がきたのだ、とヴァランダーは思った。待っていた答えだ。

「結果は？」

「なんの、ですか？」

「ルンドへ電話したんじゃなかったのか？」

「するひまがありませんでした。ほかからの電話が入ったので。これはその知らせです」

そのときになって、マーティンソンの声が緊張していることに気がついた。なんの理由もなくそんな声を出すマーティンソンではない。

頼む、もう一体見つかったというのだけはやめてくれ。お手上げだ。

「電話は病院からでした。イーサ・エーデングレンが姿をくらましたそうです」

ヴァランダーの車の時計は八時三分だった。八月十二日月曜日。

16

ヴァランダーは病院まで真っすぐ車を走らせた。間違いなくスピード違反だった。病院前に着くとマーティンソンが待ちかまえていた。ヴァランダーは駐車禁止の場所に適当に車を停め、急いで病院に入った。

「いったいなにが起きたんだ？」

マーティンソンは手帳を見ながら言った。

「だれも見た者はいないんですが、イーサ・エーデングレンは早朝そっと病院を抜け出したらしいんです。わかっているのはパジャマから服に着替えていることだけです」

「電話をかけた形跡は？　車で迎えに来た者がいるのか？」

「はっきりしたことはなにもわかりません。彼女のいた病棟には入院患者が多数います。しかし夜勤の看護師は少ない。公衆電話はいくつかあります。六時前に抜け出したと思われます。四時ごろに巡回した看護師はイーサがベッドで寝ていたのを見ています」

「おそらく眠っていなかったのだろう。様子をうかがっていたにちがいない。それから適当なときを見て抜け出したのだ」

「どうしてこんなことを？」

「わからない」

「また自殺を試みるかもしれませんね？」

「あり得る。昨日彼女は友だち三人のことを聞いた。そして今日の早朝病院をこっそり抜け出している。これはどういうことだと思う？」

「怖くなったとか？」

「そのとおり。問題は彼女がなにを恐れているのか、だ」

イーサを捜す出発点は一つしかなかった。スコルビーの家だ。マーティンソンは署から自分の車で病院まで来ていた。ヴァランダーは彼にいっしょに来てくれと頼んだ。

スコルビーまで来ると彼らはまずルンドベリの家に立ち寄った。ルンドベリは家の前でトラクターを掃除していた。二台の車が家の前で停まったのを見て、彼は驚いた様子だった。ヴァランダーはマーティンソンを紹介し、単刀直入に訊いた。

「昨日病院に電話しましたね。そしてイーサの状態は比較的良好だと聞いたと思います。ところが今日の未明、彼女は病院を黙って抜け出してしまった。四時から六時の間です。彼女を見かけませんでしたか？　今日は何時に起きました？」

「早かったね。うちはいつも四時半には起きる」

「イーサを見かけていないということですね？」

「そうだ」

「早い時間に車の音を聞きませんでしたか？」

返事はすぐにきた。

「この道の先に住んでいるオーケ・ニルソンが今朝五時ごろ車で出かけた。食肉処理場で週三回働いているんだ。それ以外は車は通らなかったね」

ルンドベリの妻が外に出てきた。会話の一部を聞いたらしかった。

「イーサは来ていませんよ。車は一台も来ていません」

「ここ以外の隠れ場所があるのでしょうか、彼女に」マーティンソンが訊いた。

「知らないな、われわれは」

「イーサから連絡があったら、かならず知らせてほしい。わかりましたか?」

「でもイーサから電話を受けたことなどありませんよ」ルンドベリの妻が言った。

ヴァランダーはすでに車に乗り込んでいた。エーデングレンの家の庭先に車を停めると、母屋の樋《とい》に手を入れて鍵を取った。それからマーティンソンといっしょに裏の東屋へ向かった。最後に彼がここを出たときと同じ状態だった。母屋の正面にまわった。鍵を開けて中に入った。家の中は外から見るよりもさらに大きく見えた。調度品は気取った高価そうなものばかりだった。まるで美術館のようだとヴァランダーは思った。人が住んでいる形跡はほとんど見られなかった。下の階の部屋を見てまわり、そのあと上に行った。天井に大きな飛行機がぶら下がっている寝室があった。机の上にはパソコンがある。その上にシャツが一枚掛けてあった。これはイーサの弟のユルゲンの部屋だろう。自殺した弟だ。浴室に入ると鏡のそばに電気の差し込みがあった。いやな気分になりながら、ヴァランダーはマーティンソンにイーサの弟が自殺したのはおそらくここにちがいない、と言った。

「めったにないことじゃないですか?」マーティンソンが言った。「トースターを使って自殺するなんて」

ヴァランダーはすでに浴室を出かかっていた。すぐ隣にもう一つ寝室があった。中に入ってすぐにイーサの部屋だとわかった。

「徹底的に探すことにしよう」

「なにを、ですか?」

「わからない。しかし、イーサは自然保護地区に三人といっしょに行くはずだった。そのあと自殺を試みた。そしていま彼女は逃げ出した。なにかを怖がっていることはたしかだ」

ヴァランダーはイーサの机に向かった。マーティンソンはタンスの中身を見てから、片方の壁全体を占めているクローゼットに取りかかった。机の引き出しには鍵がかかっていなかった。開けてみるとうなずけた。中にはほとんどなにも入っていなかった。ヴァランダーは不思議に思った。なぜなにもないのだろう? ヘアピンが何本か、壊れたペンと外国のコインが少々だけ。だれかほかの者が引き出しの中身を持っていったのか? イーサ自身かほかの者か? 机の上にある下敷きを持ち上げてのぞいてみた。下手な水彩画があった。IE95と隅にサインがあった。海辺の景色だった。海と海辺の岩。ヴァランダーはそれをまた下敷きの下に戻した。ベッドのそばの本棚には本が数冊並んでいた。本の背に指を走らせて書名を読んだ。何冊かはリンダの本棚で見かけたことがある本だった。本の並びの後ろにまだ二冊、本があった。二冊とも英語の書名だった。片いっぽうは『未知への旅』、著者はティモシー・ニールとあった。もう一冊は『人生劇にどう自分を投入するか』、レベッカ・スタンフォード著。装丁はよく似ていた。幾何学的な記号、数字、そして宇宙のようなものに向かって自由に飛んでいるような表紙。ヴァランダーはふたたび机に向かった。二冊の本はよく読み込まれていた。自然にページが開いた。隅が折れていたり、すり切れたりしている。ヴァランダーは眼鏡をかけて裏表紙の解説文を読んだ。ティモシー・ニールは眠っている間に見る夢に出てくる精神的な地図に従うことが大事であると説いている。ヴァランダーは顔をしかめてそれを脇に置くと、もういっぽうの本を取り上げた。レベッカ・スタンフォードはなにやら〝時系列的解決〟と自らが命名したことについて書いている。彼は一気に注意を集中させた。その本は、人がチームを組めば時と空間の間を行き来することができると説くもののようだった。作者は、それは〝無意味で理解不能な現代〟において自分らしく生きる正しい方法だという意見らしい。

「レベッカ・スタンフォードという名前の作家、聞いたことがあるか？」ヴァランダーがマーティンソンに訊いた。マーティンソンはちょうどいすの上に上がってクローゼットの一番上の棚を見ようとしていた。

いすを下り、マーティンソンは本の表紙を見て首を振った。

「ヤングアダルト向きの本じゃないですか？　娘さんに訊くほうがいいですよ」

ヴァランダーはうなずいた。もちろんマーティンソンの言うとおりだろう。リンダは読書家だ。この夏ゴットランドへいっしょに旅行したときに、彼女が持ってきた数冊の本を見たが、どれも聞いたこともない作家のものばかりだった。

マーティンソンはまたクローゼットに戻った。ヴァランダーはつぎにベッドに移った。ベッドサイドにアルバムが何冊かあった。ヴァランダーはそれらを持ってまた机に向かった。イーサと弟と思われる男の子の写真があった。色が褪せはじめている。室内で撮ったものも戸外のもある。一枚は冬で、イーサと弟が雪だるまを囲んで立っている。二人とも硬い表情で、うれしそうでも得意そうでもない。そのあとはイーサが一人で写っているものが続いた。学校の記念写真もあった。イーサが友だちといっしょにコペンハーゲンに行ったときの写真もある。そのあとまたユルゲンの写真があった。もう少し大きくなった写真だ。十五歳ぐらいで、不機嫌そうだ。不機嫌なその表情が本物なのか、撮影のためにそのような顔をしたのかはわからない。

この写真にはもうすでに自殺の影が写っているとヴァランダーは憂鬱《ゆううつ》になった。だが、少年自身はそれを知っていただろうか？　イーサは明るく笑っていた。ユルゲンは不機嫌だった。そのあと海岸の写真が続いた。海と波打ち際の岩。ヴァランダーはさっきの水彩画を取り出して見比べた。似ている。アルバムの隅に〈ベルンスー、一九八九年〉と書き込まれていた。ヴァランダーは先をめくった。どこにも両親の写真はなかった。ユルゲンとイーサ。友だち。そして景色。海と沖の小島。だが、両親の写真はない。

「ベルンスー、聞いたことがあるか？」ヴァランダーが訊いた。

「気象通報で名前が挙がる島の一つじゃないですか？」

ヴァランダーは聞いたことがなかった。つぎのアルバムに目を通した。少しあとの写真だった。そこにも両親の写真はなかった。大人の写真は一枚もない。いや例外が一つ、ルンドベリ夫婦が家を背景に立っている。トラクターも片隅に入って写っている。時期は夏で、夫婦は笑っていた。これを撮ったのはイーサにちがいないとヴァランダーは思った。そのあとはまた海と岩の写真が続いた。中の一枚にイーサ自身が写っている。海表面すれすれのところにある岩の上に立っている。

ヴァランダーは長いことその写真を見ていた。

まるでイーサが海の上を歩いているように見える。だれが撮ったのだろう？

そのときクローゼットのほうでマーティンソンが口笛を吹く音がした。

「これを見てください」

ヴァランダーは急いでそばに行った。

マーティンソンの手にカツラがあった。それは例の写真に写っていたヒルストルム、ノルマン、ボイエがかぶっていたのに似ていた。一房の髪の毛にゴムバンドで紙が巻きつけてあった。

ヴァランダーはそっとそれを外した。

〈ホルムステッド衣装道具レンタル〉とあった。住所はコペンハーゲンで電話番号もある。

紙をひっくり返してみると、カツラは六月十九日に貸し出されていた。返却は六月二十八日までとなっている。

「すぐに電話をかけましょうか？」マーティンソンが訊いた。

「すぐにもその店に行くべきだろう。しかし電話が先だ」

「電話はお願いします。どうもデンマーク人はこっちの言うことがわからないので」

「あんたが向こうの言うことがわからないのだろう」ヴァランダーはやさしく言った。「向こうの言葉にちゃんと耳を傾けないからだ」

「私はベルンスーの場所を確かめます。なぜそれが重要なんですか?」

「それはまだよくわからないが」コペンハーゲンの衣装屋に携帯から電話をかけながらヴァランダーが言った。女性の声がした。ヴァランダーは名前を名乗り用件を言った。六月十九日に貸し出され、まだ返されていないカツラがあるはず。

「借り手はイーサ・エーデングレン。スウェーデンのスコルビーの住所だと思います」

「少々お待ちください」という声がした。

ヴァランダーは待った。マーティンソンは部屋を出て電話をかけ、沿岸警備隊の電話番号をだれかに聞いている。ヴァランダーの電話に女性が戻ってきた。

「イーサ・エーデングレンという人にはその日前後にカツラを貸し出している記録がありません」

「名前がちがうかもしれない」ヴァランダーが言った。

「店番はわたし一人で、いま接客中なのです。あとでお電話くださいませんか?」

「いや、待てません。いま答えていただけないのなら、デンマーク警察にそちらに行ってもらうことになりますよ」

店員はそれ以上反論しなかった。マーティン・ボイエ、レーナ・ノルマン、アストリッド・

ヒルストルムの名前を聞くと、また電話口からいなくなった。部屋の外からマーティンソンの苛立った声が聞こえてきた。しきりにほかの部所に電話を回そうとする相手に声を荒らげている。電話口に女性が戻ってきた。

「おっしゃるとおりでした。レーナ・ノルマンという女性が六月十九日にカツラを四個借りて、代金を払っています。ほかにも衣装をいくつか。これらすべてが六月二十八日に返却されることになっていましたが、どれも戻っておりません。督促の手紙を出そうとしていたところでした」

「その女性を覚えていますか？　一人でしたか？」

「その日はほかの店員の出勤日でした。スーレンソンです」

「直接話がしたいのですが？」

「八月末まで夏休みをとっています」

「どこにいますか？」

「アンタクティスに」

「アンタクティス？」

「南極へ向かっているんです。昔のノルウェーの捕鯨基地を訪ねたいと言っていました。スーレンソンの父親が捕鯨をしていたらしいのです。モリでクジラを捕っていたとか」

「とにかくそちらにはレーナ・ノルマンを確認できる人はいないのですね？　彼女が一人でカツラを借りに来たかどうか知りたいのですが」

「ええ、申し訳ありませんが。でも、カツラはお返しいただきたいのです。もちろん契約違反の弁償も払ってもらわなければなりません」

「それにはちょっと時間がかかるでしょう。いまは警察の手にあるので」

「なにか起きたのですか？」

「ええ、そういうことです。また連絡します。スーレンソン氏が戻られたら、スウェーデンのイースタ警察署にすぐに連絡してほしいと伝えてください」

「わかりました。伝えます。ヴァランダー刑事でしたか？」

「ええ。クルト・ヴァランダーです」

ヴァランダーは携帯電話を机の上に置いた。レーナ・ノルマンはコペンハーゲンへ行った。一人で行ったのか、それとも？

マーティンソンが部屋に戻ってきた。

「ベルンスーはウステルユートランドにあります。正確に言えばグリッツ群島の一つです。もう一つノルランドの海域にも同じ名前の島がありますが、それは漁師の足場のようなものですからちがうでしょう」

ヴァランダーはいまのコペンハーゲンの衣装屋の話をした。

「レーナ・ノルマンの親と話すべきですね」

「できれば二、三日待ちたいところだが、そうもいかないだろう」

子どもを亡くしたばかりの親たちを煩わせなければならないのを悔やむように、二人はしばらく沈黙した。

下の階で入り口ドアが開く音がした。二人ともイーサ・エーデングレンが帰ってきたのかもしれないと思った。階段まで行って下を見ると、玄関に立っているのは作業着を着たルンドベリだった。上の二人を見て、ルンドベリは長靴を脱いで上がってきた。

「イーサから連絡があったんですか？」ヴァランダーが訊いた。

「いや、それに邪魔しに来たわけでもない。あんたがさっき家の前で言ったことなんだが。わしが電話してイーサの具合を訊いたという話だ」

電話をかけてイーサの具合を訊いたのは、不適当なことだったとルンドベリが誤解したのかもしれないとヴァランダーは思った。

「どんな具合かと心配して電話をかけたのはまったく当然なことですよ」と相手をなだめるようにヴァランダーが言った。

「いや、そうじゃない。わしは電話なんかしていない。わしだけじゃない、妻もしてないのだ。わしたちは二人とも病院へ電話をかけてイーサの具合はどうだと訊いたりしてはおらんのだ。もしかするとそうすべきだったのかもしれんが」

「電話していない？」

ヴァランダーとマーティンソンは顔を見合わせた。

「そうだ」

「おかみさんも？」

「そうなのだ」

「ほかにルンドベリという名前の人が電話したという可能性は？」

「ほかの人？　そんな者はいないね」

ヴァランダーは目の前の農夫をまじまじと見た。この男がうそをついているとは思えない。ということは、だれかほかの者が病院に電話をかけたのだ。イーサがルンドベリ夫婦と近しい関係だと知っている人間だ。しかも彼女が病院に入っていると知っている人間。なにを知りたかったのだろう？　イーサが回復したか、それとも死んだのかを知るために？

「わしにはわからん。いったいだれがわしのふりなどして電話をかけるんだ？」

「それはもしかすると、あなたのほうがわかるかもしれませんね」ヴァランダーが言った。「両親ともめごとがあるときにイーサがお宅に来ることがあると知っている人間はどのくらいいますか？」

「村の人間ならだれでも、イーサがうちに来ることを知っている。だが、わしの名前をかたって病院に電話する人間など、いないと思うね」

「救急車を見た人間は多いでしょう」マーティンソンが言った。「なにが起きたのかと電話してきた人間はいませんでしたか？」

「カーリン・ペアソンは電話してきたな。幹線道路の近くのくぼ地に住んでいるんだが、好奇心が強くてね。まわりで起きることはなんでも知っている。だが、男のような声じゃないね」

「ほかにだれか思い当たる人は？」

「オーケ・ニルソンが仕事の帰りに寄った。豚肉のブロックを持ってきてくれたんだが、オーケには話したよ、イーサのことを。だが、オーケはイーサとはつきあいがない。だから病院に電話するはずはない」

「それでぜんぶですか？」

「郵便配達人が宝くじの知らせを持ってやってきたな。三百クローネ当たったんだよ。エーデングレンさんは在宅かと訊かれたからイーサは病院だと教えたよ。だが、郵便配達人が電話するはずはないだろう」

「ほかにはだれもいないんですか？」

「そうだ」

「話してもらってよかった」ヴァランダーはこれで話は終わりだということをはっきり知らせる言いかたをした。ルンドベリは一階に下り、長靴を履いて帰った。

「おれは夜中に自然保護地区の現場へ行った。車から保護地区の中へ向かう途中、突然、人の気配を感じた。暗闇に隠れて、何者かが様子をうかがっていた。そのときは気のせいだと思ったが、いまはわからない。朝になって、エドムンソンに犬を連れてそのあたりを調べろと言った。われわれの様子をうかがっている者がいるのだろうか？」

「スヴェードベリがいたら、こういうときなんと言ったかわかりますよ」

「なんと言った？」

「スヴェードベリはよくアメリカ先住民の話をしてくれました。たぶん一九八八年だったと思いますが、彼といっしょにフェリーターミナルの張り込みをしていたことがあるんです。まだ寒い春のころでした。大規模な密輸事件を追っていたんですが、覚えていませんか？　とにかく車の中で眠気を払うためにスヴェードベリはアメリカ先住民の話を次々にしてくれた。その中に彼らの追跡のやりかたについての話があった。だれかにつけられているかどうかを知るために、彼らがどうしたか。立ち止まるんです。いつ動きを止めるかが大切なんです。動きを止めたらそっと物陰に隠れる。そして後ろから来る者を待つんです」

「それで、スヴェードベリだったら、どう言ったと思うんだ？」

「ときどき立ち止まって、後ろを見ろと」

「なにが見えるだろう？」

「そこにいるはずのない人間」

ヴァランダーは考えた

「なるほど。つまり、この家を見張らせるべきだということか。われわれと同じことを考える人間がいるかもしれない。その人間はイーサの部屋を探すだろうから、と。そういうことか？」

「だいたいそうです」

「なんだ、そのだいたい、というのは？　そうなのか、そうでないのかはっきりしろ」

「私はただスヴェードベリならどう言ったかを言ったまでです」

ヴァランダーは自分は疲れすぎだと感じた。やたらと苛立ってばかりだ。マーティンソンに謝るべきだと思った。さっき森の中であたったアン＝ブリットに対しても同様に謝るべきだったのに、なにも言わなかった。二人はイーサの部屋に戻った。カツラは机の上にあった。ヴァランダーの携帯電話のそばに。ヴァランダーはひざをついてベッドの下を見た。なにもなかった。立ち上がったとき、急にめまいがした。よろめいて、マーティンソンの肩につかまった。

「だいじょうぶですか？」

ヴァランダーはうなずいた。

「徹夜を続けるなんて、もうおれには無理だな。おまえさんにもいまにわかるよ」

「ホルゲソン署長に応援部隊を頼みましょう」

「それはもうすでに署長から訊かれたんだが、あとで話そうとおれは言った。さて、ここはもういいか？」

「はい。クローゼットには別になにもありませんでした」

「なにかなくなっているものは？いや、若い女の子のクローゼットにありそうなもので、という意味だが」

「いえ、私の見るかぎり」

「それじゃ行こう」

外に出たころにはすでに九時半になっていた。ヴァランダーは空を見上げた。雲一つなく晴れ上がっていた。

「おれはこれからイーサの親たちに電話をする。ボイエ、ノルマン、ヒルストルム家にはほかの者たちが連絡してくれ。イーサが見つからなかったらどうしたらいいのか、警察はどう責任を取ったらいいのか、まったく見当がつかない。三人の親たちがなにか知っているかもしれない。スヴェードベリの部屋で見つかった写真に写っていた若者たちの親にもあたってくれ」

「よくないことが起きたと思うんですか？」

「わからない」

車で移動した。ヴァランダーはルンドベリの言ったことを思った。何者かが病院にイーサの容態をうかがう電話をした。だれだろう？　ルンドベリの言ったことの中になにかもう一つ重要なことがあったような気がした。が、思い出せなかった。おれは疲れている。人の話が耳に入らない。だから、あとでなにか重要な話を聞き流したような気がするのだ。

署に着くと、マーティンソンは別行動を取った。エッバが受付でヴァランダーを止めた。

「モナが電話してきましたよ」

「用事は？」

「そんなこと、わたしには言いませんよ」

エッバはモナの電話番号を書いた紙を渡した。マルメの番号だった。ヴァランダーはもちろん、番号を覚えていたが、エッバは親切心からやったことだった。ほかにもメモの束を渡された。

「ほとんどが報道関係者ですよ」エッバが慰めるように言った。「返事をしなくてもいいものばかりでしょうよ」

ヴァランダーはコーヒーを取りに行き、自室に入った。上着を掛けたばかりのとき、電話が鳴った。ハンソンだった。

「なにも見つかっていないよ。知りたかろうと思って」

「あんたかアン＝ブリットのどちらかにこっちに来てもらいたい。マーティンソンとおれだけでは手が足りない。いまだれが若者たちの車の行方を調べている？」

「おれだ。調べている最中だ。なにか起きたのか？」

「イーサ・エーデングレンが病院を抜け出した。おれは心配でたまらない」

「アン＝ブリットとおれと、どっちがほしい？」

アン＝ブリットに来てほしかった。彼女のほうが仕事ができる。が、もちろん、そんなことは言えなかった。

「どっちでもいい。どちらか一人だ」

電話を切ると、すぐにモナに電話をかけた。よくあるというわけではなかったが、彼女から電話があるときはいつも、リンダの身になにかあったのかと心配になる。

数回呼び出し音が鳴ってから、モナが電話に出た。ヴァランダーは彼女の声を聞くとある種の悲しみを感じる。それも時が経つにつれてうすれてきたように最近は感じていたが、たしかにそうだとは言い切れない。

「お邪魔でなければいいけど。元気？」

「こっちから電話をかけているんじゃないか。ああ、元気だ」

「疲れているようね」

「疲れている。新聞に出ているから知っていると思うが、同僚が死んだんだ。スヴェードベリだ。覚えているかもしれないが」

「さあ、思い出せないわ」

「用事はなんだ?」

「再婚することをあなたに伝えようと思って」

ヴァランダーはなにも言わなかった。一瞬、受話器を叩きつけようと思った。だが、動かず、術《すべ》もなくそのまま座っていた。

「もしもし?」

「ああ、聞いている」

「いま、再婚するつもりだと言ったのよ」

「だれと?」

「クラース＝ヘンリックとに決まっているでしょう」

「ゴルフなんかやるヤツと結婚するのか」

「いまのは言う必要がない言葉だと思うわ」

「それは悪かったな。リンダはもう知っているのか?」

「あなたに最初に話したかったのよ」

「なんと言ったらいいのかわからない。おめでとうと言うべきなのかもしれないな」

「ええ、そうね。別に長々と話すつもりはないの。ただあなたに知らせるべきだと思っただけよ」

「きみとゴルフ男の話など、聞きたくもない！」

突然ヴァランダーは猛烈に腹を立てた。どこからともなく怒りがこみ上げてきたのだ。疲れのせいか、これでモナとは永遠に決別してしまうと知った落胆からか。別れたいと言われたときの落胆と、いま再婚すると聞いたときの落胆。

受話器を叩きつけた。電話が壊れた。そのとき開いているドアからマーティンソンが入ってきた。壊れた電話を見て、ぎょっとして立ち止まった。ヴァランダーは電話の本体をつかんで壁から引っこ抜くとくずかごに叩きこんだ。マーティンソンは立ちすくんでいた。ヴァランダーの怒りの矛先が自分に向けられるのを恐れるように。彼は両腕を広げ、あきらめたようなしぐさをして部屋を出ようとした。

「なんの用事だ？」

「急ぎません」

「個人的なことでの怒りだ。用事があるのなら言ってくれ」

「ノルマンの親御さんたちに会いに行きます。そこから始めようと思います。もしかするとリレモール・ノルマンがなにか知っているかもしれませんから」

ヴァランダーはうなずいた。

「アン＝ブリットかハンソンがこっちに向かっている。ほかの家族は彼らにまかせればいい」

マーティンソンはうなずいて部屋から出ようとしたが、入り口でためらいがちに立ち止まった。

「新しい電話が必要ですね。頼んでおきますよ」

ヴァランダーは答えなかった。ただ、適当に手を振っただけだった。

しばらくそのまま動かなかった。だが、これでまた、やはりモナが自分の心にいちばん近い存在なのだと思い知らされた。

新しい電話を持った警官がやってくると、やっと彼は立ち上がり、部屋を出た。なにをしたらいいかわからず、ただ廊下に立っていた。しばらくして、そこがスヴェードベリの部屋の前であることに気がついた。ドアが少し開いていた。そっと開けてみると、窓から差し込む日の光で机の上がうっすらとほこりにおおわれているのがわかった。中に入ってドアを閉めた。少しためらいを感じながらスヴェードベリのいすに腰を下ろした。ここはアン＝ブリットがすでに目を通した部屋だった。彼女は徹底している。見落としはないだろう。もう一度やり直す意味はない。そのとき、スヴェードベリは地下にもロッカーを持っていたことを思い出した。きっとそれもアン＝ブリットは調べただろう。だが、それについてはなにも聞いていない。ヴァランダーはまだニーベリから預かったスヴェードベリの鍵束を持っていた。だがその中にロッカーの鍵とおぼしきものはなかった。ヴァランダーは受付に行ってエッバに訊いた。

「合い鍵はこちらで預かってますよ」エッバはスヴェードベリのこととなると沈んだ声を出した。地下へ行こうとしたヴァランダーに後ろからエッバが声をかけた。

「葬式はいつになるのかしら？」

「知らない」

「参列するのは耐えられないわ」

「それでも、嘆き悲しむ細君や子どもがいないだけいいさ。だれにとっても苦しいものになるだろうが」

地下に行って、スヴェードベリのロッカーを探した。ドアを開けながらも、ここでなにを探し出そうとしているのかまったくわからなかった。おそらくなにも見つけられないだろう。まずタオルが二枚。スヴェードベリは毎週金曜日、地下にあるサウナを利用していた。それにシャンプー。履き古したスニーカーも一足あった。上の棚を手で探った。クリアフォルダがあった。中に紙が入っている。取り出して、老眼鏡をかけて目を通した。車検の通知書があった。手書きの読みにくい買い物リスト。それに列車とバスの切符があった。七月十九日、スヴェードベリは朝早い列車でノルシュッピングへ出かけている。そして三日後の七月二十二日にイースタに戻っている。はさみが入っていることから、切符は使用済みであることがわかる。バスの切符はすり切れていてほとんど文字が読めなかった。明かりのほうに掲げて見たが、それでも読めない。ロッカーに鍵をかけて、また自室に戻った。拡大レンズでバスの切符の文字を読もうとした。だがそこには切符の値段と〈ウステルユータ・トラフィーケン〉とあるだけだった。ウステルユータ交通か。切符を机に置いて、彼は眉を寄せた。スヴェードベリはノルシュッピングでなにをしていたのだろう？　ノルシュッピングでなくともその付近に用事があったのか？　夏休みの間だというのに、三日間もイースタを離れている。ヴァランダーはイルヴァ・ブリンクに電話をかけた。今回は家にいた。単刀直入にスヴェードベリがウステルユートランドに出かけた理由を知っているかと訊いた。そこに親戚でもいるのか。

「もしかすると、そのルイースとかいう女の人がそこに住んでいるんじゃありませんか？　その女の人の正体はもうわかったんですか？」

「いや、まだです。だが、あなたの言うとおりかもしれない」

それからまたコーヒーを取りに行った。頭の中にはまだモナの電話のことがあった。なぜ彼女がイワシの缶詰めの輸入業を営んでいるという、ゴルフなどをやる小男と結婚しようというのかわからない。部屋に戻って机の上の切符を見た。コーヒーを口に持っていく途中で、突然その手が止まった。すぐにも思いつくべきだった。イーサのアルバムに書き込まれていた文字。島の名前はなんといった？　ベルンスー？　マーティンソンが調べたその島の場所は？　ウステルユートランドではなかったか？

コーヒーカップを乱暴に置いた。コーヒーが机の上に跳ねた。新しい電話に手を伸ばしてマーティンソンに電話をかけた。

「いまどこにいる？」

「ノルマン夫妻の家でコーヒーをふるまわれているところで、ご主人はまもなく戻られます」

その口調から、気まずい雰囲気であることがわかる。

「ノルマン夫人に訊いてほしいことがある。いますぐにだ。ベルンスーという島を知っているかどうか。そしてイーサ・エーデングレンがその島となんらかの関係があったかどうかかも」

「ほかには？」

「いや、それだけだ。待っているからすぐに訊いてくれ」

ヴァランダーはそう言って待った。ドアのところにアン＝ブリットが現れた。ハンソンはヴァランダーが本当はどっちに来てほしいかわかったのかもしれない。ヴァランダーのコーヒーカップを指さすと、アン＝ブリットはいなくなった。

「驚くようなことがわかりました」マーティンソンが電話口に戻った。「エーデングレンはスペインとフランスだけでなくスウェーデンにも夏の家を所有しているというのです。それがベルンスー島にあると」

「よし。これでやっとつながりが読めた」

「ほかにもあります。レーナは何度かその島に行ったことがあるらしいです。ほかにもボイエとヒルストルムもいっしょだったとか」

「もう一人、その島に行った者がいる」ヴァランダーが言った。

「だれです？」

「スヴェードベリだ。七月十九日から二十二日まで」

「それは……。どうしてわかったんですか？」

「戻ったときに話す。いまはそっちのことを頼む」

ヴァランダーは、今回はそっと気をつけて、受話器を置いた。アン＝ブリットがコーヒーを持って戻ってきた。そして雰囲気が変わっていることにすぐに気づいた。

17

やはり、アン＝ブリット・フーグルンドは地下のロッカーは調べていなかった。それを知ってヴァランダーは軽い安堵を感じた。彼の知るかぎりフーグルンドは優秀な警察官だ。しかし、地下のロッカーを忘れたことで、彼女もまた完璧ではないとわかる。

二人は現在の状況を話し合った。イーサ・エーデングレンが姿を消した。ヴァランダーはイーサの捜索はすべてに先行すると言った。

フーグルンドはヴァランダーの意見を聞きたがった。イーサがなぜ姿を消したのかヴァランダーはわからなかった。しかし、イーサ・エーデングレンはミッドサマー・イヴのパーティーに行くはずだった。そして理由はわからないながらも今回の自殺未遂といま逃亡したこととは関連があるはずだ。

「もちろん、もう一つ、考えられることがあります」フーグルンドが言った。「不愉快なことですし、ちょっと考えられないことではありますが」

ヴァランダーは答えを推測した。

「イーサ・エーデングレンが三人の友人を殺したというのか？　おれもそれは考えた。だが、彼女はミッドサマー・イヴのときは体の具合が悪かったはずだ」

「でも、殺害は本当にあのときにおこなわれたのでしょうか？　まだそれはわかっていませんよね」

そのとおりだ、とヴァランダーは思った。

「それならなおさらイーサを早く見つけ出さなければ。それと、ルンドベリの名前をかたって病院に電話をかけてきた男のことも忘れてはならない」

フーグルンドはボイエとヒルストルムの家族に連絡を取るために出ていった。スヴェードベリの部屋で見つかった写真にあったほかの者たちへも連絡をしなければならなかった。全員にウステルユートランドの海域にある小島、ベルンスーのことを訊くのを忘れないようにヴァランダーは念を押した。彼女が出ていくとすぐに電話が鳴った。今度はニーベリだった。ヴァランダーはとっさに自然保護地区で彼らが探していた場所が見つかったのだと思った。

「まだだ。けっこう時間がかかるだろうよ。いまはまったく別のことで電話している。スヴェードベリの床に投げ出されていたライフル銃の報告が出たぞ」

ヴァランダーはノートを手元に引っ張った。

「武器登録システムはうまく機能しているとみえる」ニーベリが続けた。「スヴェードベリを殺したライフル銃は二年前にルドヴィーカで盗まれたものだ」

「ルドヴィーカ？」

「ああ、そうだ。一九九四年二月十九日にこの銃の盗難届が出されている。届け出はルドヴィーカ警察のヴェステルという名の警官が受理した。盗難届提出者はハンス＝オーケ・ハンマールンド。彼は銃を規定どおり鍵のかかる箱に入れて保管していた。二月十八日、ハンマールンドは県庁に用事があってファールンへ行っていた。ハンマールンドは自営で電気関係の仕事をしているが、その仕事での出張だった。十八日の夜、何者かが彼の家に侵入したらしい。二階に寝ていた細君は物音を聞いていない。翌日十九日に帰ってきたハンマールンドは銃が盗まれていることに気づき、届け出たというわけだ。ライフルはランバート・バロン、スペイン製だ。登録番号は確認済みだ。そのとき盗まれた数挺の銃はいずれも発見されていない。犯人はまったく特定されていない」

「そのハンマールンドという男はほかにも銃を持っていたというのか？」

「泥棒はおかしなことにかなり高価なヘラジカ用の猟銃は置いていったという。いっぽうで、ピストルを二挺持っていった。正確には一挺はライフル、もう一挺はピストルだ。どこ製かは書かれていない。ヴェステルの書いた報告書はかなりいい加減だと言わざるを得ない。泥棒がどこから侵入したかも書かれていない。だが、あんたならこの知らせのもつ意味がわかるだろう？」

「いまの話のピストルの一挺が自然保護地区で使われたのか？　それをできるだけ早く調べてほしい」

「ルドヴィーカはダーラナ県にある。ここからはずいぶん遠い」ニーベリが言った。「だが武器は場所を選ばずに現れるものだ」

「スヴェードベリ自身が盗んだ銃で撃たれたと見るのは無理だな」ヴァランダーは考え込んだ。

「銃の窃盗に関しては、経過が明らかになることはめったにない。武器が盗まれると、売られ、使われ、さらにまた売られるというふうにどんどん持ち主が替わるんだ。スヴェードベリのアパートで発見される前に、何人の持ち主がいたのかわからない」ニーベリが言った。

「とにかくそれでも銃の出所を突き止めることは重要なことだ。まるで霧の中を手探りで進んでいるようだな」

「こっちはいい天気だが、一時的にせよ墓として使われたような場所を探すのはいい気分じゃないね」

「それも引退したらやらなくてすむさ。あんたにせよおれにせよ、いやだれにしてもこんなことはやりたくないに決まってる」

盗難品の銃と若者たちを撃った銃弾の確認を急ぐと言って、ニーベリが電話を切ったあと、ヴァランダーはメモを取ろうとしてノートを手元に引き寄せた。電話のベルが鳴った。今度はユーランソン医師だった。

「今朝来ませんでしたね」医師は不服そうに言った。

「申し訳ない。言い訳をするつもりはありません」

「仕事が忙しいことはわかっていますよ。まったく、ひどいことが起きるものだ。とても新聞を開く気になれません。アメリカのダラスで数年働いたことがあるのですが、イースタ・アレハンダ紙はテキサスの新聞とほとんど同じような見出しを出すようになってしまった」

「二十四時間勤務の状態です。どうしようもない」

「それでも健康のために、少し時間をとらないといけませんよ」ユーランソン医師は厳しく言った。「糖尿病で高血圧というのは、それだけで危険ゾーンに入っていることですから」

ヴァランダーは昨夜病院で測ってもらった血糖値を言った。

「やっぱり思ったとおりだ。精密検査をしなければならない。肝臓、腎臓、膵臓の機能が正常かどうか。いますぐにでもやらなければならないことです」

ヴァランダーは逃げられないとわかった。翌日朝八時に病院に行く約束をし、朝はなにも食べず、朝一番の尿を持っていくことも承知した。

「今日こっちに尿検査のフラスコを取りに来るひまはないでしょうね」ユーランソン医師はそう言って電話を切った。

ヴァランダーはノートを脇に押しやって目をつぶった。ずいぶん長い間健康をないがしろにした生活をしてきたことに突然気がついた。モナが離婚したいと言って、家を出ていったとき以来のことだ。七年前からということになる。一瞬、なにもかも彼女のせいだという気がした。だがもちろん、すべては彼自身の責任だった。

立ち上がって、窓の外をながめた。八月の暖かい日だ。ユーランソン医師は正しい。健康を優先せざるを得ないところまできているのだ。あと十年生きたいのなら。なぜ十年で線引きするのかは別として。

机に戻り、なにも書いていないノートをしばらく見ていた。それからスペインとフランスの電話番号を書きつけた紙を取り出した。電話帳を見て、前回イーサ・エーデングレンの母親と話したのはスペインの番号であることを確かめた。電話番号を押して、待った。しばらく呼び出し音がなってもだれも出ないので電話を切ろうとしたとき、男の声がした。ヴァランダーは名乗った。

「あなたが先日電話をしてきたということは聞いている。私はイーサの父親だが」

不愉快そうだった。ヴァランダーはまたもや腹を立てた。

「もちろんあなたがたはイーサのために、こちらに向かうところでしょうな?」

「いや、そうはならないだろう。あまり重体ではなさそうなので」

「なぜ重体ではないと?」

「病院へ電話をかけて知ったことだ」

「ルンドベリという名前で電話したことはありませんか?」

「なぜ私がそんなことを?」

「いや、ただ訊いただけです」

「警察はばかな質問をする以外にすることがないのかね?」

「いや、そんなことはありませんよ」ヴァランダーはいまでは怒りを隠そうともせずに言った。「たとえば、スペイン警察に連絡して、あなたがたがもっとも早い便で帰国する手伝いをするようにと頼むこともできます」

もちろん、そんなことをするつもりはなかった。が、ヴァランダーはイーサの両親にはほとほと嫌気が差していた。彼らの完全な無関心ぶりに。すでに息子を自殺で失っているにもかかわらず。これが人としてわが子に対する態度か。

「いまのは侮辱として受け取るぞ」

「いいですか。イーサの友だち三人が殺されたのです。イーサも、もし具合が悪くなかったら、四番目の犠牲者になるところだった。私は殺人事件の話をしているのです。私の問いに答えなければ、スペインの警察に連絡するまでです。わかりましたか？」

電話の向こうの男はためらいはじめた。

「なにごとが起きたのかね？」

「そちらでスウェーデンの新聞が買えるはずです。スウェーデン人が大勢いるスペインの海岸では。文字は読めますよね？」

「いったいなにが言いたいんだ！」

「いや、言ったとおりですよ。ベルンスーという島にサマーハウスをもっていますね。イーサはそこの鍵をもっていますか？　それとも、そこでもイーサは締め出されているのか？」

「イーサは鍵をもっている」

「そこに電話はありますか？」

「われわれは携帯電話を使っている」

「イーサは自分の携帯をもっていますか？」

「だれでももっているのでは？」

「それじゃ、番号を教えてください」

「知らない。いや、彼女は携帯電話をもっていないだろう」

「どっちです？　イーサは携帯電話をもっているのか、いないのか？」

「携帯を買う金をくれと言われたことがない。彼女に買えたはずがないのだ。働いていないし、自分で暮らしを立てようとしたことがない」

「イーサがベルンスーへ行ったとは考えられますか？」

「病院にいるのじゃないのか？」

「抜け出したのです」

「なぜ？」

「わかりません。いいですか、彼女がベルンスーへ行ったという可能性はありますか？」

「ああ、十分に考えられる」

「ベルンスーへはどうやって行くんです？」

「フィールウッデンからボートで。ほかに陸とのつながりはない」

「彼女が自分でボートを漕いでいくことも？」

「家のボートはいまエンジンの故障のためにストックホルムのドックに入っている」

「島にいるほかの住人に迎えに来てもらう方法は？」

「ほかの住人はいない。島にはうちの家だけだ」

ヴァランダーはノートを取りながら話をしていた。ほかに質問は思いつかなかった。

「なるべく電話の近くにいてください。いつでも連絡がつくように。イーサがこの島以外に行くところがどこか考えられますか？」

「いや、思いつかない」

「あとでなにか思い出したら、かならず私に電話してください」

イースタ署の電話番号と、自分の携帯番号を教えて電話を切った。手に汗をかいていた。

ヴァランダーは引き出しや箱の中を長い時間をかけて探してやっと自動車用の地図を見つけた。ウステルユートランドの群島のページを開いた。本土からボートで行ける場所というフィールウッデンは見つかったが、ベルンスーのほうは地図に載ってなかった。その島には一軒しか家がないということで地図に載ってないのか。受付に行って、イーサ・エーデングレンの名前で携帯番号の登録があるかどうか調べるように頼んだ。そうしてからふと、イーサの友人たちは携帯番号を知っているにちがいないと思った。マーティンソンに電話をかけた。まだノルマン家にいた。ヴァランダーは同情を禁じえなかった。さっそく訊いてもらったが、ノルマン夫妻はイーサの携帯番号を知らなかった。スヴェードベリの写真の若者たちにも訊くようにマーティンソンに頼んだ。二十分後電話があり、イーサが携帯をもっていたかどうか、だれも知らないとの答えを得た。

すでに午後になっていた。頭が痛く、空腹だった。ピザを注文すると、三十分後に配達された。自室の机でそれを食べながらニーベリからの電話を待った。自然保護地区の現場に出向こうかとも思ったが、邪魔になるだけだと思った。ニーベリはやるべきことを知っている。口をぬぐって、ピザの箱を捨て、トイレに行って手を洗った。それから署を出て道路を渡り、イースタの町の貯水塔へ行った。日陰に座って、ずっと頭を悩ませている問題を考えた。一つのパターンが見える。だが、それはぼんやりとしていてはっきりしない。むしろ揺れ動く事象のようで、ときどきそれは戻ってくる。いちばん恐れていた、スヴェードベリがあの三人の若者を殺害したのではないかという推測はいまではあり得ない。スヴェードベリは追跡者なのだ。いまの自分と同じように。まだスヴェードベリは自分の先を行っている。自分はまだ彼に追いついていない。

自身撃たれて死んでいるスヴェードベリが三人の殺人者ではないとすると、殺人者はだれなのだ？　おれの動きをうかがっているのはだれなのだ？　マーティンソンの動き、アン＝ブリットの動きをうかがっているのは？

ごく近くに事情に通じている人間がいるのはたしかだ。

ヴァランダーは自分のこの感覚は正しいと直感していた。まだそれぞれの事象はつながっていないけれども。

スヴェードベリを殺した人間、三人の若者を殺した人間は、ヴァランダーが必要としている情報を得る手段をもっている。ミッドサマー・イヴのパーティーはごくごく内密に計画されたものだった。親たちさえ知らなかった。だが、その人物だけは知っていた。その人物はまた、スヴェードベリに追われていることも知っていた。

スヴェードベリは近づきすぎたのにちがいない。自分でも気がつかないうちに、入ってはいけないところに足を踏み入れたのだ。だから殺された。それ以外に説明はつかない。

貯水塔のそばの草地に座ってそこまで考えを整理した。が、問題はそのあとだった。なにもかもわからない。天体望遠鏡がなぜビュルクルンドの物置きにあったのか？　ヨーロッパの街角から絵はがきを送ったのはだれか？　なぜわざわざそんなことをしたのか？　疑問はいくつもあり、しかもばらばらだった。

イーサを見つけ出さなければならない。彼女から話を訊き出さなければ。もしかすると彼女が自覚していない中に重要なことがあるかもしれない。話を訊き出すのだ。そしてスヴェードベリ。彼が見つけた手がかり、われわれが見つけられない手がかりとはなんなのだ。それとも彼にはわからない、なにか特別に疑念を抱く理由があったのか？

ルイースのことを思い出した。スヴェードベリが秘密裏につきあっていたという女。

あの写真にはどこか奇妙なところがあった。それがなんなのかはいまでもわからない。その奇妙さがあるために、あきらめず、短気を起こさずに捜査を続けなければならないとあらためて思った。

貯水塔の石造りの壁に寄りかかって考えていたヴァランダーの頭に、ふと浮かんだことがあった。四人の若者とスヴェードベリの共通点だ。四人とも隠しごとがあった。もしかするとそこに、いま自分が探している手がかりがあるのではないか？

ヴァランダーは立ち上がった。夜中に車の中で縮まって寝たために体のふしぶしがまだ痛む。歩いて署に戻った。

最大の不安がまだ残っていた。それと立ち向かわなければならなかった。いま追っている男が次の事件を起こすことである。

署の前の駐車場まで来て立ち止まった。これから自分がすべきことがいまはっきりわかった。ベルンスーへ行かなければならない。イーサがそこにいるかどうか、行方を突き止めなければ。やるべきことが山ほどある中で、イーサを見つけ出すことこそが最優先だ。

時間がない。自室に戻る途中、シェーリングガータンのノルマン家から戻ったマーティンソンをつかまえた。

「なにかまた起きたのですか？」マーティンソンが訊いた。

「いや、なにも起きなくて困っているほどだ。たとえばルンドの検視官からはなんの報告もない。犯行時間の確定ができなければ、われわれは動けない。それに一般からの通報はどうなっている？ 役立つものはきていないのか？ アストリッドたちが自然保護地区に乗りつけた車はどうなった？ 情報を突き合わせよう。できるだけ早くおれの部屋に来てもらいたい」

午後四時、フーグルンドと連絡が取れた。エヴァ・ヒルストルムに会い、またシムリスハムヌにすむボイエの両親とも話を終えていた。彼女を待つ間、ヴァランダーとマーティンソンはスヴェードベリの写真に写っている若者たちと連絡を取った。全員が何度かベルンスーにあるエーデングレン家の夏の家に行ったことがあるとわかった。フーグルンドが到着する前に、マーティンソンはルンドの検視官とも話をすることができた。スヴェードベリの殺害時間も、若者たちのそれも、まだはっきりとわからないという。ヴァランダーは一般からの通報のメモに目を通した。マーティンソンが見習警官にリストを作るように命じていたのだ。スヴェードベリのアパート付近でも自然保護地区でも、決め手になるような何かを発見した者はいなかった。ヴァランダーにとってもっとも奇妙に感じられるのは、ルイースの写真を公開したにもかかわらず、見たことがあるという通報が一つもないことだった。マーティンソンとフーグルンドといっしょに小さな会議室に入ったときに、ヴァランダーが最初に口にしたのもそのことだった。プロジェクターに写真を置いて二人に言った。

「だれかが見ているはずだ。この女を知っていると、この女を見たことがあるという者がまったくいないはずはない。だが、一人としてそう言ってくる者がいないのはどういうわけだ？」

「しかし、新聞発表されたのは今日ですから、まだ何時間も経っていません」マーティンソンが言った。

ヴァランダーは首を振った。

「いや、あるできごとを覚えているかと訊いているのなら、時間がかかるということもあるかもしれない。が、いまわれわれはこの女を見たことがあるか、と訊いているのだ。見たことがある者がいたら、すぐに知らせてくるはずだ」

「外国人なのかもしれませんよ。外国人といっても、デンマーク人でも外国人ですからね。デンマークでスコーネの小さな新聞を読む人がどれだけいるでしょうか？　明朝、スウェーデンの全国紙に載るはずです」

「そうかもしれない」ヘーデスコーガとコペンハーゲンの間を行き来するビュルクルンドのことが頭に浮かんだ。「デンマーク警察に連絡しよう」

三人は壁に映された女の拡大写真を見た。

「この写真、どこか不自然な感じがするのだ。どことは言えないんだが」

ほかの者にも言えなかった。ヴァランダーはプロジェクターを消した。

「明日、おれはウステルユートランドへ行くつもりだ。もしかすると、イーサがそっちに行っているかもしれない。彼女を見つけ出して、話を引き出さなければ」

「なにを話させたいんですか？　事件が起きたときに現場にいなかったんですよ、彼女は」

マーティンソンの言うことは当然だった。説得性のある答えはなかった。埋められていない穴ばかりで、答えはあてずっぽうとしか言えないものだった。

「いや、ある意味で彼女は目撃者なんだ。これは偶然に起きた事件じゃないということは、われわれがすでに確信しているところだ。スヴェードベリの場合だけは、まだその可能性が少しはあるかもしれないが、それも限りなくゼロに近いと言っていい。いっぽう若者たちは念入りに用意された計画のもとで殺されたと見ていい。ここで忘れてはならないのは、彼らのパーティーは秘密だったということだ。それなのに、何者かがそれを知っていた。若者たちの計画、どこで、いつ、おそらくは何時からということまで。だれかが彼らの計画をのぞき見していた。なんらかの方法でパーティーの開かれる場所を知った。若者たちは殺害された現場の近くに移されて埋められていたのではないかというわれわれの推測が正しければ、犯行が計画的なものだということが証明される。人間三人を埋めるほどの穴は自然にはできないからだ。

イーサはパーティーの計画時から参加していた。だが当日彼女は病気になった。仮病ではないと言っていいだろう。もし調子がよかったら、彼女はパーティーに参加していただろう。だが腹の具合が悪かったので命拾いした。イーサはいわば、われわれが事件を再構築するときの導き手になり得るのだ。彼女とほかの三人は、どこかで殺人者と交差しているにちがいない。気がつかなかっただけだ。だが、きっとそうにちがいないとおれは思う」

「スヴェードベリもそう考えたと思いますか?」マーティンソンが訊いた。

「ああ、そう思う。だがスヴェードベリはなにかもっと知っていることがあった。あるいは疑っていたこと、と言うべきか。それがなにかはわからない。またなぜ彼がそのような疑いをもつようになったのか、それも彼だけが感じるような疑いだが、それもわからない。また、彼がなぜ一人で捜査を始めたのかも。だが、彼にとってこれは重大なことだったにちがいない。夏休みをぜんぶその捜査につぎ込んだのだからな。休暇を一気にとるなんてことの決してなかったスヴェードベリが」

「なにかが欠けています」フーグルンドが言った。「動機です。復讐かもしれないし、憎しみ、嫉妬かもしれない。でも、とにかく変です。三人の若い人たちになんの復讐をするというのかしら? 四人だったかもしれないんですよね。だれが殺すほど憎しみをもったのか? だれが殺すほど嫉妬したのか? この事件にはわたしの知らない、人間の行為とは思えないような残忍性を感じます。数年前にアメリカ先住民の格好をして殺人をおこなったあのかわいそうな少年よりもひどいくらいです」

「犯人は意識的にパーティーを狙ったのかもしれない。信じられないことだが、彼は喜びがもっとも顕著に表れるパーティーそのものをターゲットにしたのかもしれない。ミッドサマーとかクリスマスの時期こそ、孤独な人間にとってもっともつらいときだということを忘れるな」

「頭のおかしいやつのしわざですよ」マーティンソンが不快そうに言った。

「もしそうなら、その頭のおかしな人間はずいぶん冷静に計画が立てられるということになる」ヴァランダーが言った。「もちろんその可能性はある。いまなにより重要なのは、この二つの事件に共通している姿の見えない男のことだ。彼はどこからか情報を仕入れている。殺された若者たちの生活に入り込むパスポートを持っている。そいつこそわれわれが追わなければならない人間だ。この若者たちのことをもっと詳しく調べるんだ。遅かれ早かれ、われわれはそのパスポートを見つける。もしかするとすでにそれを見ているのに、気がついていないだけかもしれないのだ」

「さっきの話ですが、あなたはそれじゃ、イーサ・エーデングレンに捜査をリードしてもらったらいいと考えているのですね?」フーグルンドが言った。「彼女が先頭に立ち、わたしたちは彼女の後ろについて進むということですか?」

「そんなところだ。イーサ・エーデングレンが自殺を試みたことを忘れてはいけない。問題は、なぜそうしたかということ。それだけじゃない。犯人は彼女が生きていることをどう考えているのかも、われわれにはわからない」

「病院に電話をかけて、ルンドベリと名乗った男のことですね?」マーティンソンが言った。

ヴァランダーは真剣な顔でうなずいた。

「だれか、電話を受けた病院のスタッフと話してほしい。相手はどんな話しかたをしたか？　方言は？　年寄りか若い者か？　どんなことでも訊き出すんだ」

マーティンソンがその役割を引き受けた。それからの数時間は捜査の進行状態を報告しあうことに費やされた。途中、ホルゲソン署長がやってきて、スヴェードベリの葬式について話した。イルヴァ・ブリンクとスツーレ・ビュルクルンドと話して、翌週の火曜日に決まったという。署長は顔色が悪く、疲労がくっきり表れていた。報道関係者に対応してくれているのだ。うらやましい仕事とはとうてい言えないとヴァランダーは思った。

「スヴェードベリはどんな音楽が好きだったか、知っている人いますか？」署長が訊いた。

「おかしなことに、イルヴァは知らないらしいのよ」

ヴァランダーも知らなかった。スヴェードベリの好きそうな音楽も思いつかなかった。

フーグルンドが知っていた。

「ロックが好きでしたよ。そう聞いたことがあります。バディ・ホリーという歌手のファンだと。ずいぶん前に航空事故で亡くなった人らしいですけど」

ヴァランダーは若いときにその名前を聞いたことがあるような気がした。

「〈ペギー・スー〉という曲を歌った歌手か？」

「そうです。でも、それをお葬式で流すわけにはいきませんよね？」

「〈素晴らしきこの世界〉はどうですか」マーティンソンが言った。「あの曲ならどういうときでもぴったりですよ。この賛美歌に歌われているほどこの世が素晴らしいかどうかは別ですが。

とくにいまわれわれが取り組んでいることを思えば」

ヴァランダーは現況をリーサ・ホルゲソン署長に要約して報告した。

「お葬式のときまでに、いったいなにが起きたのか、動機はなんだったのかがわかるといいけど」

「それは無理でしょう。しかしもちろんみんながそう願っています」

五時になった。会議を終わらせようとしたとき電話が鳴った。受付のエッバだった。

「報道関係者か?」ヴァランダーが訊いた。

「いいえ、ニーベリです。なにか重大なことらしいわ」

ヴァランダーは緊張した。部屋に残っていたフーグルンドとマーティンソンはすぐに彼の反応に気がついた。電話の向こうに雑音がして、ニーベリが電話口に出た。

「われわれが正しかったようだ」

「場所を見つけたのか?」

「そのようだ。いま写真を撮っている。それと、周辺の痕跡を調べている」

「方向は正しかったか?」

「死体があった場所から約八十メートルだ。じつによく選ばれているよ。木が密に茂っていて、ここを掻き分けて歩く者はまずいないだろう」

「いつ掘りはじめる?」

「作業を始める前にあんたが現場を見たいんじゃないかと思って連絡したんだ」

「よし、すぐに行く」

電話を切った。

「死体が隠されていた場所を見つけたらしい」

話し合って、ヴァランダーが一人で行くことに決めた。少しでも早くやらなければならない仕事が山積みだった。

ヴァランダーは青い点滅ライトを車の屋根に載せてイースタを出た。立入禁止区域まで来ると、そのまま現場まで乗りつけた。鑑識課の一人がそこで待機していた。

ニーベリは現場のまわりを約三十平方メートルほど囲っていた。そこは彼らの推測どおり、たしかに選ばれた場所だった。ヴァランダーはニーベリのそばにしゃがみ込んだ。シャベルを持った警官が後ろに立っている。

ニーベリが指さして言った。

「この地面は掘り返されている。草がいったんはがされ、そのあとまた元に戻されているんだ。草の葉の間に掘り返されたときの土が落ちている。穴を掘って、中になにかを入れて閉じた。そのときに余分になった土だ」

ヴァランダーは草の間に手を入れてみた。

「ずいぶん念入りな仕事ぶりのようだな」

ニーベリがうなずいた。

「幾何学的なパターンで掘り返されている。適当にされた仕事じゃない。この近くに掘り返された場所があるにちがいないという推測のもとに捜していなかったら、絶対に見つけることができなかった」

ヴァランダーは立ち上がった。

「それじゃ、始めよう。少しでも早く」

ニーベリが指揮をとった。作業は手間どった。一番上の草の面を取り払うだけで、すでに暗くなってしまった。投光器が配置され、こうこうと現場を照らしはじめた。表面の草の下の土はやわらかかった。掘り続けると、しだいに長方形の穴が現れた。すでに夜も九時になっていた。ホルゲソン署長とフーグルンドがいっしょにやってきた。彼らもまた静かに作業を見守っている。ニーベリがそこまで、と掘り出し作業をストップさせたときには、全体の姿が浮かんでいた。長方形の穴はまさに墓穴だった。

彼らは穴を取り囲んだ。

「かなり大きいものだな」ニーベリが言った。

「ああ、ずいぶん大きい。四人入りそうな穴だ」

そう言ってヴァランダーはぶるっと体を震わせた。捜査開始以来、いま初めて彼らは犯人に近づいたのだ。犯人の考えを読んで、それが当たったのだ。

ニーベリは穴のそばにひざをついた。

「ここにはなにもない。死体はおそらく空気の入らない袋に入れられていたのだろう。その上にビニールシートが敷かれていたら、警察犬でも見つけられなかっただろう。しかし、これから土の成分を徹底的に調べてみる。なにか見つかるかもしれない」
ヴァランダーはホルゲソン署長とフーグルンドといっしょに森の中の道に向かった。

「犯人はなにが狙いだったのかしら」ホルゲソン署長が言った。その声は不快感と恐怖でささやくようになっていた。

「わかりません。とにかく、一人は生き残っています」

「イーサ・エーデングレン？」

ヴァランダーは答えなかった。三人とも沈黙した。

あの穴はイーサのために用意されたものでもあったのだ。

18

八月十三日の火曜日、朝五時にヴァランダーはイースタを出発した。カルマール経由の海岸線を行くことに決め、すでにスルヴェスボリを通り過ぎてかなり行ったころになって、ユーランソン医師の診察を朝の八時に受けると約束したことを思い出した。道路脇に車を寄せて停め、マーティンソンに電話をかけた。六時半になっていた。その日も晴れた暖かい天気が続いていた。医者の予約をしていたことをマーティンソンに言い、どうしても行けないと言ってくれとマーティンソンに頼んだ。

「仕事上の急用ができたと言ってくれないか」

「病気なんですか？」マーティンソンが訊いた。

「いや、ただの健診だ」

車をふたたび発進させてスピードに乗ってから、きっとマーティンソンはなぜ自分で電話しないのだろうかといぶかっているにちがいないと思った。自分でもそう思う。自分はこの国の国民病と言っていい糖尿病にかかっているとなぜ言えないのか。自分でもなぜ言えないのかがわからない。

ブルムセブローまで来て、眠気が我慢できなくなり、パーキングに車を入れて休憩することにした。昔、デンマーク人とスウェーデン人が平和協定を結んだという記念碑のそばに車を停めて眠った。

夢の中に彼の知らない人物などが出てきた。雨がひっきりなしに降っていた。フーグルンドを探したが、どこにもいなかった。突然父親が現れた。リンダもいる。だがそれがリンダとはとうてい思えない格好だった。そして降り続く雨。

ゆっくりと目を覚ました。目を開ける前に自分がどこにいるか思い出した。日差しが直接顔に当たっていた。汗をかいている。疲れは取れていなかった。そのうえ、のどが渇いていた。時計を見た。驚いたことに三十分以上も眠っていた。体のふしぶしが痛い。エンジンをかけて車を出した。二十キロも走った道沿いに休憩所があり、カフェに入った。朝食を食べ、ミネラルウォーターを二本買って、ふたたびカルマールへの道を走った。九時ちょっと前、カルマール市を通過したころ、電話が鳴った。フーグルンドだった。彼のウステルユートランド入りの準備を引き受けてくれていた。

「ヴァルデマーシュヴィークの警察と話しました。仕事ではなく個人的な頼みに聞こえるほうがいいと思いましたが、よかったでしょうか？」

「ありがたい。それでいい。ほかの区域の警官が自分のテリトリーに入るのを好まない者が多いからね」

「とくにあなたは」と言って、フーグルンドが笑った。

そのとおり、とヴァランダーは思った。ほかの区域の警官がイースタに入ってくるのは好きではない。

「ベルンスー島にはどうやって渡るんだ？」

「それはいまあなたの現在地がどこかによります。まだ遠いですか？」

「カルマールを通過したばかりだ。ヴェステルヴィークまであと百キロ、そこからさらに百キロというところだな」

「それじゃ、間に合いませんね」

「なにに？」

「ヴァルデマーシュヴィークの警察官は、郵便配達船に乗ったらいいと言ってくれたんです。でも、フィールウッデンからの出発が十一時から十一時半の間だそうです」

「ほかの船はないのかな？」

「きっとあるでしょう。でもその場合は港で交渉しなければなりません」

「たぶん間に合うだろう。だが、担当の郵便局へ電話をかけて、おれがフィールウッデンに向かっていると言えないかな？　郵便の分類作業はどこでおこなわれるんだ？　ノルシュッピングか？」

「いま地図を見てるんですが、たぶんグリートでしょう。そこに郵便局があるとすればですけど」

「グリートはどこにある？」

「ヴァルデマーシュヴィークとフィールウッデンという港のちょうど中間です。地図がないんですか？」

「部屋に忘れてきた」

「調べて電話します。できれば郵便配達船で行けるといいですね。向こうの警察の話ではそれが島へ渡るもっとも一般的な方法らしいですから。だれか迎えに来てくれるとか、自分のボートをもっていれば別ですが」

「なるほど。きみは郵便配達船がイーサ・エーデングレンを島まで送ってやったかもしれないと言ってるんだな」

「思いつきですけど」

ヴァランダーは考えた。

「六時前に病院を抜け出したとしたら、イーサはその十一時の船に間に合っただろうか？」

「間に合ったかもしれませんよ。車を運転すれば。イーサは運転免許をもっています。それに、四時過ぎに抜け出したのかもしれませんからね」

また連絡すると言って、フーグルンドは電話を切った。ヴァランダーはスピードを上げた。道路が混んできた。キャンピングカーが多い。まだ夏休みの時期なのだということに気がついた。警察の青い点滅ランプをつけようかとも思ったが、そうはせず、代わりにもっとスピードを上げた。二十分後、フーグルンドが電話してきた。

「やっぱり思ったとおり、最終的な仕分け作業はグリートでおこなわれるとのことです。運よく、島々へ郵便を配達する人をつかまえることができました。感じのいい人でしたよ」

「なんという名前だ？」

「聞き取れませんでした。でも彼はフィールウッデンの港であなたを待っています。十二時までは待ってくれるそうです。間に合わなければ、あとで、午後に乗せてくれるそうです。でもその場合は運賃が高くなりそうな感じでした」

「いずれにしても、この出張費用は全額請求するつもりだ。十二時までにはきっと着けるだろう」

「港に駐車場があって、郵便船はそのすぐ前に停泊しているそうです」

「配達人の電話番号をもっているか？」

ヴァランダーは道端に車を寄せて、携帯の電話番号を書き留めた。そのとき、さっきやっとの思いで追い越した長距離トラックがそばを通り越した。


十一時四十一分、フィールウッデンの港に着いた。港に通じる坂を下りると、駐車場があった。車を降り、船着き場へ向かった。微風が吹いている。港には多くの船が停泊していた。五十がらみの男が大きなモーターボートに荷物を積んでいるところだった。ヴァランダーはためらった。郵便のロゴのついた旗が風にたなびいている旧式の船のようなものを想像していたわけではないが、郵便配達船がこのような船だとは思わなかった。ソーダ水のカートン二つを甲板に置いた男がヴァランダーを見た。

「ベルンスーへ行くというのはあんたかね？」

「そのとおり」

男は陸に上がり、手を差し出した。

「レナート・ヴェスティンだ」

「遅れて申し訳ない」

「いや、それほど急いではいないさ」

「もう一つ。電話をした者が話したかどうかわからないが、帰りの船もお願いしたい。午後遅くか、夜になるかもしれない」

「島に泊まるわけじゃないんだね？」

面倒なことになりそうだと思った。フーグルンドはおれを警察の者だと言ったかどうか、それもわからない。

「説明しよう。私はイースタ警察署の者だ」と言って、警察手帳を出して見せた。「ちょっと厄介な事件の捜査をしている」

ヴェスティンという郵便配達人は頭の回転が速かった。

「新聞で読んだ若者たちの殺害事件か？　たしか、一人警察官もいたな？」

ヴァランダーはうなずいた。

ヴェスティンは急に顔をしかめた。

「あの若者たちに見覚えがあるような気がしたんだ。新聞の写真のことだが。少なくとも一人はたしかだ。前に船に乗せたことがあると思う」

「イーサといっしょに？」

「そうだ。イーサといっしょだった。二年ほど前の、秋もかなり深まったころのことだ。南西からの風が強くて、ベルンスー島に船を着けることができないんじゃないかと心配したときのことだった。あの島は南西の風が吹いているときは船着き場に船を入れるのがむずかしいんだ。とにかく船を着けて、彼らは上陸したんだが、バッグが一つ、海に落ちてしまった。それをなんとか網ですくうことができた。そんなことがあったもんで、若者たちに見覚えがあると思った。ま、記憶が正しければ、というところだがね。記憶はあまりあてにならないものだからな」

「たしかにそのとおりだね。ところで、この一両日、イーサを見かけたかね？」

「いいや」

「彼女はよく郵便船に乗せてもらうのかな？」

「親たちが島に来ているときは親に頼むようだが、それ以外はたいていこの船で行くね」

「いまは来ていない？」

「もし、今日か昨日、ベルンスーへ行ったというのなら、ほかの船に乗せてもらったのだろう」

「だれに？」

ヴェスティンは首をすくめた。

「乗せてやる船はいつもあるものさ。イーサが頼む人間はほぼ決まっていた。しかしたいていの場合は、まず私に訊いていたが」

ヴェスティンは時計を見た。ヴァランダーは車に小さな旅行バッグを取りに行き、ボートに乗り込んだ。ヴェスティンは舵のそばの海図を指さした。

「まっすぐベルンスーへ行くこともできるんだが、それではこっちにとって遠回りになる。急いでいるのかね？　もしよかったら、決まったルートでまわりたい。その順で行ったら、ベルンスーへは一時間ほどで着くだろう。先に三ヵ所ほど郵便物を届けなければならない船着き場があるんだ」

「いや、それでいい」

「帰りは何時に迎えに行ったらいい？」

ヴァランダーは考えた。イーサはおそらく島には来ていないだろう。その場合は残念ながら自分の判断ミスだ。だが、せっかくここまで来たのだから、その家は見ておきたい。二、三時間は必要だろう。

「いま答えなくてもいい」と言って、ヴェスティンは名刺をヴァランダーに渡した。「この番号に電話してくれ。午後でも夜でも、迎えに行ってやるよ。うちはベルンスーからあまり遠くないから」

そう言うと、彼はまた海図を指さし、今度は自分の家のある島を見せた。

「それじゃあとで電話する」と言って、ヴァランダーは名刺をポケットにしまった。

ヴェスティンはエンジンを始動させ、船を出した。甲板にも操縦席のそばのベンチにも新聞や郵便物を載せている。貯金などを扱うレジ機も載せている。モーターボートは大型だったが、操作は簡単なように見えた。それともヴェスティンの運転が巧みなのか。港を出ると、エンジンを全開にした。船は安定したリズムで走った。

「船で郵便を届けるのは、何年ぐらいやっているのかな?」ヴァランダーが訊いた。エンジンの音に負けないように大声で叫ばなければならなかった。

「長すぎるぐらいさ。二十五年以上になる」ヴェスティンが叫び返した。

「冬は?　海が凍ってしまったら、なにをしている?」

「ハイドロコプター、氷上翼船の運転だ」

ヴァランダーはここのところずっと抜けなかった疲れがふき飛んだような気がした。船のスピードと海に出ている快感で、思いがけず気分がよくなった。最後にこんな気分になったのはいつだったろうか?　ゴットランド島で娘のリンダと過ごしたときか?　群島の間に船を走らせて郵便物を届ける仕事は決して楽ではないだろう。だが、今日のこの瞬間は嵐や秋の灰色の日々とは関係がなかった。ヴェスティンはヴァランダーの様子を見て目を細めた。ヴァランダーの考えがわかったようだ。

「警察官という仕事は、どうだね?」

いつもなら間違いなく防御的になって、警察のことをかならずよく言っていただろう。だが、鏡のような水面を走らせるヴェスティンのそばで、ヴァランダーは正直な気分になった。

「そうだね、かならずしもいいときばかりではないさ。だが、もうじき五十を迎える身には、もうほかの仕事のチャンスはあまりないだろう」

「私はこの春五十歳を迎えたよ。ここの群島の知り合いみんなが誕生パーティーを開いてくれた」

「ここらへんの島の、何人ぐらい知っているんだ？」

「全員だよ。だから大きなパーティーになった」

ヴェスティンは舵を切り、速度を緩めた。高い岸壁の下に赤い塗装のボートハウスと船着き場があった。

「ボートマンスー島だ。私が子どものころ、ここには九家族が住んでいた。三十人以上だった。いまは、夏ならたくさん人がいるが、シーズンが過ぎると一人しかいない。セッタークヴィストという九十三歳の老人だ。まだいまのところ一人で冬を過ごしている。三人の妻に先立たれているんだ。そんな年で、こんなところで一人暮らしなどめったにない。社会福祉省が禁じているのかな？」

最後の言葉で、ヴァランダーは笑いだしてしまった。

「その老人は漁師か？」

「何でも屋だよ。昔は船長だったそうだ」

「みんなを知っているんだね。みんなもあんたを知っているのか？」

「そういうことだね。必然的にそうなるんだ。セッタークヴィストが船着き場に姿を見せないときは、様子を見に行く。病気とか、転んだまま起き上がれないのかもしれないからな。田舎で郵便配達人をしていたら、それが海であろうと陸であろうと、人々の暮らしを知るようになるのさ。なにをしているのか、どこへ出かけるのか、いつ帰ってくるのか。いやでも知るようになるんだ」

ヴェスティンは船着き場にボートを着けた。荷物を降ろすときに軽く船をつないだ。人が少し集まってきた。ヴェスティンは荷物を持つと、船着き場の上の赤い小さな小屋に姿を消した。ヴァランダーは船着き場に降りた。古い石の重りが重ねられている。空気が新鮮だった。

数分後、ヴェスティンが戻ってきた。ふたたび船は群島の間を縫って進んだ。そのあと二つの島に寄ってから、船はやっとベルンスー島に近づいた。海図にはヴィークフィェルデンという名前が出ている湾に入った。ベルンスーは不思議なほどほかの島々から孤立していた。

「あんたは、もちろんエーデングレン一家を全員知っているんだろうね？」

船がスピードを落とし、船着き場に近づいたときにヴァランダーが訊いた。

「いやあ、知っているといっても、親のほうはほとんど知らないね。正直に言わせてもらえば、ちょっとお高くとまっているからな。だがイーサとユルゲンは数え切れないほど船に乗せてやったよ」

「ユルゲンが死んだことは知っているね？」ヴァランダーは言葉に気をつけて訊いた。

「車の衝突事故だとたしか父親から聞いたよ、一度乗せてやったときに。船のプロペラが壊れたとかで」

「子どもの死というものは悲しいね。いつだって」

「私はなにかよくないことが起きるとすればイーサにだろうと常々思っていたがね」

「なぜ？」

「あの子はかなり荒れた暮らしをしているらしいよ。もっとも本人の言葉によれば、だが」

「それじゃイーサはあんたにはしゃべるんだね？　郵便配達人は人生相談の相手でもあるのかもしれないな」

「いやいや、そんなことはない。ただうちの息子がイーサと同年配で、何年か前につきあっていたことがあるんだ。すぐに終わってしまったがね、あの年齢ではよくあることだが」

船が船着き場に着き、ヴァランダーはバッグを持って降りた。

「夕食は六時なので、その前かそのあとならいつでもいいよ」

「あとで電話をかけますよ」

ヴァランダーは船着き場に立って、船が消えるまで見送った。ユルゲンの死についてヴェスティンの言ったことを思い出した。親たちは息子の死因を隠しているのだ。浴槽にトースターを投げ入れて電気ショック死したことが交通事故に変わっていた。

ヴァランダーは島を見渡した。豊かに茂った木々が目につく。船着き場の近くにボートハウスと客の宿泊用の小さな小屋がある。それはエーデングレンの邸宅のあるスコルビーの東屋を思わせた。あそこで意識のないイーサを見つけたのだった。古くなったボートが水辺から引き上げられている。コールタールのかすかな臭いがした。高い樫《かし》の木が数本、母屋への小道に沿ってそびえ立っていた。赤い塗装の二階建ての家で、古いがよく手入れされている。ヴァランダーは庭に入った。耳を澄まし、あたりをうかがった。ヨットが入り江を横切る姿が見える。エンジンの音が遠のいていく。ヴァランダーは汗をかいていた。バッグを下に置くと上着を脱ぎ、外階段の手すりに掛けた。窓のカーテンは引かれている。階段を上ってノックした。少し待って、今度は大きくドアをこぶしで叩いた。だれも出てこない。ノブに触ってみた。鍵がかかっている。どうしたものかと一瞬迷った。それから家のまわりをぐるりと回った。スコルビーのエーデングレンの邸宅を訪ねたときと同じことをしている。裏庭には果樹が数本あった。リンゴ、ナシ、そしてプラムの木。外用のいすがプラスティックの屋根の下に重ねて置いてある。

小道が母屋から深い茂みに向かって通っている。ヴァランダーはその道を歩きだした。百メートルほど歩いたところで後ろを振り返った。母屋はもう見えない。あたりは一面、木と茂みの緑の壁だった。小道はまだくねり続いていた。ヴァランダーはアブがしつこく顔を狙ってくるのを手で追い払った。古井戸と土蔵が小道のそばにあった。土蔵の扉の上に一八九七年と彫られている。ドアに鍵がささったままだ。そっとドアを開けた。暗くひんやりとしていた。かすかにじゃがいもの匂いがした。目が暗闇に慣れると、彼は土蔵の中に一歩足を踏み入れた。空っぽだった。外に出てドアを閉め、また小道を歩き続けた。地面が少しずつ上がっていく。左側の木々の隙間から海が見える。太陽の位置から、北に向かって進んでいるのだとわかる。五百メートルほど歩いただろうか。左側にさらに小さな道が見えた。まっすぐに進むと、さらに数百メートル行ったところで急に道が終わった。目の前に高い崖があり、その先は海だった。そこは島の北端だった。彼は崖の上に立った。カモメが鳴きながら飛んでいった。岩の上に腰を下ろすと、ヴァランダーは顔の汗をぬぐった。バッグの中にある水を持ってこなかったのが悔やまれた。スヴェードベリと四人の若者のことが、ほんの一瞬頭から消えた。

しばらくして立ち上がると、来た道を引き返しはじめた。さっきの小道のところで曲がり、先に進んだ。それは小さな天然の船着き場のところで終わっていた。船を停泊させるための錆びた鉄の輪が崖に差し込まれている。水は鏡のように静かだった。高い木々が海面に映っていた。母屋のほうに戻り、上着のポケットに入れていた携帯電話の電源が入っているかどうか確かめた。そのあとバッグから水を取り出して、階段に腰を下ろした。口の中がすっかり乾いていた。飲んだ瓶をそばに置いたそのとき、突然気がついたことがあった。あたりを見まわした。なにも変わっていない。前と同じように静かだった。彼は眉を寄せた。彼の中で小さな警報が鳴りはじめた。階段の一番下の段にあるバッグをにらんだ。さっきはたしか、下から二番目の段に置いたはずだ。彼は立ち上がり、階段を下りて地面に立って記憶を確かめた。まずバッグを下に置き、上着を脱いで手すりに掛けた。それからバッグを二段目の階段に置いた。

島の中を見てまわっているうちに何者かが彼の黒い旅行バッグを動かしたのだ。ゆっくりとあたりを見まわした。まずあたりの木々と茂みを見、それから母屋を見た。カーテンはさっき同様閉まっている。階段を上がり、ドアノブに触ってみた。ヴェスティンが降ろしてくれた船着き場。ボートハウスと客の宿泊用の小屋があったっけ。それはスコルビーの東屋を思わせる小屋だった。

階段を下りて船着き場に向かった。ボートハウスの黒塗りのドアは木のかんぬきで閉めてあるだけだった。開けてみると、中のボート用のプールにはボートはなかった。そこにあったロープの太さから、エーデングレンのボートはかなり大きなものにちがいないと思った。壁には釣り用の網や道具が掛けられている。ヴァランダーはふたたび外に出てかんぬきを閉めた。小屋のほうは半分が海面にせり出している。海の中にまで階段が下ろされている。ヴァランダーはじっと小屋をながめた。それから小屋のドアに近づき、ノブに触ってみた。鍵がかかっている。そっとドアを叩いた。

「イーサ。きみがそこにいるのはわかっている」
一、二歩下がって、待った。
ドアが開いたとき、最初彼女だとわからなかった。長い髪の毛を後ろで結わえ、オーバーオールのような上下つながった黒いものを着ていた。その目には警戒の色があったが、恐怖心の表れだったのかもしれない。

「あたしがここにいるって、どうしてわかったの？」

その声はしゃがれて鋭かった。

「わかっていたわけじゃない。だが、ここにいると教えてくれたのはきみだ」

「あたしが？　あたしはなにも言ってないわ。ここに来るのを見たはずもないし」

「警察官というものはつまらないものにも目を留めるんだ。たとえば、だれかが間違ってバッグを持ち上げて、それをちょっとだけちがう場所に置いたりしたら」

なんのことを言われているのかわからないというように、イーサはただヴァランダーを見ていた。靴も履いていない。裸足だった。

「あたし、おなかが空いてるの」

「私もだ」

「母屋に食べ物があるわ」と言って、彼女は歩きだした。「なんの用でここに来たの？」

「きみが病院から抜け出したから、探しに来たのだよ」

「なぜ？」

「事件のことを知っているきみに、いまさら説明する必要はないと思うがね？」

イーサは無言で歩いた。ヴァランダーは横からその顔を見た。青ざめている。その顔は年寄りのように窄《すぼ》んでいた。

「だれの船で来たんだ？」

「ヴェッテスーのラーゲに電話したの」

「なぜヴェスティンに電話しなかった？」

「だれかがあたしのことを訊くかもしれないと思ったから」

「そうしてほしくなかったのか？」

またもや、彼女は沈黙した。母屋まで来ると、持っていた鍵でドアを開け、中に入った。カーテンのところへ行って、すべて開けた。そのやりかたは乱暴で、投げやりだった。まるで、まわりにあるものすべてをめちゃくちゃにしてしまいたいかのように。ヴァランダーは彼女のあとについて台所へ行った。イーサは台所の裏口を開けて、プロパンガスの口をひねって、ガスコンロが使えるように準備を調えた。ヴァランダーはこの家には電気が引かれていないことにすでに気づいていた。イーサは振り返ってヴァランダーを見た。

「あたし、なんにもできないけど、料理だけは得意なのよ」

そう言うと、大型の冷凍庫と冷蔵庫、そしてガスコンロを指さした。

「ここには食べ物がいっぱいあるの」その声は軽蔑に満ちていた。「うちの両親のスタイルなの。販売店にお金を払ってわざわざプロパンガスを毎月交換させるのよ。食料も満杯にしておくの。急に二、三日来たくなったときのために。でも、そんなことはめったにないのに」

「きみの両親はずいぶん金持ちなんだろうな。農業をして、耕作機を貸し出すだけで、そんなにお金が稼げるものかな?」

答えるとき、イーサはつばを吐き出すような音を出した。

「ママはどうしようもないの。頭空っぽだし、なんにもわからないの。ま、生まれつきだからしょうがないわね。でも、パパはばかじゃない。でもとっても冷たいの」

「話したかったら聞くよ」ヴァランダーが言った。

「いまはだめ。食事のときにね」

イーサは一人で食事の用意をしたいのだとわかり、ヴァランダーは台所を出た。表に出て、イースタへ電話をかけた。フーグルンドはすぐに電話に出た。

「思ったとおりだった。われわれの推測どおり、イーサ・エーデングレンはベルンスーにいたよ」

「あなたの推測どおり、ですよ。本当のことを言うと、わたしたちはどうかなと思っていました」

「おれだって、ときには推測が当たることもあるさ。今晩か、明日の朝にはイースタに戻る」

「もう話をしたんですか？」

「いや、まだだ」

フーグルンドはイースタでの現在の状況を話した。新聞に発表された、ルイースと思われる女についての通報が二、三あり、彼らはいまそれをチェックしているところだった。通報者と連絡が取れたらヴァランダーに知らせると言った。

ヴァランダーは家の中に戻った。昔の帆掛け船のモデルの前に立ち、しばらく見ていた。家の中に料理の匂いがただよいはじめた。ヴァランダーは我慢できないほど空腹だった。ここへ来る途中で少し食べて以来なにも食べていなかった。しかし頭の中ではこれから彼女にする質問を考えていた。もっとも急ぐ問いはなにか？　彼女からいちばんになにを訊き出したいか？

何度考えてもいつも同じ出発点に戻る。

イーサ自身が知っていると認識していないことを訊き出さなければならない。

家の横壁にガラス張りのテラスがある。イーサはそこにテーブルをセットしていた。飲み物はと訊かれて、ヴァランダーは水と答えた。彼女自身はワインだった。酔っぱらってしまわないか、とヴァランダーは心配した。そうなったら、訊き出すことができなくなる。だが、イーサは食事の間、一杯しかワインを飲まなかった。二人は無言のうちに食事を終わらせた。ヴァランダーが皿を片づけはじめると、イーサはしなくていいと首を振った。食後、彼女はコーヒーをいれた。テラスの片隅に小さなソファがあった。ガラス張りのテラスの窓から船着き場が見えた。帆の緩んだヨットがゆっくりと通り過ぎていく。

「素晴らしいながめだ。こんな景色がスウェーデンにあるなんて、知らなかったな」

「三十年ほど前にパパがここを買ったのよ。あたしはここで作られたんだって、あの人たちよく言ってた。あたしは二月生まれだから、ほんとにそうなのかもしれない。この家の持ち主は老夫婦だったの。その人たちのことをどうやって知ったのかはわからないけど、パパはある日カバンに百クローネ札をぎっしり詰めて老夫婦のもとに行ったの。見た目にはすごくいっぱいに見えたんだと思うけど、そんなにたいそうな額じゃなかったはず。老夫婦はそんなにたくさんの現金を見たことがなかったんじゃない？　二ヵ月ほどで首を縦に振ったらしいの。そして契約を結んだというわけ。金額は知らないけど、そんなに高くはなかったと思うの。パパのことだから」

「お父さんがその老夫婦をだまして買ったというのかい？」

「パパはいつだって汚い商売をする人だから」

「正しい取引ならかならずしも汚い商売とは言えないかもしれないよ。それは商売上手というんじゃないかな」

「パパは世界中で仕事をしてるのよ。アフリカからはダイアモンドと象牙を密輸してるわ。パパがどんなことをしてきたか、だれも知らない。このごろはロシア人をスコルビーの家に招いているわ。その人たちとなにしているかって、非合法なことに決まっているんだから」

「私の知るかぎり、お父さんは非合法なことで捕まっていない」ヴァランダーが言った。

「あの人、うまいのよ。そのうえ徹底的にやるから。あの人は、いいとこなんてなにもないけど、怠け者でないことだけはたしかよ。なりふりかまわず金もうけをする人って、休んでいるひまなどないのよ」

ヴァランダーはコーヒーカップを置いた。

「きみのお父さんの話はまたあとで聞こう。いまはきみの話を聞きたい。そのために私はわざわざここに来たのだから。そして私は今晩きみを連れて戻るつもりだ」

「あたしがいっしょに行くと思っているの？」

ヴァランダーはしばらくイーサを見つめてから言った。

「きみの近しい友だちが三人殺されている。きみはその日、いっしょに行動するつもりだった。だが病気になって行かなかった。それがなにを意味するかはわかるね？」

イーサはいすの上で体を縮めた。恐れている。

「なぜきみたちが狙われたのか、その理由がわからないからこそ用心しなければならないのだ」

ようやく彼の言わんとしたことがわかったようだった。

「あたし、狙われているの？」

「その可能性を無視することはできない。とにかくわれわれはまだ動機がわからないのだ。だからあらゆる可能性を考慮しなければならない」

「でも、なぜあたしの命を奪わなければならないの?」

「なぜきみの友だちの命が狙われたのか、マーティン、レーナ、アストリッドの命が? それと同じ問いだ」

イーサは首を振った。

「わからないわ」

ヴァランダーはいすを彼女に近づけた。

「それでも、われわれに答えを教えてくれるのはきみしかいないんだ。犯人を捕まえなければならない。捕まえるには、なぜ彼がこんなことをしたのか、その理由がわからなければならない。きみは生き残った。だから手伝ってほしいのだ」

「でも、なにがなんだか、あたしにはさっぱりわからないのよ!」

「考えるんだ。振り返って考えるんだ。きみたちをひとまとめに殺したいと思ったのはだれか? きみたちをつないでいるのはなんなんだ? その理由は? どこかに答えがあるはずだ。どこかになければならないんだ」

そこで彼は話の方向を変えた。イーサは彼に耳を貸しはじめた。それを利用したかった。

「私の質問に答えてくれるね。真実だけを言ってほしいんだ。うそを言ったら、私にはすぐにわかる」

「あたしがなぜうそを言うと思うの？」

「発見したとき、きみは死にかかっていた。なぜきみは死のうとしたのか？　友だちの身に起きたことをすでに知っていたからか？」

彼女は驚きを隠さなかった。

「そんなこと、なぜあたしが知ることができたと思うの？　あたしだってみんなと同じように驚いたわ」

これは真実だとヴァランダーは思った。

「じゃあきみはなぜ自殺しようとしたのか？」

「もう生きていたくなかったから。ほかにどんな理由があるっていうの？　あたしの人生は両親に壊されてしまったの。あの人たち、同じようにユルゲンの人生も壊してしまったんだから。もう生きていてもしょうがないの」

ヴァランダーは続きを待った。だが、彼女の話はそれで終わりだった。

そこで彼は話を自然保護地区で起きたことのほうに向けた。それから三時間、彼は彼女に質問しては答えさせた。どんなにささいなことも逃がさずに問いつめた。一つのことを何度も別の方角から話させた。話によっては遠い過去までさかのぼらせた。レーナ・ノルマンに初めて会ったのは何年の何月何日のことか？　なにがきっかけだったのか？　なぜ友だちになったのか？　マーティン・ボイエとはなぜ？　思い出せないと言うと、ヴァランダーは質問をもう一度最初から繰り返した。不確かさと記憶の乏しさはかならず克服できる。必要なのは忍耐力だけだ。そしてどの質問にも彼は、だれかその答えを知っているほかの人はいなかったか考えるようにとイーサに言った。彼女が気づかなかった何者か。隅のほうにいる影だ。隅のほうに影はなかったか？　いまきみが忘れているだれかがいたのではないか？　なにか予定外のできごとは起きなかったか？　しだいに彼の意図がわかって、イーサは協力的になった。

五時過ぎ、彼らはその晩はベルンスーに泊まることに決めた。ヴァランダーはヴェスティンに電話してそう伝えた。出発の時間はヴァランダーが朝連絡することになった。ヴェスティンは決してイーサのことを訊かなかった。ヴェスティンはすでにイーサが島にいるとわかっているのだろうとヴァランダーは思った。そのあと彼はイーサといっしょに島を歩いた。散歩の間も話は絶え間なく続いた。ときどき、イーサは話をさえぎっては、幼いときに遊んだ場所を見せたりした。島の北端の崖まで行った。崖の岩間を指さし、あそこで初めて男の子とセックスしたと言ってヴァランダーを驚かせた。男の子の名前は言わなかった。

暗くなってきたので、母屋に戻り、イーサは家中に石油ランプを灯した。ヴァランダーはイースタに電話をかけ、マーティンソンと話をした。捜査に大きな変化はないらしかった。ルイースの正体はまだわからない。今晩はベルンスーに泊まるとヴァランダーは伝えた。翌朝イーサといっしょにイースタに戻るつもりだと。

彼らは話し続けた。ときどき紅茶を飲みサンドウィッチを食べては話を続けた。あるいはただ黙って休むこともあった。ヴァランダーは外に出て、梢《こずえ》を吹き抜ける風の音に耳を澄ました。

静まり返っていた。また中に入って話を続けた。ヴァランダーは若者たちの遊び、ロールプレーをようやく理解しはじめた。さまざまな昔の時代の扮装をして、パーティーを催し、また現代に戻る遊びだ。最後のパーティーの話に近づいたとき、ヴァランダーは用心深く、ゆっくり話を進めた。そのパーティーのことを知っていたのはだれか？　外部の人間はだれもいなかったというイーサの返事に、彼は満足しなかった。だれか、知っていた者がいるはずだ。

「もう一度聞こう。初めから。いつ、きみたちは今度のパーティーの設定はベルマン時代と決めたのかね？」

話をやめたのは夜中の一時半だった。ヴァランダーは疲れを通り越して、吐き気がした。それでもまだイーサからはなんの手がかりも得ていない。だが、その続きは翌日、イースタまでの長いドライブで訊くことにしよう。ヴァランダーはまだあきらめていなかった。

ヴァランダーは二階の客用寝室に寝ることになった。階下で眠ると言って、おやすみのあいさつをし、イーサは石油ランプを一つヴァランダーに渡した。ヴァランダーは寝具を広げ、窓を少し開けた。八月の夜は真っ暗だった。

シーツの間に横たわり、ランプを消した。イーサが台所のドアを閉め、鍵をかける音が聞こえた。そのあとはまた静まり返った。

ヴァランダーはすぐに眠りに落ちた。


明かりを消したボートがその晩遅くヴィークフィェルデンにやってきたのに気がついた者は

いなかった。またそのボートがエンジンを切って、音もなくベルンスーの西側の天然の船着き場にボートを着けたのにもだれも気づかなかった。

19

リンダが叫び声をあげた。

ヴァランダーのすぐ近くにいる。叫び声が彼の夢の中まで響いた。闇の中で目を覚ましたとき、ヴァランダーはどこにいるのかとっさに思い出せなかった。部屋にはさっき消した石油ランプの匂いがまだ残っていた。叫んだのはリンダではなかったのだ。動悸が耳に大きく響く。少し開いている窓から、梢《こずえ》を吹き抜ける風の音だけが聞こえる。耳を澄ました。叫び声はもう聞こえない。夢だったのか？　ベッドの上にそっと起き上がった。さっき石油ランプのそばに置いたマッチを手探りで探した。音を立ててはいけない。ランプをつけると、急いで服を着た。片方の靴を手に取ったとき、音が聞こえてきた。最初、その音は外から聞こえたと思った。家の壁になにかがぶつかるような音。樋《とい》に洗濯物干しのヒモがぶつかったような音だった。すぐに音は階下からだとわかった。彼は立ち上がった。靴を手に持ったままドアに近づき、そっと少し開けた。音はいまはっきり聞こえる。台所からだ。裏口が開いているのだ。風に当たってぱたんぱたんという音を立てているのだ。激しい恐怖が胸を締めつける。勘違いではなかった。夢でもない。叫び声は本物だったのだ。

片方の靴を手にしていたが、もう片方の靴も脱いだ。石油ランプを手に、彼は階段を一歩一歩下りはじめた。半分まで来て足を止め、耳を澄ました。壁に映った石油ランプの明かりが揺らいでいる。手が震えているのだ。自分の身を守れる武器をなにも持っていない。懸命に考えた。この島でなにかが起きるなどということはあり得ない。自分とイーサ以外にだれもいないのだから。きっと夢を見たのだ。または窓の外で夜鳥が鳴いたのだ。もしかすると、悪夢を見たのは彼ではなく、イーサかもしれない。

一階の床に足がついた。イーサの寝室は台所につながっている。足を止め、また耳を澄ました。それからドアをノックした。応えはない。寝息が聞こえるか？　いや、静かすぎる。ドアに触ってみた。鍵がかかっている。もはや迷っているひまはない。ドアをどんどん叩き、ノブを揺すった。台所に入ってみると、裏口のドアが開いていた。それを閉めると、台所の引き出しを開けて道具を探しはじめた。ドライバーを見つけ、イーサの部屋のドアの留め金を緩めて体当たりした。ベッドは空っぽだった。窓が開いている。なにが起きたのか。台所に大きな懐中電灯があったのを思い出した。それを取りに行き、さっきの引き出しで見つけたハンマーも持って裏口のドアを開け、懐中電灯で外を照らした。

外に出てから、裸足であることに気づいた。暗闇で鳥の羽ばたきが聞こえる。風が木々の間を吹き抜けていく。イーサの名前を呼んだが、返事はなかった。窓の下まで行って、地面を照らした。足跡があった。だが、うっすらとしたもので、追跡することはできなかった。暗い木々の間を照らしてもう一度呼んでみたが、同じことだった。動悸が激しくなった。恐怖が襲いかかる。裏口に戻り、ドアの鍵穴を見た。思ったとおり、ねじ開けられていた。恐怖がさらに増した。後ろを振り返り、ハンマーを振り上げたが、もちろんそこにはだれもいなかった。家の中に入った。携帯電話は二階のベッドのそばだ。なにが起きたのか判断しようとした。何者かが台所の裏口ドアを破って忍び込んだ。イーサは何者かが寝室に入ろうとしていることに気づき、窓から抜け出した。それ以外は考えられない。時計を見た。二時四十五分。マーティンソンの自宅に電話をかけた。彼は二度目のベルで電話に出た。いつものとおりベッドのすぐそばに電話を置いているのだ。

「クルトだ。夜中に電話して申し訳ない」

「なんですか？」

マーティンソンの声が寝ぼけている。

「起きて顔を洗ってくれ。三分後にかけ直す」

マーティンソンが文句を言いはじめたが、ヴァランダーは電話を切った。時計を見る。きっかり三分後に電話をかけ直した。同時にバッテリがあまりないことを心配しはじめた。もちろん充電器はいつもどおり忘れてきている。

「いいか、よく聞いてくれ。バッテリが切れそうだから長く話せない。紙とペンの用意はあるか？」

「はい」

マーティンソンはすっかり目を覚ましていた。

「なにかが起きたらしい。イーサ・エーデングレンの叫び声でおれは目を覚ました。寝室に行ってみると彼女はいない。家の裏口のドアが壊されている。つまり、侵入者がいるのだ。彼女を狙ってやってきたのだ。おれがここにいるのを知らないかもしれない。イーサの身が心配だ。自然保護地区の穴は四人分用意されていたからな」

「私はなにをしたらいいですか？」

「しばらくはなにもしなくていい。ただフィールウッデンの沿岸警備隊の電話番号を調べておいてくれ。なにかあったら電話する」

「これからなにをするつもりですか？」

「イーサを探す」

「例の犯人なら、一人で行くのは危険ですよ。協力者が必要です」

「ノルシュッピングから呼べというのか？　どのくらい時間がかかると思っているんだ？」

「島全体を一人で探すことはできないですよ」

「いや、この島は大きくない。もう切るぞ。バッテリが心配だ」

「言われたことは引き受けます。気をつけて」

ヴァランダーは靴を履き、電話を胸ポケットに入れた。ベルトにハンマーを差し込んで外に出た。まず船着き場へ行った。黒い海面を照らす。ボートは停泊していない。イーサの名前を呼び続けた。ボートハウスと小屋にはだれもいなかった。ふたたび母屋のほうに戻り、今度は家の裏側の小道を駆け上った。懐中電灯からの強いライトで木や藪《やぶ》が白く光った。土蔵にもだれもいなかった。

イーサの名前を呼びながら探し続けた。道が分かれるところまで来て、足を止めた。片方の道は船が停泊できる天然の船着き場のほうに続いている。どっちへ行くべきか？　地面を照らしてみたが、足跡らしきものは見当たらなかった。北端まで行く道を選んだ。崖の上まで来たときには、息が切れていた。広い海から吹きつけてくる風は冷たかった。足下から続く岩場を照らしていった。野生の動物の目が光る。小さな動物で、岩場の陰に隠れた。ミンクだろう。崖の下を照らし、岩間をのぞき込んだ。なにもない。ふたたびイーサの名前を呼びながら、小道を引き返した。

突然彼の足が止まった。耳を澄ます。波が岸辺に押し寄せる。が、なにかほかの音が聞こえた。初めはなんの音かわからなかったが、しだいにはっきりした。モーターの音だ。西のほうから聞こえる。船が停泊できる天然の船着き場の方だ。あっちへ行けばよかったのだ。ヴァランダーは走りだしたが、最後の茂みの間から飛び出す前に足を止めた。耳を澄まし、海面を照らした。なにも見えない。モーターの音ももはや聞こえない。ボートが一隻、いま出ていったのだ。恐怖が高まる。イーサの身になにが起きたのだろう。小道を戻りながら、つぎになにをするべきか、考えた。沿岸警備隊は警察犬のような探索犬を使うだろうか？　島は小さくとも、明るくなる前にこの島全体を一人で探すのは無理だろう。イーサの身に起きたことを考えた。パニックに襲われて、窓から逃げ出した。寝室のドアの前には侵入者がいたために、ヴァランダーのほうに逃げてくることができなかった。窓から飛び出して、闇の中に飛び込んだ。もちろん懐中電灯などは持っていなかったにちがいない。

小道の分かれ目まで来たとき、彼の足が止まった。昼間いっしょに島を散策したとき、イーサは弟のユルゲンと遊んだという隠れ場所を教えてくれた。それは母屋からさほど遠くない、そそり立った高い岩のあたりだった。いま彼の立っているところと土蔵のちょうど真ん中あたり。茂みの間の小道を通ったと思い出した。そこで足を止めて、イーサは指さしたのだ。ヴァランダーは小道を急いだ。茂みが見つかった。彼女が指さした方角へ光を向けた。倒木や木の枝の絡まりで、まっすぐには進めない。あたりには大きな岩がごろごろしていた。岩間を照らす。やっと高い岩山に近づいた。そのとき、高く茂ったシダの葉っぱの後ろに岩の割れ目が目に入った。足場に気をつけながら岩の隆起したその場所に近づいた、シダの葉を掻き分けて岩間を照らした。

イーサは岩壁にもたれかかるようにして体を丸めていた。パジャマ姿だった。両腕で足を抱きかかえ、片方の肩に頭を乗せていた。まるで眠っているようだった。だが、彼にはそうではないことがすぐにわかった。額が撃ち抜かれていた。

ヴァランダーは地面にへたり込んだ。頭に血がのぼっている。自分はいまここで死ぬのだと思った。それもかまわない。失敗したのだから。イーサを守ることができなかった。子どものときに遊んだという隠れ場所も安全ではなかった。銃声は聞こえなかった。サイレンサー付きの銃だったにちがいない。

ヴァランダーは立ち上がり、木にもたれかかった。電話が胸ポケットから滑り落ちた。拾い上げると、よろよろと母屋のほうへ戻り、マーティンソンへ電話をかけた。

「遅かった」

「なにがですか？」

「イーサは死んだ。銃で撃たれて。ほかの者たちと同じだ」

マーティンソンはよく飲み込めないようだった。ヴァランダーは繰り返して言った。

「なんということだ！　それで、犯人は？」

「ボートに乗って逃げた。ノルシュッピング警察へ電話してくれ。緊急出動してもらいたいと。沿岸警備隊とも話してくれ」

マーティンソンは承知した。

「イースタ署の捜査班にもすぐに伝えてくれ。起こしてしまうがしかたがない。ホルゲソン署長、ほかのみんなもだ。バッテリがいまにも切れそうだ。ノルシュッピング警察が来たら、こっちからかけ直す」

電話を終え、ヴァランダーは台所のいすに座り込んだ。懐中電灯の光が壁にかけられた刺繍の壁掛けを照らしている。〈ホーム、スウィート・ホーム〉、楽しいわが家とあった。その後、ようやく立ち上がり、イーサの部屋から毛布を持って、まだ暗い外に出た。岩間まで来ると、イーサを毛布でそっと包んだ。

シダのそばの岩石に腰を下ろした。時刻は未明の三時二十分だった。

空がうっすらと明けてきたころ、風が出てきた。沿岸警備隊の船が近づき、船着き場に着いた様子が伝わってきた。警察もいっしょだ。緊張した顔つきで、疑わしそうにヴァランダーをにらみつけている。ヴァランダーにはそれが理解できた。ここは彼らの所轄なのだ。スコーネから来た警官がなにをしている？　これが同じ外部の者でも夏の滞在客なら話は簡単なのだが。一行を岩間まで連れていき、彼らが毛布を外したときには背を向けた。そのときノルシュッピングから来た警官がヴァランダーに警察手帳を要求した。ヴァランダーは激怒した。我慢できないほどの怒りだった。財布を胸ポケットから取り出すと、その警官の足下に警察手帳を投げつけ、その場を立ち去った。だが怒りはすぐにおさまり、鉛《なまり》のような疲れに取って代わった。水の瓶を手に母屋の前の石段までやってきて腰を下ろした。

　ハリー・ルンドストルムはそこでヴァランダーを見つけた。ヴァランダーが激怒したとき、岩壁のところに彼もいて、ノルシュッピングの警官の要求はずいぶん無神経だと思った。目の前にいるのは警官だということは見ればわかることだった。なんといっても、イースタから緊急連絡があったのだから。

　彼らは、ベルンスーでクルト・ヴァランダーという警察官が若い女性の死体を発見。すぐに応援を頼むという連絡を受けていた。

　ハリー・ルンドストルムは五十七歳。ノルシュッピング生まれで、彼自身は否定するが、ノルシュッピング一の辣腕犯罪捜査官とだれもが認める優秀な警察官だった。ヴァランダーが怒りを爆発させたとき、彼は当然だと思った。ベルンスーでなにがあったのかは知らない。イースタからの情報は当然のことながら十分ではなかった。それが警官と三人の若者殺害に関係することだとは見当がついた。それ以外はなにもわからなかった。

だが、ハリー・ルンドストルムには状況から判断する能力があった。岩陰にパジャマ姿の娘を見つけたヴァランダーがどんな思いでいるか。しかも額を撃ち抜かれているのだ。

ルンドストルムは時間を数分おいてからヴァランダーのほうへ行き、その脇の石段に腰を下ろした。

「あんたに警察手帳を見せろとは、なんとも不作法なことをしたものだ」

そう言うと、彼は手を伸ばし、名前を名乗った。ヴァランダーはすぐに相手に信頼を感じた。

「あなたが責任者か？」

ハリー・ルンドストルムはうなずいた。

「それじゃ、こっちへ」

彼らは母屋の居間に入った。ルンドストルムから携帯を借りてマーティンソンに電話をかけ、イーサの両親に知らせるように告げると、ヴァランダーはあらためてルンドストルムに死んだ娘のことと追跡している事件との関連を一時間以上にわたって説明した。ルンドストルムはメモも取らずに話を聞いた。ときどき、外の警官が入ってきて指示を仰ぐと、ルンドストルムは的確で簡潔な命令をした。話し終わったヴァランダーに、いくつか質問をしたが、それは反対の立場だったら、ヴァランダーがしたにちがいないようなものだった。

すでに七時になっていた。沿岸警備隊の船が船着き場で波に揺られているのが見える。

「行って彼らに話してくる。あんたは来なくていい。今日はもう十分に仕事をしたはずだ」

風が強くなった。ヴァランダーはぶるっと震えた。

「秋の風だ。夏も終わりだな」

「私はこっちの群島には来たことがなかった。美しいところだね」

「若いとき、私はハンドボールの選手だった。いまでもイースタのハンドボールチームの写真を壁に飾っているよ。スコーネには一度も行ったことがないがね」

彼らは小道を歩きはじめた。遠くで犬のほえる声がした。

「警察犬を連れて島を一周するほうがいいと思ったのだ。犯人がまだ島に残っている場合に備えて」

「やつはボートでやってきた。島の西側から上陸したらしい」

「もっと時間があったら、沿岸に警備隊を配置することができたのだが、いまではもう遅いだろう」

「いや、見ている者がいるかもしれない。ボートで夜中に岸に戻った人間を」

「ああ、夜中にボートを使った人間はいま調べさせている」

ヴァランダーは少し離れたところに立ち止まって、ルンドストルムが同僚たちと話すのを見ていた。しばらくするとルンドストルムの姿がシダの陰に隠れて見えなくなった。ヴァランダーは気分が悪かった。少しでも早くこの島から立ち去りたかった。起きたことの責任は自分にあるような気がしてならない。イーサを連れて一刻も早くこの島を出ればよかったのだ。それに、ここに残ることの危険性を予測するべきだった。犯人はなにもかも知っているのだから。

イーサを一階で眠らせたのも間違いだった。

自分を責めてもしかたがないのは知っていたが、それでも後悔にさいなまれる。

ルンドストルムの姿がシダの間から現れた。そのとき、犬を連れた警官がやってきた。ルンドストルムは彼を呼び止めた。

「なにか見つけたか？」

「この島にはだれもいません。犬は西側の入り江まで行きましたが、行き止まりです」

ルンドストルムはヴァランダーに言った。

「やはりあんたの言ったとおりだ。犯人はボートでやってきて、ボートで逃げたのだ」

彼らはふたたび母屋に戻った。ヴァランダーはルンドストルムがいま言った言葉が気になった。

「ボートは重要だな。犯人はどこでボートを手に入れたかだ」

「私もちょうどいまそれを考えていた」ルンドストルムがうなずいた。「犯人が外からやってきたとすれば、ボート以外にないからな。そうなるとどこでボートを手に入れたか？」

「盗んだのだろう」ヴァランダーが言った。

ルンドストルムが足を止めた。

「しかし、どうやってこの島まで夜中にボートを走らせたんだ？」

「ベルンスーを知っている人間かもしれない。それに海図を使えば夜でも可能だ」

「犯人は前にもここにやってきたことのある人間だというのだな？」

「その可能性は大いにある」

ルンドストルムはまた歩きだした。

「盗んだか、無断で借りたかしたボートを使った。この付近の港からにちがいない。フィールウッデンか、スネックヴァルプか、グリートか。個人所有の船着き場にあったものを盗んだことも考えられるが」

「時間はなかったはずだ。イーサが病院を抜け出したのは一昨日の早朝だからな」

「時間に余裕のない泥棒というものはいつもヘマをするもんだ」ルンドストルムが言った。

船着き場のところまで来た。ルンドストルムは係留ロープをたぐっていた警官に話しかけた。

ヴァランダーの耳に盗難ボートの話をしているのが聞こえた。

そのあと二人はボートハウスのそばに風をよけて立った。

「あんたをここに引き止める理由はないと思う。少しでも早くイースタに戻りたいだろう？」

急にヴァランダーは気になっていることを打ち明けたくなった。

「イーサが殺されたこと。これは起きる必要のないことだった。私は責任を感じている。昨日のうちにイースタに戻るべきだったのだ」

「私もきっと同じことをしたと思うよ。イーサはこの地に逃れてきた。ここでなら彼女に口を開かせることができると思ったはず。なにが起きるかなど予測できたはずがない」

ヴァランダーは首を振った。

「いや、おれは危険を予測できたはずだ」

彼らはまたも母屋に戻った。ルンドストルムはイースタ警察とノルシュッピング警察との間に問題が起きないように調整すると約束してくれた。

「あんたがこっちに来るという知らせを受けなかったと、文句を言う人間が出てくるかもしれないが、それはだいじょうぶ、私がなだめておくよ」

ヴァランダーが旅行バッグを取ってきて、二人は船着き場に戻った。沿岸警備隊の船がヴァランダーを本土まで送ることになった。ルンドストルムは船着き場に立って、船を見送った。ヴァランダーは片手を上げて別れを告げた。

本土に戻り、車にバッグを入れると、駐車場係に料金を払いに行った。船着き場に向かってくるヴェスティンのボートが見えた。ヴァランダーは船着き場まで行って、ボートの到着を待った。陸に上がったヴェスティンの顔は苦々しかった。

「もう聞いたかもしれないが」ヴァランダーが話しだした。

「イーサが死んだことか」

「昨晩のことだ。イーサの叫び声で目が覚めたのだが、間に合わなかった」

ヴェスティンは警戒をほどかない。

「昨日イーサを連れて引き揚げていれば、こんなことにはならなかった」

きたぞ、とヴァランダーは思った。避けることができないと思っていた非難だ。

ヴァランダーは財布を取り出した。

「昨日乗せてもらった料金だが、いくらだ?」

「金はいらない」ヴェスティンが答えた。

ボートのほうに戻りはじめたヴェスティンに、ヴァランダーは声をかけた。「もう一つ、訊きたいことがある」

ヴェスティンが振り返った。

「七月十九日から二十二日の間にあんたが乗せたベルンスー行きの客のことだが」

「七月は毎日人を乗せた」

「警官だ。名前はカール・エヴァート・スヴェードベリ。私よりもっと聞き取りにくいスコーネ弁を話す男だが、覚えがあるかね？」

「警察の制服を着ていたかね？」

「いや、着てなかったと思う」

「外見は？」

「頭がはげ上がっていて、背の高さはだいたい私ぐらい。体格はいいが、肥ってはいない」

ヴェスティンは考えた。

「十九日と二十二日の間？」

「おそらく十九日の午後か夕方ではないかと思う。島からの帰りはいつだったかわからないが、遅くても二十二日」

「見てみよう。いまは思い出せないが、乗客を日誌に書き込んでいることがあるから」

ヴァランダーはヴェスティンについてボートまで行った。ヴェスティンは海図の下にあった日誌を持って出てきた。

「なにも書き込みはないが、ぼんやりそんな人物がいたと覚えている。その日付のころは客が多かったから、ほかの乗客といっしょくたになっているかもしれんが」

「ファックスはあるか？　スヴェードベリの写真を送ってもらうことができる」

「郵便局にファックスがある」

ヴァランダーはもう一つ思いついた。

「もしかすると、すでに彼の写真を新聞で見ているかもしれないな。テレビにも映ったし。これは数日前にイースタで殺された警官なんだが」

ヴェスティンは顔をしかめた。

「聞いているが、写真は見た覚えがないな」

「それじゃファックスで送らせてくれ。番号を教えてくれないか」

ヴェスティンは紙の端にファックス番号を書いてヴァランダーに渡した。

「もしかして、イーサが十九日から二十二日の間、ベルンスーへ渡ったことを覚えていないかな？」

「いや、覚えていない。だが、イーサはこの夏はよく島に来ていた」

「彼女が島に来ていたという可能性は大きい？」

「ああ、そう思う」

ヴァランダーはフィールルウッデンを出発した。ヴァルデマーシュヴィークまで来てガソリンを入れた。それから海岸沿いの道を南下した。雲一つなく晴れ上がった空。窓を下げて運転した。ヴェステルヴィークまで来たとき、これ以上運転を続けることはできないと思った。食べ物も睡眠も必要だった。ヴェステルヴィークの町への高速出口近くにカフェがあった。オムレツとミネラルウォーターとコーヒーを注文した。注文を受けた女性はほほ笑んだ。

「あなたのお年では、ちゃんと夜は眠らなければね」とやさしく言った。

ヴァランダーは驚いて彼女を見た。

「そんなにはっきり見えるのかな？」

女性はカウンターの下からハンドバッグを取ると、中から鏡を出してヴァランダーの顔を映して見せた。彼女の言うとおりだった。顔色が悪く、目がくぼんでいた。髪の毛も乱れている。

「たしかに。オムレツを食べたら車で一眠りするつもりだ」

ヴァランダーは外に出て、テラスのパラソルの下に腰を下ろした。しばらくして女性が食べ物をトレイに載せてきた。

「厨房の後ろに小部屋があるわ。ベッドがあるから、どうぞ、使って」

そう言うと、答えを待たずに行ってしまった。ヴァランダーは目を丸くして彼女の後ろ姿を見送った。

食べ終わると、ヴァランダーは厨房のドアのところまで行った。

「さっきの言葉は本当かな？」

「わたしはそう簡単に言葉を撤回しないわ」

そう言うと彼女は裏の部屋に案内した。簡単な担架のようなベッドがあった。上に毛布が置いてある。

「車の後部座席よりはいいと思うわ。でも警官はどんなところでも眠れるんでしょ？」

「私が警官だとどうしてわかる？」

「勘定を払うときに財布を開けたでしょ。警察手帳が見えたわ。私、以前警察官と結婚していたの。だから警察手帳がすぐにわかったのよ」

「クルトだ。クルト・ヴァランダー」

「エリカよ。ぐっすり眠ってね」

ヴァランダーはベッドに横たわった。全身が痛かった。頭はまったく空っぽだった。イースタ署に電話をかけて、そっちに向かっていると伝えるべきなのだが、もうその気力がない。目をつぶったとたんに眠りに落ちた。

目を覚ましたとき、自分がどこにいるのかまったくわからなかった。時計を見るとすでに七時をまわっていた。彼は飛び起きた。五時間も眠っていたことになる。しまったと言いながら、イースタ署に電話をかけた。マーティンソンは電話に出なかったので、ハンソンにかけた。

「いったいどこにいるんだ？　朝からずっと電話をかけているんだぞ。電源を入れていないだろう？」

「バッテリが切れそうなんだ。なにか起きたのか？」

「いや、あんたが消息不明だったのが今日の大事件さ」

「できるだけ早くそっちに行く。十一時ごろには着くだろう」

ヴァランダーはそそくさと電話を切った。カフェの店主の女性が戸口に現れたとき、彼はぎくっとした。

「眠れるだけ眠らせてあげたかったのよ」

「一時間も眠れば十分だった。起こしてくれるように頼めばよかった」

「コーヒーがあるわ。でも食べ物はなにもない。店はもう閉めたのよ」

「まさか、おれが目を覚ますまで待っていたわけじゃないだろうね？」

「帳簿をつけなければならなかったから、いいのよ」

客のいない店の中に入った。コーヒーとサンドウィッチを出してくれた。エリカはテーブルの向かい側に腰を下ろした。

「ラジオを聴いたわ。群島のほうで若い娘さんが殺されたとか。スコーネから来た警官がそれを発見したと言ってたわ。それ、あなたでしょう？」

「そうだ。だが、いまその話はしたくない。きみは警官と結婚していたと言ったね？」

「当時はカルマールには住んでいなかったわ。離婚してからこの土地に移ってきたの。ちょうどこのカフェを買い取るほどのお金があったのよ」

最初は赤字続きだったが、いまではなんとかやっていけるところまできたという。ヴァランダーは話に耳を傾けた。が、ほとんど聞いてなかった。ただ彼女を見ていた。本当にしたかったのは彼女を抱きしめることだった。実際に存在するものにしがみつきたかった。

三十分ほどもそうしていただろうか。それから勘定を払って車に戻った。エリカは後ろからきた。
「礼の言いようがない」
「お礼なんて言う必要ないわ。運転に気をつけて」

ヴァランダーは十一時過ぎにイースタに着き、まっすぐ警察署へ行った。夜中でも皆フル回転していた。全員をいちばん大きな会議室に集めた。ホルゲソン署長もニーベリもいっしょだった。ヴェステルヴィークからの車中、彼はスヴェードベリのことが心配で目を覚ました夜中に始まって、事件の経過を総点検した。イーサ・エーデングレンを裏切ってしまったという思いがまだうずいている。同時に今回あの島で起きたことに対する怒りもふつふつと煮えたぎっていた。いつの間にか、スピードを上げていた。気がつくと百五十キロを超える時速で走っていた。

怒りは無意味な殺人に対するものだけではなかった。捜査の失敗に対するものでもあった。いまに至っても、まだ捜査の方向が定まらなかった。そしていま、彼がすぐ近くにいたにもかかわらず、ほとんど目の前でイーサが殺されてしまった。

ヴァランダーはベルンスーで起きたことをみんなに伝えた。質問に答えたのち、イースタでのこの間の情報を聞いてから、まとめを短く言った。時刻はすでに夜中の十二時を過ぎていた。
「明日はまた最初からやり直そう。初めからすべて見直して前に進むのだ。どんなに時間がかかっても、われわれはかならずこの犯人を捕まえる。どうしてもそうしなければならない。とにかくいまは、家に帰って眠ろう。いままでも手のかかる捜査だったが、これからはもっと面倒なものになるだろう」

ヴァランダーは口をつぐんだ。マーティンソンがここでなにか言おうとしたが、やめて黙った。

会議が終わると、ヴァランダーは先頭を切って部屋を出て自室へ行き、ドアを閉めた。ほかの者たちは彼が一人になりたい気持ちを理解した。

いすに腰を下ろして、彼は会議で言わなかったことを心の中で反復した。それは翌日、会議で話すことになる焦点だった。

イーサ・エーデングレンは死んだ。これで犯人は犯行を終えたのか？　それともまだ殺しは続くのか？

だれにも答えられない問いだった。

訳者紹介　1943年岩手県生まれ。上智大学文学部英文学科卒業，ストックホルム大学スウェーデン語科修了。主な訳書に，マンケル「殺人者の顔」「五番目の女」，ギルマン「悲しみは早馬に乗って」，ウォーカー「勇敢な娘たちに」，アルヴテーゲン「影」などがある。

検　印
廃　止

背後の足音 上

2011年7月22日　初版

著　者　ヘニング・マンケル

訳　者　柳《やなぎ》沢《さわ》由《ゆ》実《み》子《こ》

発行所　(株)東京創元社
代表者　長谷川晋一

162-0814/東京都新宿区新小川町1-5
電　話　03・3268・8231-営業部
　　　　03・3268・8204-編集部
URL　http://www.tsogen.co.jp
振　替　00160-9-1565
精興社・本間製本

ISBN 978-4-488-20912-4　C0197